黄传会

中国报告文学学会原常务副会长，中国作家协会第七届全国委员会委员，原海军政治部创作室主任，享受国务院政府特殊津贴。

著有长篇报告文学《仰望星空：共和国功勋孙家栋》《托起明天的太阳——中国"希望工程"纪实》《中国山村教师》《我的课桌在哪里》《中国海军三部曲》《国家的儿子》《中国新生代农民工》《大国行动》等；中短篇报告文学集《站在辽宁舰的甲板上》《好一辆漂亮的火星车》。

其报告文学作品有着广泛的社会影响。曾获庄重文文学奖；第一届、第三届徐迟报告文学奖；第六届、第九届、第十三届、第十七届中宣部"五个一工程"奖；第六届鲁迅文学奖；中国报告文学终身成就奖等。多部作品在国外翻译出版。

中宣部2023年主题出版重点出版物
入 选 国 家 "十 四 五" 规 划
浙江文化艺术发展基金资助项目
PROJECTS SUPPORTED BY ZHEJIANG CULTURE AND ARTS DEVELOPMENT FUND

火星，我们来了

黄传会 著

浙江人民出版社

图书在版编目（CIP）数据

火星，我们来了 / 黄传会著. -- 杭州：浙江人民出版社，2025.3（2025.3重印）
ISBN 978-7-213-11002-3

Ⅰ. ①火… Ⅱ. ①黄… Ⅲ. ①报告文学-中国-当代 Ⅳ. ①I25

中国国家版本馆CIP数据核字(2023)第038453号

火星，我们来了

黄传会 著

出版发行：浙江人民出版社（杭州市环城北路177号 邮编 310006）
市场部电话：(0571)85061682 85176516

责任编辑：余慧琴 钱 丛 徐雨铭	营销编辑：陈雯怡
责任校对：杨 帆	责任印务：程 琳

封面设计：刘 静 王 芸
电脑制版：杭州兴邦电子印务有限公司
印　　刷：浙江新华数码印务有限公司

开　　本：880毫米×1230毫米　1/32	印　张：13
字　　数：290千字	插　页：10
版　　次：2025年3月第1版	印　次：2025年3月第2次印刷

书　　号：ISBN 978-7-213-11002-3
定　　价：78.00元

如发现印装质量问题，影响阅读，请与市场部联系调换。

火星北极

火星南极

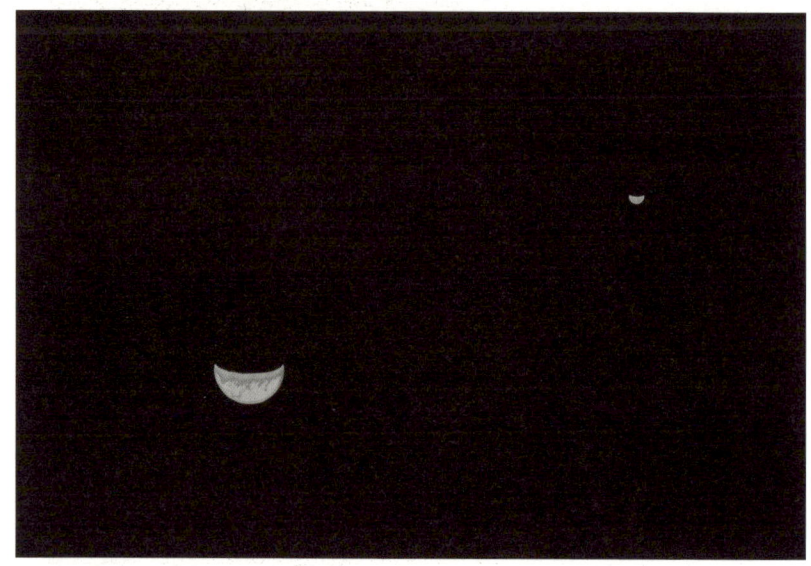

地月合影

火箭发射

开降落伞

降落伞与背罩

天问一号火星着陆器上的国旗

沙丘

驶离 1

驶离 2

着陆点全景

行驶车辙

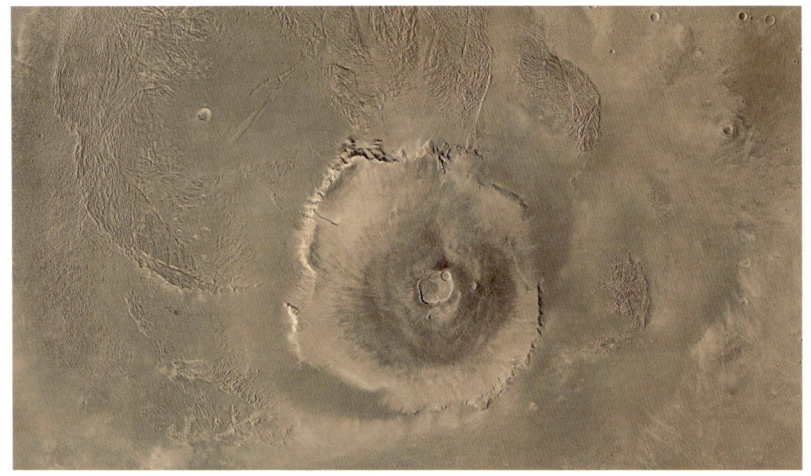

奥林匹斯山

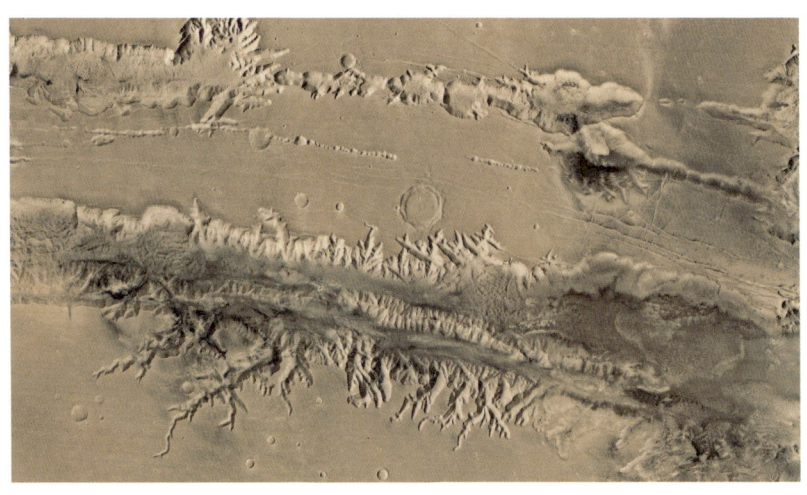

水手谷

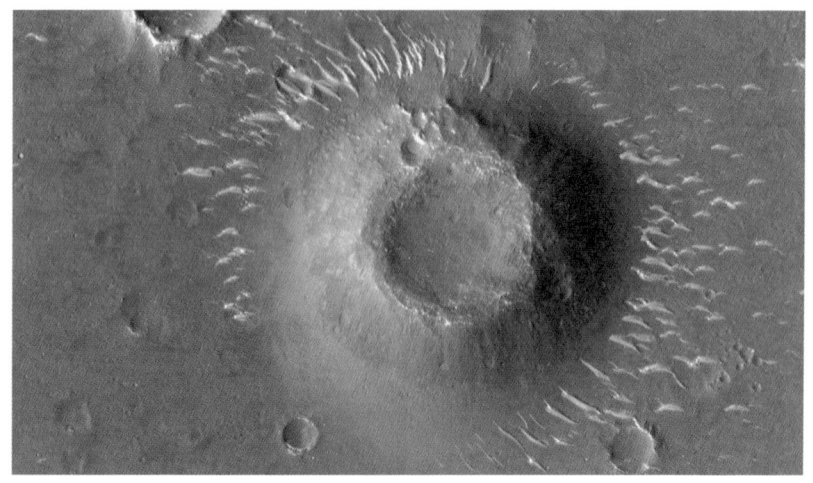

窑店穹丘

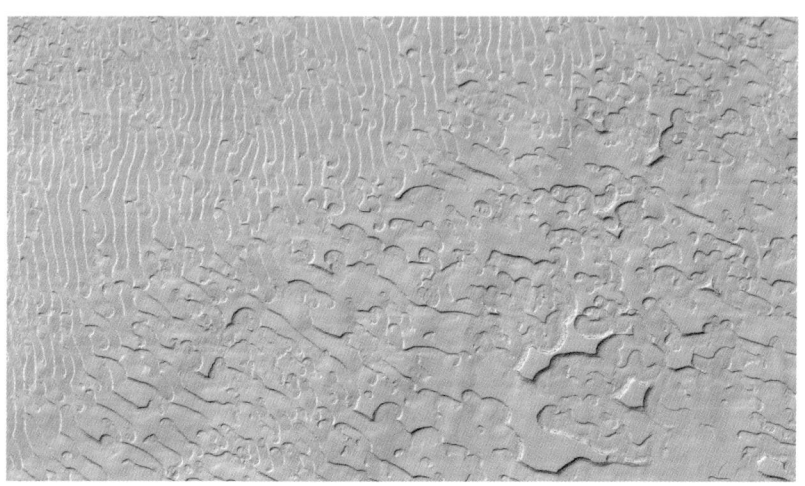

南极冰盖

序

孙家栋

《火星，我们来了》是一部书写中国首次火星探测任务的报告文学。我看了之后，觉得非常亲切，也非常欣慰。

作者黄传会问我："您喜欢仰望星空吗？"我告诉他，航天人都喜欢仰望星空。岂止是航天人，仰望星空，那是全人类共同的喜好。然而，星空对于航天人，自有一番特殊的深意。

宇宙浩渺，星空璀璨。星空是航天人的千重风雨、万里关山，星空是航天人挥戈博弈、叱咤风云的战场……仰望星空，一代又一代的航天人爱国创新、勇攀高峰，把祖国建成了航天大国，并且正在向航天强国迈进。

1958年，我从苏联留学归国，被分到国防部第五研究院工作。在钱学森和任新民、屠守锷、黄纬禄、梁守槃"航天四老"的领导下，开始走进航天领域。那时候真可以说是一无所有、一穷二白。东风一号导弹完全是仿造的。研制东方红一号人造地球卫星时，我们连卫星应该长成什么模样都不知道。一个简单的小小的电信号连接插头，国内没有一家企业能够制造。我有幸目睹和见证了老一辈科学家不畏艰难、勇于创新，以不懈的追求和非凡的智慧，带领大家开创中国航天新纪元的整个历程。

东方红一号距离地球最远点是2300多千米，而天问一号距离地球最远点是4亿多千米，两者之间，差不多是十几万倍。这还不仅仅是距离长短的差别，更重要的是其科技含量的云泥之别。从东方红一号到天问一号，可以说是中国航天发展的一个缩影。我们相继登上载人航天、月球探测、北斗布网的技术制高点，创造了中国航天发展史上一个又一个奇迹，实现了中华民族千年航天梦。

《火星，我们来了》讲述了许多火星探测研制者的故事。他们当中很多人我都认识，有一些还是我曾经的老同事。特别是看到一大批年轻人，通过项目的锤炼，快速成长起来，更是令人欣喜。航天系统有一个好传统，接力棒一棒一棒往下传，新人一代一代在成长，砥砺奋进，一往无前。

习近平总书记指出："'两弹一星'精神激励和鼓舞了几代人，是中华民族的宝贵精神财富。"几代航天人的实践和心血凝聚成航天传统精神、"两弹一星"精神、载人航天精神、探月精神、新时代北斗精神，是一笔丰厚的精神财富，必须传承弘扬。

讲好中国故事，传播中国精神。"探火"就是一个精彩的中国故事。《火星，我们来了》将中国首次火星探测的全过程用文学的笔触记录下来，是件非常有意义的事。

在航天领域，值得书写的人和故事还有很多很多，期待更多的作家将目光投向这里，用精彩的文学作品，讲述我们的奋斗与梦想。

2023 年 10 月

目录

前　言　火星三问/001

第一章　火星，火了/001

　　　　祝融号/003
　　　　《开讲啦》/014

第二章　立　项/023

　　　　征程漫漫/025
　　　　功　勋/032
　　　　喜欢开手动挡车的大总师/038
　　　　探　火/048

第三章　出　征/069

　　重　担/071

　　轻盈舞者/081

　　降　落/088

第四章　好一辆漂亮的火星车/101

　　月球车/103

　　火星车达人/108

　　重中之重/116

　　"蓝闪蝶"/131

　　让每一缕光芒都灿烂/141

　　带"火"字的车标/155

第五章　一飞，再飞/165

　　灰色的云/167

　　含泪奔跑的强者/181

　　第908天：浴火重生/195

第六章　神奇的环绕器/211

　　"用我们的双手点亮更多的星星！"/213

　　十年磨一剑/219

　　火星捕获/226

　　"地火生命线"/235

第七章　放飞"风筝"的人/247

　　家　书/249
　　无线"风筝"/261
　　寻找"天问"/278

第八章　寻找那把"钥匙"/291

　　到火星去/293
　　探　秘/301

第九章　"我是北京"/315

　　迎着强劲的海风/317
　　"太空刹车"/331
　　火星，你好/343

第十章　逐　梦/363

尾　声　飞向更远/387

后　记　/396

前言　火星三问

在本书动笔之前，我怀揣着三个疑问：

其一：为什么要去火星？

确切地说，这不仅仅是我个人的疑问，在人类每次提出一项崭新而重大的太空探索计划时，总有质疑随之而来："地球上还有那么多问题亟待解决，为什么要去关心那么遥远的事情？"

为此，我找到了以下几种回答：

美国国家航空航天局面对赞比亚修女提问时，这样回答：通往火星的航行并不能直接提供食物从而解决饥荒问题。然而它所带来的大量新技术和新方法，可以用在火星探测之外，这将产生数倍于原始花费的收益。

印度政府发言人面对西方媒体质疑时，如此回答：如果我们没有伟大的梦想，就永远是伐木人和挑水工。

中国科学院院士、中国首次火星探测任务工程总设计师张荣桥，在一次演讲中，则这样说：如同一个不太富裕的家庭，为何还要省吃俭用拿钱去培养孩子呢？家长是为了提升孩子的能力，为了孩子的未来。国家也是一样，通过重大的、前瞻性的科学探索活动，来提升我们中国人的自信心，提升我们国家的实力。

其二：去火星干什么？

这个问题总会引来无数美好的期许和遐想，比如：火星是太阳系中最有可能存在生命的地方，探测火星的主要目标之一，是确定火星上是否存在生命；火星的环境与地球最相似，研究火星可以帮助我们了解地球的未来，特别是气候变化和生命存在的可能性；火星蕴藏着丰富的资源，它对未来人类的太空移民和资源利用具有重要意义。

张荣桥的答案则更为严谨："科学家现在并不是要去火星上寻找生命，我们要到火星上去寻找是否曾经存在过生命的证据。"

其三：怎样去火星？

相比人类为什么去火星、去火星干什么，我更关注的是，人类如何抵达火星，这也是我写本书的初衷。

中国的天问一号，面对漫漫征程，登山临水，鞭长驾远，怎么才能将祝融号火星车送达火星？

天体运行，悠悠万古，自有其规律。在工程实施层面，自地球上发射探测器到达火星、与火星交会，这样的机会每隔26个月才出现一次；错过了这个发射窗口，就得再等上26个月。因此，"去火星不是说走就能走的旅行"。

去火星还得解决交通工具问题。天问一号飞到火星的主要动力来源是长征五号火箭。长征五号是我国新一代运载火箭，起飞推力高达1000吨。问题是，在天问一号选定的发射窗口，长征五号能否准备妥当。

地球距离火星最远约4亿千米，天问一号需要"跑"7个月才能抵达火星，连无线电信号电磁波的往返，都需要40多分钟。深空测控系统必须解决跟踪测量距离远、信号传输时延高、导航测量难度大、任务持续周期长等难题。

高速飞行的天问一号抵近火星时，要通过主发动机持续点火，才能够被火星引力场捕获，进入环火轨道。这一制动捕获，称为"太空刹车"。此时，探测器的目标轨道距离火星最近处仅400千米，"太空刹车""踩"重了，天问一号便一头撞上火星，粉身碎骨；"踩"轻了，又将与火星擦肩而过，消失于茫茫宇宙。"太空刹车"是一道世界级难题。

天问一号的最后一场"大考"是降落。降落过程必须连贯完成气动减速、伞系减速、动力减速、悬停避障、缓速下降、着陆缓冲等动作，环环相扣，不容丝毫差错。国外已实施的火星探测实验，大多在降落过程中"折戟"而败。

降落成功后，祝融号火星车能不能走起来，更是万众期待。

怎么去火星？难！难！难！

火星探测工程是个庞大而又复杂的工程，共由工程总体和探测器、运载火箭、发射场、测控、地面应用五大系统组成，缺一不可。几年来，我走进中国首次火星探测任务团队，采访了数以百计的航天科学家和科技工作者，听他们讲述了首次火星探测任务从预研到立项所经历的一波三折，各大系统在研制过程中经历的千难万险，环绕器奔"火"途中的风风雨雨，火星车着陆时的惊心动魄、巡视期间的有惊无险……

天问一号一次完成"绕、着、巡"三大任务，使我国成为世界上第二个独立掌握火星着陆巡视探测技术的国家。

《火星，我们来了》是对我国首次火星探测任务的一次全景性的叙述，但是，它绝不是一般性的"报告"。准确地说，我更关注或者说要浓墨重彩描写的，是"人"——航天人、"火星人"的故事！

火星，遥在天宇——

"火星人"和他们精彩的故事，就发生在中国的那些"神秘角落"，也发生在我们的身旁……

第一章
火星,火了

祝融号

茫茫宇宙，群星灿烂。

那颗多少代多少年让人类无限憧憬的火星，忽然间又火了！

2020年4月24日——中国航天日，国家航天局公布：中国行星探测工程被命名为"天问（Tianwen）系列"，首次火星探测任务被命名为天问一号，后续任务依次编号。该名称源于屈原的长诗《天问》，表达了中华民族对浩瀚太空永无止境的探索和追求。象征着"揽星九天"的任务标识，以独特的"C"字母形象，汇集多重含义，展现出中国航天开放合作的理念。

2020年7月23日，中国首次火星探测任务天问一号探测器在海南文昌航天发射场成功发射。天问一号穿越云霄天际，开启火星探测之旅，迈出了我国行星探测的第一步。天问一号将在地火转移轨道飞行7个月后，到达火星附近，通过"太空刹车"完成火星捕获，进入环火轨道，并择机开展着陆、巡视等任务，进行火星科学探测。千百年来，宇宙之"问"，牵引着人类涌动不止的好奇心，记录着人类对科学真理孜孜不倦的追寻。

7月24日，中国第一辆火星车全球征名活动正式启动。

天问一号的成功发射点燃了全民关注火星的热情。有人形容：为火星车征名更像是一场全民想象力的盛宴。

航天员翟志刚、刘洋、王亚平拍摄了《新天问》视频，致敬中国首次火星探测。

奋战在抗洪一线的战士为火星车取名"人民号"，体现出时刻心系人民的家国情怀。

同济医院的医护人员为火星车取名"战役号"，表达他们战胜新冠肺炎疫情的决心。

甘肃省临洮县连儿湾乡村小学的孩子们想到"孙悟空""雷达车"等名字，尽情放飞他们逐梦星空的想象。

有网友为它取名"帝江"。它是中国古代神话中的神鸟，四翼六足，色赤如火。也有网友为它取名"解惑"。一个"天问"，一个"解惑"，遥相呼应。还有网友说干脆叫"狗蛋儿"，皮实，好养。

参与为火星车命名活动的百度人工智能助手"小度"，通过大数据分析，在关于中国航空航天、中国传统文化以及探索创新精神中，筛选出一个与之匹配度最高的名称——"朱雀"！朱雀，早在殷商早期，就已成为中国人用甲骨文书写出的"四象"之一；在《淮南子》中，朱雀与黄龙、青龙、白虎、玄武，并称"天官五兽"；根据古人的五行学说，朱雀是南方的神兽，代表红色，代表夏季。此次火星探测器在海南发射，飞往表面赤红的火星。不得不感叹，朱雀这名字和此次火星探测的匹配度非常之高！

近300万名网民参与征名、投票活动，中国火星探测任务的全网曝光量超过260亿人次。征名活动覆盖全球24个国家和地区的40多个城市。美国纽约、加拿大温哥华、南非约翰内斯堡等海外华人聚集较多的城市参与热度最高。

后来，我在采访负责火星车设计的天问一号探测器系统副总设计师贾阳时问："火星车是你们研制的，你最喜欢哪个名字？"

"哪吒！"贾阳脱口而出。

"哪吒？为什么？"

"你看，我们的火星车有六个轮子，就像是哪吒踩着的风火轮。火星车在我心中轻巧灵动，看着还有点淘气，充满活力，非常符合哪吒的形象，而且老百姓也都熟悉……"

我又问："张荣桥总师喜欢什么名字？"

"弘毅。有远大抱负且意志坚强。"贾阳说，"我们两人碰到一起，经常'掐架'。他说哪吒闹海，太闹腾。我说'弘毅'有些抽象，不够大众。他坚持他的'弘毅'，我坚持我的'哪吒'。"

2021年1月18日，中国第一辆火星车全球征名活动初次评审会举行，评审委员会由各大系统有关专家和社会文化名人等组成，现场遴选出前10名——弘毅、麒麟、哪吒、赤兔、祝融、求索、风火轮、追梦、天行、星火。

随后开启火星车名称"十进三"投票。经过40天公众网络投票，祝融、哪吒、弘毅位居网络投票前三，结合评委意见最终确定前三名按程序报批。

2021年4月24日，国家航天局正式宣布中国第一辆火星车被命名为祝融号。

祝融是中国古代神话中的赤帝——火神。

关于祝融的上古神话传说斑斓奇诡，纷繁万象，其中之一是：燧人氏发明了"钻木取火"，但火种不易保存。而祝融不仅发明了"击石取火"，还创造了保存火种的方法。黄帝因而封祝融为管理火的"火正官"，举其为相，并靠他制兵器、征九黎、战共工。又因祝融熟悉南方事务，黄帝封他为司徒，主管南方事务。

"融"是光明的象征，而"祝"是永远、继续或盛大的意思。在漫长历史中，"祝融"始终是一个熠熠发光的名字，寄托着人们对火的尊崇、期待和玄想，希望火神继续用火光照耀大地，永远给人以温暖和光明。祝融英文名称采用直接音译方式，确定为"Zhu Rong"。

自古以来，不论是"欲上青天揽明月""鲲鹏展翅九万里"等优美的诗词，还是"嫦娥奔月""女娲补天""夸父逐日"等神话传说，这些多彩的诗意文化为大国重器的取名提供了丰富的文化支撑。比如我国首次火星探测任务取名"天问一号"；载人飞船叫"神舟"，寓意神奇的天河之舟，且与"神州大地"谐音；探月工程又叫"嫦娥工程"，而与嫦娥三号、嫦娥四号相匹配的月球车，被命名为"玉兔号"和"玉兔二号"。北斗七星在遥远的古代就被古人用来辨别方向、确定季节、知晓时辰，华夏先民用北斗来指引漫漫旅途中前进的方向，我国自行研制的全球卫星导航系统，便以"北斗"来命名。类似的航天器命名还有很多，气象卫星叫"风云"，货运飞船叫"天舟"，中继卫星叫"天链"，还有空间量子科学实验卫星叫"墨子号"，探测暗物质粒子科学卫星叫"悟空号"等。中国航天器的诗意名称,充满着浪漫情怀和敬畏之心。它既是对中国传统文化和科学精神的传承,同时也彰显了中华民族的探索精神和文化自信。

时任国家航天局局长张克俭表示,祝融号寓意点燃我国星际探测的火种,指引人类对浩瀚星空、宇宙未知的接续探索,鼓励航天人不断超越自我、逐梦星辰。他说:"探索浩瀚宇宙是全人类的共同梦想。站在新的历史起点,中国航天将实施探月工程四期和行星探测工程,拉开新时代探索九天的新序章。国家航天局将进一步深化国际交流与合作,与国际社会并肩同行、携手共进,为探索宇宙奥秘、增进人类福祉做出新的更大贡献。"

火星,你好!

祝融号,你好!

在这波"火星热"中,北京某中学举办了一次"火星,你好"的征文活动。

下面摘录的是征文活动中的一篇文章:《火星奥运会》。

2073年。

8月29日。

哇!一场奥运会——一场特殊的奥运会,在火星的乌托邦平原举行。

三年前,北京几位爱好天文又热爱运动的中学生,在一次课外活动时,异想天开地提出在火星上举办奥运会的设想。他们给国际奥委会发出了"伊妹儿",提议在火星上举办一场奥运会。

没想到，没多久就得到国际奥委会回复，决定于2073年8月29日，举办第一届火星奥运会。而且，还欢迎北京派一名学生参加，我有幸成为代表。

哎呀呀，这实在是太妙了！

去火星先得解决交通问题。半个世纪前，中国的天问一号马不停蹄跑了7个月，行程4亿千米，才到达火星。这种速度可不行，谁受得了这半年多长的旅途？不过，别急，如今，我们有了和平号核动力低密度超高速太空船。来自地球的运动员们，经过5个小时的太空旅行，便可轻松地抵达火星。太空之旅真是太神秘了，我们先是搭乘载人飞船到太空站集合，然后一起出发。太空船的形状有点像一片白色的羽毛，我感觉不到它在飞翔，更像是在太空漂浮。我乘机看了一部太空科幻片，睡了一小觉，一睁眼，到了。

乌托邦平原上，一组组半球形玻璃建筑物拔地而起，远远看去像是一座座放大版的体育馆。为什么这里的建筑物都是玻璃球状？因为玻璃球状建筑最大优点是能大量吸收太阳的光芒，气密性好，在火星这个冰冷的世界里，太阳光是最宝贵的。玻璃城堡透过可见光，抑制红外线射出，最大限度实现保温。而且，这些建筑都是全封闭的，有和地球一样的气压、温度、湿度，不受外部恶劣环境的影响，特别是宇宙射线的辐射。

当年，天问一号的总设计师张荣桥叔叔说过一句名言："去火星不是说走就能走的旅行。"即便是到了2073年，去火星依然还不像我们在地球上旅行，拎包走人。

最后，参加火星奥运会的只有来自30个国家的30支代表队、268名运动员。有中国、俄罗斯、美国、英国、法国、日本等，一些经济相对落后的国家，由国际奥委会提供资助。

在火星上举办奥运会，让奥委会的官员们颇费功夫。

火星上没有水，与水有关联的运动项目肯定比不了，游泳、跳水、赛艇，还有帆船、铁人三项等，都得忍痛割爱。一些需要特殊场地的项目，像自行车、击剑也被取消。还有一些对抗性太强的项目，像足球、篮球、排球等，运动员容易受伤，也不办。

火星奥运会主要以田赛和径赛为主。

火星上的重力加速度远远小于地球的引力，这对运动员来说，简直是天赐良机。他们一个个像是脱下厚重的铠甲，变得身轻如燕。

男子铅球在地球上的世界纪录是20多米，那么，到了火星上，运动员可以推多远呢？猜猜看？这下把大家难住了。这里面涉及物理和数学知识。我们几名中学生，学到的知识显然是不够用了。于是，我们上网查，又去请教物理老师和数学老师，根据运动员抛出铅球时的出手速度、角度，运动员的身高，构成一个曲线方程。还得把其中的重力加速度从地球换成火星，一次次验算，一次次推倒重来，最后得出的均值应该是62米左右。哇，62米呢！

男子跳高，地球上的世界纪录是2.45米，在火星上可以跳多高？几番计算下来，均值大约是5米。简直不可思议！

国际奥委会的官员们早就预见到这个问题，将男女跨栏的栏高分别加高了40厘米和20厘米。否则,在火星上跨栏会像大人跨门槛那么容易。铅球的重量也增加了,要不,运动员一使劲会把屋顶砸了。

在火星上举办奥运会,唯一遗憾的是没有观众,所以也就听不到"加油"声。

男子100米跑比赛开始了,随着发令员枪声一响,运动员像箭一般向前冲去。5.32秒!牙买加运动员创造了火星奥运会最好成绩!

5.32秒,比在地球上快了近一半。当年中国的"百米飞人"、已是耄耋之年的苏炳添爷爷,看到这个成绩,脸上挂满了惊叹号!

男子铅球的最好成绩是61.08米。

女子标枪运动员在火星上居然投出198米的最好成绩。

女子100米最好成绩是由中国运动员创造的:5.87秒!这位健美的大姐姐,看着电子屏幕上的时间记录,露出惊诧的神色:"5.87秒,怎么可能?我真成'飞人'了!"

来自地球上的运动员,见到各自创造的成绩,感到妙不可言,个个喜笑颜开。

……

考虑到地球运动员们来一次火星不容易,组委会专门为他们组织了一次火星"一日游"。

导游是国际奥委会驻火星联络处主任高峰,高峰是中国乒乓球运动员、国际奥委会委员,曾获得奥运会乒乓球单打冠军。高峰说，在火星上最大的遗憾是不能打乒乓球，一打球就乱蹦乱跳，弹得老高。

火星上没有路，只能搭乘火星直升机。运动员们穿上宇航服，一个个像是航天员。

直升机在天空飞行，透过舷窗，只见茫茫戈壁，无边无际。那赤红色的地表，在阳光的照射下，如同燃烧着的土地。

一位运动员好奇地问："高先生，你见过火星人吗？"

高峰笑着说："哎呀，我一直想见见火星人呢，遗憾的是到现在还没见着呢。18世纪，意大利一位天文学家通过望远镜发现火星上有一些奇怪的暗沟，他将这些暗沟叫作运河。有科学家认为，这些运河是火星上的智慧生物开凿的，用来从湖泊引水维持生活。到了1913年，人们才发现所谓运河其实是人的视觉误差。1997年，第一辆火星车旅居者号来到火星，完成了对火星地质和气候的研究，但是仍然没有发现火星生命存在的直接证据。现在，人类尽管已经找到火星上曾经存在生命的依据，火星人却迟迟没有露面。"

大家禁不住议论了起来：

"火星人长得有些怪异，是不是怕吓到地球人？"

"那是科幻片假设的'火星人'，也可能真正的火星人长得比地球人还漂亮呢。"

"他们是不是觉得人类太强大了，有意躲避咱们？"

"火星人喜欢和平，但地球战争不断。"

直升机先在奥林匹克山脚下降落。

望着巍峨险峻的群山,高峰告诉大家,奥林匹克山又称为奥林匹斯山,是火星表面最高的火山,也是太阳系已知的最大的火山。它高于火星基准面21.171千米,从山脚到山顶的高差是21.9千米。奥林匹克山宽约600千米,占地面积30万平方千米,相当于意大利全国面积。

直升机将大家载到一个巨大无边的撞击坑旁。

高峰告诉大家,火星上有数以万计、大小不一的陨石撞击坑。这些较大的陨石撞击坑又称环形山,是行星、卫星、小行星或其他天体表面通过陨石撞击而形成的环形的凹坑。

经过一个多小时的飞行,直升机降落在"祝融号纪念碑"旁。

纪念碑碑文记载了2021年5月15日中国首次火星探测任务天问一号搭载的祝融号火星车登陆火星的壮举。

纪念碑旁有一件用特殊玻璃罩保护起来的"古董"——祝融号火星车。

高峰指着"古董"介绍说,这是半个世纪前中国发射的第一辆火星车,当时,中国的天问一号一次完成了"绕、着、巡"的火星探测任务。

运动员们好奇地问"祝融"是什么意思,高峰告诉他:"祝融是中国古代神话传说里掌管火的神仙,相当于我们现在的……差不多是消防局局长吧。"

运动员笑了:"哎呀,中国人真聪明,派消防局局长来火星,万一火星上出现火情,他可以大显身手。"

运动员在离开火星前,国际火星管理委员会赠送给每位运动员一件特殊的礼物。请大家猜猜看是什么呢——一块用火星石雕刻的五环。

奥林匹克追求的是更快、更高、更强,人类对宇宙的探索永无止境,它们之间有着共同点!

非常荣幸,我参加了这次火星之旅。

从火星回来,我准备报考北京航空航天大学这所百年老校,我也想成为一名航天人……

"火星热"激发更多人对火星的好奇和向往,人们仿佛忽然发现,火星离我们并不遥远……

"大鹏一日同风起,扶摇直上九万里。"天问一号引爆"火星热",凸显了民众对中国航天不断探索、勇于攀登的高度认可和全力支持。从第一颗人造地球卫星到载人飞船,从"嫦娥"探月到"北斗"组网,中国航天每一次的突破,都会激发国民仰望星空的无限热情。而这次,我们飞得更高、飞得更远。

"火星热"唱响锐意创新、追求卓越的时代最强音!

《开讲啦》

一年后,中国航天再次迎来一个历史性的时刻!

2021年5月,天问一号在世界上首次通过一次任务实现环绕、着陆和巡视探测这三大目标,标志着我国在行星探测领域跨入世界先进行列。

7月24日,中国首次火星探测任务工程总设计师张荣桥做客中央电视台《开讲啦》栏目:

主持人撒贝宁:我看了那么多的自拍,直到前几天,彻底被一张自拍震撼了,那是祝融号在火星着陆之后,从这个着陆平台,下到火星的表面,然后拍的一张自拍。知道火星距离地球有多远吗?4亿千米。传回来的照片如此清晰,这背后的科学家厉害吧!而且整个火星的探测任务,对于中国的航天来讲,一下子实现了六个"首次",也让世界震惊!今天有一位开讲嘉宾,最适合来跟我们分享火星探测任务——欢迎中国首次火星探测任务工程总设计师张荣桥!

(张荣桥上场)

张总,其实我对您的形象已经熟悉了,5月15日那天,当我们的探测器成功降落在火星表面的那一刻，大家都看到了，当时张总师激动得潸然泪下。

张荣桥：说实话，在着陆之前，我一直在想，咱们遇到重大成功的时候，是不是可以不落俗套，对，别流泪，可以手舞足蹈地高兴一番。但是没有做到，还是忍不住地流眼泪。

可以告诉大家，6月20日我得到报告，我们的祝融号火星车，已经行驶了206米。

撒贝宁：200多米的距离虽然在地球上看起来并不长，但对于一个离地球4亿千米的遥远之地来说，这是多少中国科学家，多少年梦寐以求的一个成就。

张荣桥：难点很多，接下来我会慢慢跟大家讲。

张荣桥首先感谢全国人民对首次火星探测任务的关心、关注和支持。

张荣桥说："去火星不是说走就能走的旅行。"

由于天体运行规律的限制，从地球发射探测器到达火星、与火星交会，在工程实施层面，每隔26个月才有一次机会，如果错过了这个发射窗口，就得等上26个月。2004年9月26日，在这个任务还没有得到国家正式立项批复的时候，国家航天局就先期启动了任务的研制。也就是在那一时刻，我们就确定了将2020年7月23日作为首选发射窗口。

7月23日探测器成功发射之后，张荣桥收到了很多祝贺短信和电话，其中一条短信和一个电话令他感动，孙家栋院士给他发来短信：祝贺成功！栾恩杰院士是中国探月工程的总指挥，他给张荣桥打了一个电话，说："打得好，非常高兴！"寥寥数语，丝毫不减他们对这次重大任务的牵挂。功之成，非成于成之日，首次火星探测任务能取得成功，首先得益于这些航天发展战略专家的倡导和推动，还有一大批中国航天界老专家从项目论证、立项到方案的设计、研制、试验所做的努力。他们为项目咨询，为项目把关，为首次火星探测任务的圆满成功贡献了智慧，付出了辛劳，所以应该向他们致敬。

张荣桥说："要正视我们的水平，跟自己比，每一次都有所进步，保持定力。浩瀚星空的每一个星球，就如同茫茫大洋上的一个个岛屿。天问一号开启了我们中国人探索星辰大海的新征程，我们将马不停蹄，永不停歇，以中国速度不断提升星际航程的新高度。"

此时的张荣桥不像是一名科学家，更像是一名演说家。他富有个性和张力的语言，像是大海上跳跃的浪花，又像是在荒原上奔突的藏羚羊。或许正是这种"跳跃"和"奔突"，使他成为一名航天科学家——航天科学家需要"跳跃"和"奔突"，需要天马行空式的思维。

撒贝宁：再次把掌声送给张总师和中国航天人。

我的同事跟我讲，其他的总师可能在做这个项目的过程中，还能有时间自己写写论文，或者是做一些其他科研工作。但是过去10多年，张总师全力以赴，就做一件事儿，就是中国首次火星探测。

张荣桥：能把这件事干好已经非常不错了。

撒贝宁：很多观众提了很多问题。这位观众问：祝融号还会回来吗？它是否和以前的月球探测器一样，带一些火星礼物回来？

张荣桥：这一次我们的祝融号火星车不回来，它就在火星表面开展巡视探测，一直到它的寿命结束。我们的第二步是要从火星采样回来。我坦诚地告诉大家，迄今为止，国际上还没有哪个国家具备从火星取样返回的能力，包括我们。但是，我们已经有了这个计划和安排，我们会按照原来的计划，开展相关的技术攻关，将会以中国速度，稳步稳健地开展工作，尽早实现从火星表面采样返回。

撒贝宁：祝融号不回来这件事，祝融号自己知道吗？

张荣桥：没告诉它，不能告诉它。

撒贝宁：得先送上去让它安心工作，到时候再说，"对不起啊，没给你买返程票，你就一单程"。所以，我们也把掌声送给祝融号吧。为了中国的航天事业，它留在了茫茫太空中。

张荣桥：但是在不久的将来，我们一定给它派兄弟上去。

撒贝宁：所以不必太伤感。

接下来把时间交给现场的四位青年代表。大家有什么问题？

鲍硕：荣桥总好，撒老师好！我是北京航天飞行控制中心（以下简称飞控中心）首次火星探测任务调度鲍硕。"各号注意，我是北京！"

撒贝宁："各号注意，我是北京！"……这是什么意思？

张荣桥：外行了吧！鲍硕是飞控中心的调度。"各号注意，我是北京！"这是每次执行任务时，她要发出的口令。

撒贝宁：对了，刚才你称呼张总师什么来着？

鲍硕：荣桥总。

张荣桥：因为我们这里姓张的人太多了。

撒贝宁：鲍硕，你是内部人员，你是来爆料的，还是来提问的？

鲍硕：有一点小料想爆一下。别看荣桥总现在工作是要协同各大系统，但私下里的荣桥总是一位非常平易近人的大爷。

张荣桥：大爷，把我叫老了吧！我在这里也给鲍硕做个广告，这么优秀，她还没有对象，赶紧追吧。

鲍硕（不好意思地低头笑了）：荣桥总平时会给家人做好饭，再来单位加班。

撒贝宁：您还要负责做饭？

张荣桥：没地位嘛。

撒贝宁：总师还有时间回家做个饭，再回来加班？

张荣桥：我做饭，在某种意义上说是一种休息。

鲍硕：我们都自诩是地球上的"火星人"，因为要陪着祝融号，过每天24小时又39分钟的火星时间，每天都要倒时差。荣桥总每次都会提前到现场，先去厅里看"天问"的状态，每次见到您都是特别的精神矍铄、元气满满。我想问一下您是怎么做到的？

张荣桥：我都大爷了，还精神矍铄？化解压力最好的方式是什么呢？是运动，每天都要运动。

撒贝宁：您喜欢什么项目？

张荣桥：省钱的运动，方便的运动，走路，而且一定要到室外去，到自然环境中去走。

尤其是天问一号202天飞行、93天环绕，再着陆下来，发自内心讲，我要表扬我们的团队，他们非常辛苦，到关键时候，连续3天睡觉不到10个小时，仍然要保持良好的精神状态，因为所有的指令、所有的数据，容不得半点差错。他们，尤其是在一线工作的飞控人员，包括探测器的研制人员，还包括地面应用系统的科研人员，他们是真正的英雄，应该感谢他们！

鲍硕：我刚刚工作三年，但是很荣幸地经历了月球探测到火星探测两大任务。

撒贝宁：虽然现在的技术不一样了，工作环境和条件都不一样了，但是精神没有变，希望你们这一代年轻的航天人，仍然把老一辈的这种中国航天精神传承下去。

下一位！

王千羽：在做自我介绍之前，我想先介绍一下，我儿子的名字叫"天问"。

撒贝宁：真的？

王千羽：户口本上就叫"天问"，因为他的爸爸是开火星车的。

撒贝宁：你是航天家属？

王千羽：对。

张荣桥：你也辛苦了。谢谢你！

王千羽：他特别热爱航天事业，所以连儿子的名字都跟他工作有关，他告诉我：这就是航天人的浪漫。我想问一下张总：在您的心目中，您也会把天问当作自己的孩子吗？它上去那么久，您会想它吗？您有没有什么想对它说的？

张荣桥：我想，不单是我们搞航天的人，各行各业都是这样，但对祝融号火星车，尤其显得特别，因为它承载着中国人探索火星的重大使命，它不仅要去，而且要活得健康，走得稳健。因此，我给予它孩子般的期望，希望它能够一路平安，能够完成所承担的使命。

撒贝宁：你的小孩多大了？

王千羽：一岁多，是天问一号发射一星期前出生的。正好他爸爸赶上这个任务，所以我们一拍手说就叫"天问"。

撒贝宁：现在国家已经开放三胎政策……

张荣桥：正好可以叫天问一号、天问二号、天问三号。

撒贝宁：哪有这样取名字的……中国的航天人特别会取名字，像嫦娥、天问、祝融、悟空，反正咱们未来跟着中国航天事业的发展，你回去跟你老公说，不光是取名字，以后把家里的饭也做好，向老一辈学习，做完饭再去加班。

张荣桥：我告诉大家，天问一号环绕的时间正好赶上过年，新冠肺炎疫情管控又有特殊的措施，所以就是住在航天城附近的也都不能回家，都得坚守在航天城里面。我很能体会这种心情，像我们这些老同志还好一点，像他们这样的年轻人，有的孩子刚出生，还有一些父母从外地赶来过年，他们却不能回家。作为航天人的家属，是有额外的一份付出的，真得感谢你！

撒贝宁：刚才我脑海里一直在回荡着，鲍硕说自己工作才三年，就已经参与了探月工程、探火工程，我在想这是何等的幸福。当然，一方面是你们这一代年轻人的优秀，使得你们有机会参与这样的大项目；另一方面，你们真的是生在了一个好时代，赶上了一个好时代。那些老科学家、老院士，他们毕生的经历最后形成了你们的起点。所以，也许未来，当你白发苍苍的时候，当你看着电视转播中国第一个火星基地落成的时候，我希望你的心里也会骄傲地想起那句话：功成不必在我，功成必定有我！

中国地质大学在读博士生徐源也来到现场，她问张荣桥："火星和我们地球的相似度非常高，我们可以通过挖化石的方法，寻找生命的痕迹，也可以通过观察一些流水的痕迹，来找到生命可能存活的一些环境。您在祝融号落地之前，是否有一些个人的好奇和猜想？"

张荣桥告诉大家："去火星寻找生命，可以说是火星科学研究最热门，也是最核心的一个话题。今天的地球是火星的未来，或者说今天的火星是我们地球的未来。我们目前在火星获得的数据，都是非常有限的。尤其中国是第一次去火星，我们的目标是，帮助科学家们获得更多的有效的科学数据。但是也请大家正视这个情况，毕竟是第一次去，获得的数据有限，期盼通过一次探测的数据，就把火星上是不是有生命搞清楚，我想这本身就不科学。我们的祝融号这次着陆在乌托邦平原南部，还是很有价值的。据科学家说，我们现在着陆的这个地方，相当于一个古海洋与陆地的交界线附近，往北就进入了这个古海洋，着陆点的更远处还有一个新月形沙丘，如果后续的探测表明，它真是新月形沙丘，那可能在科研方面将是具有重大意义的探索。"

准确来讲，科学家现在并不是要到火星上去寻找生命，而是要到火星上去寻找是否曾经存在生命的证据，这句话说得很严谨。张荣桥还幽默地提醒："大家不要理解成，我们上火星是去看有没有小虫子，肯定没有。"

撒贝宁接着说："今天张荣桥总师给我们剧透了很多，所以您这么一说，把我们从科幻拉回到现实，要有耐心，更要带着科学的精神和心态，去跟随我们中国航天科学家一起，一步一步解开火星之谜。"

《开讲啦》又一次掀起了"火星热"。

人们记住了这位中等个子、平头、戴眼镜的男子，他深蓝色T恤的胸口上印着一个醒目的"行星探测"标识——中国首次火星探测任务工程总设计师张荣桥！

第二章
立 项

征程漫漫

星空浩瀚,银河璀璨,我们的先人仰望星空吗?

远古时期,天地玄黄,宇宙洪荒,混沌初开。大河里刚刚有鱼儿,高山上苍松葳蕤,恐龙的胚胎也在发育之中。

茹毛饮血,我们的先人尚未掌握火的使用方法。每当夜幕降临的时候,他们蜷缩着身子,依偎在一起。那时候的浩瀚星空,还没有"后羿射日""嫦娥奔月"的神话传说。一弯半月,满天繁星。那烁烁闪闪的灿烂,给予我们先人的是安宁,还是慰藉?

人类四大文明古国——古巴比伦、古埃及、古印度和中国,都有关于星空的记载。特别是关于火星,人类有着更多细致的观察。古巴比伦人计算出火星运动一周之后回到原来的位置需要780天(约等于26个月)。在古代,血红的颜色代表战争、暴乱和破坏。古希腊人用战争之神阿瑞斯(Ares)的名字来命名火星。古罗马人则称之为玛尔斯(Mars,古罗马战神的名字),这个名字在西方一直沿用至今。

因火星表面存在大量氧化铁,呈橙红色,人们称它为"荧惑"。这名字中之所以有"惑"字,是因为古人在观察火星的时候,发现它的运行轨迹有时自东而西,有时又自西而东,其位置、轨迹、亮度、颜色令人捉摸不定。所以，在古老的东方文化里，火星往往是一种不祥的象征，这源自其轨迹变化多端、难以预测。

"天高地迥，觉宇宙之无穷。"辽阔星空，给予人类无限浪漫的遐思与探索的激情。

早在2300多年前，我国诗人屈原在被誉为"千古万古至奇之作"的《天问》中，便发出了对宇宙洪荒、天地自然、人文历史的疑问。《天问》一共提出了170多个问题，其中关于天文方面的有：

遂古之初，谁传道之？上下未形，何由考之？冥昭瞢暗，谁能极之？冯翼惟象，何以识之？明明暗暗，惟时何为？阴阳三合，何本何化？圜则九重，孰营度之？惟兹何功，孰初作之？斡维焉系，天极焉加？八柱何当，东南何亏？九天之际，安放安属？隅隈多有，谁知其数？天何所沓？十二焉分？日月安属？列星安陈？出自汤谷，次于蒙汜。自明及晦，所行几里？夜光何德，死则又育？厥利维何，而顾菟在腹？女岐无合，夫焉取九子？伯强何处？惠气安在？何阖而晦？何开而明？角宿未旦，曜灵安藏？

一问一奇绝，一问一憧憬。

《天问》展示了屈原的思考与才华，表达了中华民族的忧患意识和高洁之志。

探索与追求，一次次激发科学家的灵感。17世纪初，意大利著名天文学家伽利略制造出世界上第一台天文望远镜，第一次看清楚了月球表面的模样，并发现了木星的4颗卫星。1659年，荷兰天文学家克里斯蒂安·惠更斯绘制了人类历史上第一幅火星图，他还成功测量出火星的自转周期——约为24小时39分钟。17世纪下半叶到18世纪初，天文学家还观测到了火星的南北极冰盖。进入19世纪，随着光学望远镜的升级，人类观测能力获得显著提升。火星外观也从一个橙红色的小点逐渐具有阴暗和明亮交加的轮廓。人类意识到火星上可能有各种地形、地貌，甚至猜测那里有高山、峡谷、冰盖和湖泊。人类用各种特色的名字命名火星上的地理区域，如太阳湖、奥林匹斯山、大瑟提斯高原、亚马孙平原、希腊盆地等。当时争议最大的是关于火星是否存在高级生命的讨论：科幻作家和普通大众幻想着火星上存在高级的智慧文明；科学家则几乎都持悲观态度，认为火星荒芜死寂，最多只能存在简单生命。

进入20世纪，随着科学技术的进步，现代火箭技术的突破，人类渴望突破头顶蓝天这块"天花板"，去探索太空奥秘。

1957年10月4日，苏联成功发射世界上第一颗人造地球卫星，人类领到第一张走出地球村的"通行证"。

1958年1月31日，美国丘比特C型运载火箭和探险者1号卫星成功发射。

人类进军宇宙、角逐太空的征途，拉开了帷幕。

美、苏两国希望走得更远，都将目光投向月球和火星探测。

仅仅过了三年——1960年10月10日，苏联向火星发射了第一个探测器火星1A号，四天后，又发射了第二个探测器火星1B号，但两个探测器均以失败告终。1962年，苏联又连续发射了3个火星探测器，全部失败。

美国紧随其后，1964年11月5日，发射水手3号，尝试火星探测，由于太阳能帆板未能打开，8小时后，水手3号与地面失去联系。11月28日，水手4号顶着巨大的压力发射，次年7月14日，从火星表面9800千米上空掠过，完成了人类首次探测火星的实验，向地球发回22张照片。这些照片是人类首次拍下的另一颗行星的近距离照片，人类第一次清晰地看到火星的"真面目"。紧接着，1969年，美国又发射了水手6号和水手7号，它们携带了更先进的仪器，均成功掠过火星，拍摄了更多照片，带回了火星的遥感影像和大气数据。遗憾的是，它们的探测进一步确认火星极其寒冷，几乎没有磁场，大气成分主要是稀薄的二氧化碳。基本可以判断，火星是一个荒芜之地，不太可能存有生命。

冷战时期，航天成了两个超级大国角逐的新领域。

进入20世纪70年代，航天技术进一步发展，美、苏两国开始尝试发射真正的火星探测器——环绕火星运行的人造卫星。

1971年是人类探测火星历史上最为繁忙的一年。苏联和美国各自发射了5个探测器，占20世纪70年代发射总量的一半。1971年5月9日，美国发射的水手8号升空6分钟后，火箭发生故障，探测器坠入大西洋。5月19日，苏联发射的火星2号，几乎以同样的问题宣告失败。5月28日，苏联的火星3号顺利升空，在抵达火星轨道后立即释放着陆器，幸运的是，它实现了人类探测器成功着陆火星的梦想，留下了人类在火星上的第一个"足迹"，但在着陆十几秒后停止了工作，没有取得任何科研成果。

同在这个火星探测窗口，5月30日，美国发射了水手9号，5个半月后，水手9号成为首个环绕火星的探测器，也是人类第一个环绕另一颗行星的探测器。它在环火轨道上工作了1年多时间，发回了7000多张照片。这些照片叠加起来展示的区域覆盖了超过85%的火星表面。它还对火星的两颗卫星（火卫一、火卫二）进行了探测。

对于1973年的火星探测窗口，苏联不甘落后，从7月21日到8月9日，短短20天内，连续密集地发射了火星4号、火星5号、火星6号、火星7号4个探测器，重量均为3—4吨。火星6号、火星7号承担着登陆火星任务。可惜的是，4个探测器均未完成任务，唯一的亮点是火星5号围绕火星工作了几周，但很快又发生了故障。由于火星探测连连受挫，苏联不得不暂时中断这项计划。

美国在这个探测窗口开始实施著名的"维京计划"。在古英语中，维京（wicing）代表海盗；在冰岛土语中的维京（vikingar），也含有"海上冒险"的意思。美国科学家用维京来为这次探测活动命名，是希望探测器像维京人一样，不畏失败，勇往直前。维京1号和维京2号均包括一个轨道器和一个着陆器，并带有多种科学仪器，总重量3.5吨，其中着陆器重600千克。耗资10亿美元。

维京1号和维京2号先后于1976年6月19日和8月7日到达环绕火星的大椭圆轨道。一个月后，轨道器和着陆器择机分离，轨道器留在大椭圆轨道，着陆器执行登陆任务。7月20日，维京1号着陆器成功在火星软着陆；9月3日，维京2号着陆器抵达火星表面。由于使用了核能保温技术，维京1号在火星表面工作了6年，维京2号在火星表面工作了3年。维京计划承担了火星气象学、地质学和磁学的科研任务，同时也在寻找火星的生命迹象。

"维京计划"结束后，因为资金匮乏，探测火星的活动进入低潮。通过这些火星探测活动，人类实现了对火星大气、磁场、重力场、地貌、地表、地质等全方位的研究。

苏联的科学家和航天工程师厉兵秣马15年，又开始实施"福波斯计划"，于1988年7月，先后发射福波斯1号和福波斯2号。福波斯重达4吨，是当时人类往深空发射的最重的探测器。遗憾的是，一个多月后，福波斯1号消失在茫茫太空中。福波斯2号成功进入环绕火星轨道，开始进行考察活动。但到了1989年3月27日，福波斯2号与地面控制中心失去联系，"福波斯计划"宣告失败。

20世纪80年代以后，美国在阿波罗登月计划中获得极大成功，伴随而来的是电子计算机、芯片、集成电路、通信行业等改变了人们的生活，社会生产力大大提高。

对人类而言，火星依然是太阳系甚至整个宇宙中最值得迈出的下一步。

人类既然实现了探月梦想，离奔赴火星不过就一步之遥。美国踌躇满志，又将目光投向火星。

1996年，美国勘探者号探测器发射，经过3年多时间的调整，成功进入火星探测工作轨道，并连续工作了6年。它首次拍下火星的清晰全貌，绘制了火星全球地图，且具有前所未有的高分辨率，成为后来研究火星的必备资料。

1996年发射窗口，美国于12月4日发射了火星探路者号着陆器和旅居者号火星车，后者是人类向火星发送的第一辆火星车。旅居者号虽然仅重10.5千克，但不负众望，经过探测，发现火星土壤中存在地球土壤所含的大部分元素。

20世纪最后几年，人类的火星探测活动接连遭遇重大挫折。俄罗斯火星96探测器、日本希望号探测器、美国火星气候探测者号、美国火星极地着陆者，均遭失利。

21世纪的钟声敲响了，人类迎来了又一个千年，同时也迎来了新的火星探测时代。

美国依然跑在前面，接连发射了多个火星轨道探测器。比如火星奥德赛探测器（探测火星表层构成和辐射环境）、火星勘测轨道飞行器（用于高分辨率详细考察火星，以寻找日后适合的登陆点并提供高速的通信传递功能），还发射了多个着陆火星的火星车——机遇号、勇气号等。

美国航空航天局为了吸引观众参与和普及科学知识，在全美

火星，我们来了

小学范围征文，为即将发射的两辆火星车命名。最终，小学三年级学生索菲·克里斯摘得这次征文大赛的桂冠。她最经典的一句话也成为两辆火星车名字的来源：

我先前住在孤儿院，黑暗、孤独。每当夜幕降临，我总是仰望天空中的繁星，以排遣忧伤，梦想自己有一天能飞上太空。现在，我的梦想终于可以成真了，谢谢你给我的"勇气"和"机遇"。

这对双胞胎火星车最终被命名为机遇号和勇气号。

机遇号和勇气号在火星上的探测，为人类带来了丰硕的科研成果。

日本、印度及欧洲多国也在摩拳擦掌、跃跃欲试。

然而，在所有的火星探测活动中，此时的中国，还是一片空白……

功　勋

1955年10月8日清晨，克利夫兰总统号邮轮驶抵香港。

11时25分，钱学森一家在罗湖口岸看见高高飘扬的五星红旗，激动万分。后来，他回忆道："那是我们的国旗，那样光明，在阳光下闪耀着。瞬间，我们全都屏息凝视，眼中涌出了热泪。我们走过一座小桥，终于，踏上了国土，回到我们的国家，我们值得骄傲的国家，有着五千多年文明的国家！"

历尽艰辛，钱学森终于回到了魂牵梦萦的祖国怀抱。

钱学森生于1911年，1934年毕业于上海交通大学，随后赴美留学，师从著名空气动力学教授冯·卡门，成为其最得意的学生和最得力的助手。三年苦读深研，钱学森完成了博士论文。他与冯·卡门共同完成的《可压缩流体的二维亚声速流动》，创立了"卡门—钱近似"公式，成了世界航空航天界的传世经典。钱学森被学院聘任为助理研究员，从冯·卡门的学生变成他的同事。紧接着，他又发表了《球壳外压屈曲》《柱壳轴压屈曲》等论文，对于高速飞机、火箭壳体的工程设计具有重要的理论和现实意义。钱学森光彩夺目的研究成果，以其独到的见解和原创性的贡献，奠定了他在航空航天技术工程理论界的地位，使他成为世界著名空气动力学家，在世界科技史上刻下为数不多的中国人的名字。

1949年10月，钱学森获悉中华人民共和国成立，他兴奋地对妻子蒋英说："咱们该回家啦！"他加快完成手头几个尚未了结的研究项目，并向加州理工学院提出辞呈。

1950年8月，钱学森刚预订了一家人飞往香港的机票，联邦调查局探员便找上门来，告知政府禁止他离开美国。美国海关同时扣留了他的全部行李，给出的荒唐理由是行李中夹带有涉及美国安全的机密文件。之后,美国司法部强行将钱学森拘禁在移民局一个拘留非法移民的小岛上。冯·卡门和加州理工学院筹集一笔保释金,移民局才将钱学森释放。名为释放,实为软禁。

美国军方将钱学森看作"最优秀的火箭专家",认为"无论在哪里,一个钱学森都抵得上五个海军陆战师"。

钱学森识破了美国当局在故意消耗他生命、泯灭他才华的伎俩,重新将重心放在了研究上。1953年,钱学森的新作《工程控制论》出版,引起世界科技界的广泛反响,被称为工程控制理论的重要奠基石,为自动化科学技术的发展指明了方向。

在中国政府的强烈要求和多方营救下,1955年8月,美方不得不允许钱学森离开美国。

10月5日,邮轮至马尼拉港,一群记者涌向甲板采访钱学森。

当地一名女记者问:"钱先生,您有这么高的地位,可以享受优越的生活,为什么还要回到贫困的中国去?"

钱学森说:"我想为仍然困苦贫穷的中国人民服务,我想帮助重建在战争中被破坏的祖国,我相信我能帮助我的祖国。"

回国后,钱学森力陈"中国人可以自己造导弹",他的智慧和胆魄,对党和国家领导人决策创建中国的航天事业,起到了决定性的推动作用。他以大科学家的眼光,高屋建瓴,几度领衔擘画未来发展的蓝图,创造了在相对落后的物质条件下抢占科技高点的奇迹。作为奠基人和开拓者,他为中国航天事业"置办"了赖以发展壮大的最初"家当",为中国航天事业的发展奠定了体制和技术基础。

1999年9月18日,党中央、国务院、中央军委隆重表彰为我国"两弹一星"(核弹、导弹和东方红一号卫星)事业做出突出贡献的23位科技专家,并授予他们"两弹一星"功勋奖章。

23位"两弹一星"功勋中,21位有海外留学经历。他们为发展中国的科技事业、航天事业做出了卓著的贡献。

被航天界尊称为"航天四老"的任新民、屠守锷、黄纬禄、梁守槃,也都是在国外学业有成后,毅然返回祖国。

任新民先后获得机械工程硕士和工程力学博士学位。1949年8月,他放弃美国布法罗大学的教职,毅然回国。导师竭力挽留:"中国还很贫穷,不适合搞科研,你应该留下来。"任新民袒露心声:"中国有一句古语,'子不嫌家贫',我要用自己所学的专业,去建设自己的祖国。"

1945年8月15日,屠守锷听到抗日战争胜利的消息,第二天,便向工厂递了辞职信。美国同事劝他说:"这里的工作条件和待遇,比中国强多了,你应该再考虑考虑。"屠守锷坚定地说:"我想好了,我的祖国需要我,我必须回去!"

黄纬禄节衣缩食,宵衣旰食,完成了在英国伦敦大学帝国理工学院的学业。1947年10月,他迫不及待地预定了回国的船票。他深知梁园虽好,不是久恋之家。

1938年8月,梁守槃考入美国麻省理工学院研究生院。到了美国后,他获知所有的美式武器装备并非无偿援助,中国政府必须用"现款自运"。梁守槃忽然明白了,抗日救国靠别国是靠不住的，中国必须自立自强。梁守槃无法忍受做"二等公民"，拿到硕士学位后，毫不犹豫地决定：回国！

他们是一批特殊的中国知识分子，见过自己的祖国民不聊生、任人宰割，经受过战乱的流离失所，也远涉重洋看过世界，但在学有所成后，一个共同的目标是：回国！回国！回国！

他们将个人命运与国家的命运连在一起，以身许国，赤胆忠心，无怨无悔！

"两弹一星"功勋、"共和国功勋"孙家栋，也是一名"海归"。不过，他是另一类"海归"。

1929年4月8日，孙家栋出生在辽宁盖县草甸子村。1932年，全家迁往哈尔滨。1942年，孙家栋入读哈尔滨第一高等学校土木系。孙家栋曾说："小时候，最大的愿望是将来能成为一名土木建筑师，幻想可以亲手修路造桥。"

1948年9月，孙家栋考入哈尔滨工业大学。1950年元宵节，学校通知：哈尔滨工业大学将挑选一批优秀学生去某空军航校，有意者自愿报名接受挑选。参军！心仪已久。当晚，孙家栋便递交了申请书；第二天，即获批准。孙家栋被分配到刚组建不久的沈阳空军第四航校。

中华人民共和国成立后，为迅速改变贫穷落后的面貌，毛泽东高瞻远瞩，决定向苏联派遣留学生，学习先进的科学文化和管理经验。1951年7月，孙家栋被选送到苏联茹科夫斯基空军工程学院。

1957年11月17日，孙家栋在莫斯科大学礼堂，亲耳聆听了正在苏联访问的毛泽东主席对青年学子说的那段名言:"世界是你们的,也是我们的,但是归根结底是你们的。你们青年人朝气蓬勃,正在兴旺时期,好像早晨八九点钟的太阳。希望寄托在你们身上。"

经过6年零8个月的深造,孙家栋以优异的成绩毕业,并且荣获苏联最高苏维埃颁发的"斯大林奖章"——那一年,全苏联军队院校毕业生,仅有13人获得这一殊荣。

孙家栋此时心中只有一个念头:立即回国,祖国急需人才,用学到的知识报效祖国!

1958年4月20日,孙家栋和22名同学登上归国的列车。

回国不久,孙家栋即被分配到国防部第五研究院一分院(中国运载火箭技术研究院前身)导弹总体设计部。

孙家栋院士在《钱学森的航天岁月》一书《序》中写道:

我1958年从苏联留学归国来到国防部第五研究院,就在钱学森的领导和爱护下从事航天工程的研制工作。我作为钱学森在航天领域的一名学生和弟子,跟随他整整半个世纪,亲身体验和感受了钱学森对发展中国科学技术事业特别是航天事业做出的卓越成就和杰出贡献;目睹和见证了钱学森用毕生的心血和精力,为中华民族屹立于世界民族之林,树立了一座中国航天的丰碑。

钱学森和"航天四老",都是孙家栋的领导、导师和战友,这些开创中国航天事业的先行者,一直在提携、帮助孙家栋,一直在潜移默化地影响着孙家栋。孙家栋刚参加工作时，最先感受到的便是老一代科学家们炽热的爱国主义情怀和无私的奉献精神。他庆幸自己毕生的命运能与祖国的航天事业紧密相连，能为实现中国的航天梦而拼搏！

孙家栋常说的一句话是："国家需要，我就去做！"

60多年来，孙家栋主持以我国第一颗人造地球卫星东方红一号为代表的45颗卫星的研制和发射，开创了中国航天史上多个第一的辉煌：主持了我国月球探测、北斗导航重大航天工程的研制工作，为我国突破人造卫星技术、卫星遥感技术、地球静止轨道卫星发射和定点技术、卫星导航组网技术和深空探测技术做出了重大贡献。他是我国人造卫星技术、深空探测技术和卫星导航技术的开创者之一。

一代人有一代人的使命！

一代人有一代人的家国担当！

喜欢开手动挡车的大总师

2020年初春，新冠肺炎疫情如狂风暴雨，席卷全球。

中国率先报告，率先出征，以对全人类负责的态度，打响了一场疫情防控的阻击战。

第二章 立项

2021年12月17日,我前往中国卫星通信大厦采访张荣桥。这座大厦有一个浪漫的名字——月亮大厦。

2020年初,我领受了撰写孙家栋的长篇报告文学创作任务。因为其中涉及火星探测任务,当年8月,我曾经在月亮大厦采访过张荣桥,我们算是熟人了。

彼时,天问一号升空没几天,还在"奔火"途中,张荣桥踌躇满志,势在必得。但他又留有余地,即便祝融号成功着陆,在发回照片之前,还不能说已经圆满成功。深空探测险象环生,苏联发射的火星6号,1974年3月12日在火星表面着陆,但着陆1秒钟后与地面通信中断,任务宣告失败。

早晨,我穿着羽绒服,戴着口罩,迎着北京干涩、粗糙的北风,钻进七里庄地铁站。地铁里有些冷清,大家都戴着口罩,看不清脸上的表情。

9号线,再转10号线,我在知春里站下。

知春里,月亮大厦,与春天和月亮有关的名字,让人心中荡漾起春风和月色。

还是我曾来过的这间简朴的办公室。窗台上几盆吊兰和长寿花,为北京的寒冬带来了些许春天的绿意。

这两年,我接触了航天领域的许多精英,在我心目中,航天各型号的总指挥和总设计师,个个身怀绝技、技冠群雄。然而,一接触,他们又都那么谦虚、低调、务实。

张荣桥依然是平头,一身工装,镜片后的那双眼睛闪烁着深邃的目光,带着一种永不满足的探索精神。

1966年，张荣桥出生于安徽祁门一个小山村。我很想听他谈谈儿时仰望星空，对日月星辰的美好憧憬。

　　张荣桥笑了："那时候哪有那么些浪漫，星星月亮不会管我饭吃。"

　　在张荣桥少年时期的记忆里，印象最深的是一个字：穷。

　　"干活儿啦！"每天清晨，那个缺树少水干瘦的小山村，最先传来的是张荣桥父亲嘶哑的声音。身为生产队队长，他每天起得比太阳还早。那时候，大人干一天活记10工分，1工分只值两三分钱。家里劳力少的，年终算账时常常倒欠队里的。

　　生产队按月发粮，大人每月毛粮（稻谷）40斤，小孩减半。粮食不够，南瓜红薯凑，张荣桥小时候吃红薯吃"伤"了，现在见到红薯胃里还反酸。

　　张荣桥很小就成为家里的半劳力，帮生产队放牛，早晨起来，先去放一阵子牛，再去上学；下午放学，把牛赶到山坡上，牛吃饱了，才能回家。队里给他记2工分。

　　生产队那间已经歪斜的旧仓库就是村小。一位老师教一、二、三年级9位学生。一堂课45分钟，老师先用15分钟给一年级学生讲课，二、三年级学生预习课文；再用15分钟给二年级学生讲课，一、三年级学生做作业；最后给三年级学生讲课，一、二年级学生做作业。那是乡村小学独有的复式教学。

　　村里不通电，晚间做作业只能点煤油灯。稍微多看会儿书，父亲就要喊："点灯耗油，睡觉睡觉。"有天下大雪，脚上穿的旧布鞋破了，只能光脚踩着雪回家，张荣桥一边走一边立下"宏愿"："决不能光脚在雪地里走一辈子！"

好不容易上了县城高中。学校离家70多千米，一学期只能回一次家。学校早餐是玉米糊糊，中餐、晚餐是大米和玉米掺在一起煮的二米饭。一般的菜两分钱一份，好点的五分钱一份。张荣桥连两分钱的菜也买不起，基本上就吃家里带来的放在竹筒里的咸菜。有一回端午节，食堂免费加餐，学生每人一碗豆腐炖肉。张荣桥吃后不一会儿，全吐了，他的肠胃已经不适应吃油腻的食物了。

1984年高考填志愿，张荣桥两眼一抹黑，不知道该报哪所学校哪个专业。老师说，报考西北地区大学的学生相对少些，录取的概率更大。于是，他填了西安电子科技大学电磁场与微波技术专业，如愿以偿。后来，有人问张荣桥："你当时报专业怎么有先见之明，知道自己将来会搞航天？"张荣桥笑着回答："那纯粹是一种巧合。当时我是想着哪个专业看着越冷门，录取的分数线会越低。"

大学四年，依然过着清贫苦读的日子。家里每个月给他寄20元生活费，对于一个农村家庭来说，这是一个沉重的负担。父亲说："那几年，最怕收到儿子的信，儿子一来信，又得找人借钱了。"

大学毕业，张荣桥先去了大别山一家老军工电子企业实习。他说，如果不考研，他可能会在那里工作一辈子。1988年，他考上中国空间技术研究院。1991年，张荣桥研究生毕业，进入北京卫星信息工程研究所（航天科技五院503所），主要工作是测控与卫星数据接收处理。

北斗工程正在503所云岗站进行"卫星定位"可行性论证。张荣桥参与了全部工作，从最基础干起，一步一个脚印。

张荣桥说："一个刚走出校园的本科生、研究生，甚至博士生，必须经过基层实际工作的锻炼，才能为日后的科研打下坚实基础。"

十年淬砺，百炼成钢。

2000年，张荣桥出任503所所长。

原先的地面测控站都是固定的。根据任务的需要，张荣桥组织人员组建地面机动站，几辆测控车一联网，随时随地可以进行测控。一个机动测控站，等于数个地面测控站。

所里还参与北斗导航用户机的研制和生产。

这位五院当时最年轻的所长，那几年干得很苦，"无日无夜、又累又瘦"，将503所管理得风生水起、生机勃勃。

这期间，张荣桥结识了孙家栋。此时，孙家栋既是北斗一号工程总设计师，又被任命为刚刚立项的探月工程的总设计师，"北斗""探月"一肩挑。

70岁高龄的孙家栋进入他人生最忙碌、最操心、最激奋的时期。

在张荣桥的眼中，孙家栋简直是一位神人，有使不完的劲，用不尽的智慧，同时又非常低调、谦和。

一次，张荣桥问孙家栋："孙老，又是北斗又是探月，您精力怎么够用？我管理一个所，常常因为事情太多忙得晕头转向。"

孙家栋淡淡一笑，未做正面回答："我不过是年龄比你们大，经历的事情多一些吧。"

张荣桥知道，这绝不仅仅是年龄和经历问题，其中还蕴含着老一代航天人的智慧和经验、责任和使命。

"年轻人，你干得不错。"孙家栋话题一转，"这几年航天事业快速发展，北斗工程、载人航天工程、探月工程，一个接着一个。需要有更多的青年科技骨干到第一线去，你想去更大的平台显显身手吗？"

张荣桥两眼一亮，表示愿意。

2004年7月，张荣桥被任命为国防科工委月球探测工程中心总工程师。

张荣桥参与了嫦娥一号、嫦娥二号、嫦娥三号的论证和预研，这段经历为以后的火星探测打下了坚实的基础。

2010年，八位院士联合上书中央，建议开展我国载人登月和深空探测论证工作。

张荣桥被调去负责深空探测的前期论证……

与一年前相比，我发现张荣桥办公室侧面墙上多了一张彩色大照片，这是天问一号着陆火星后，祝融号火星车与着陆平台的合影。我凝视着照片足足有半分钟，情不自禁地赞叹道："太美了！令人震撼！"

张荣桥问我："你知道这张照片是怎么拍的吗？"

我摇摇头。

"这是我们科研团队的杰作啊！他们在火星车的底部先安装了一台分离相机，等到着陆器在火星表面着陆后，火星车从着陆平台上下来，行驶到着陆平台南面约10米的地方。火星车自动将分离相机落到火星表面，然后火星车再退回到着陆平台附近。分离相机的Wi-Fi摄像头拍下了这张照片，图像通过网络信号传输到火星车，再由火星车通过环绕器中继传回地面。"

这张"着巡合影"照片，成为中国首次火星探测最真实、最精彩的记录。

采访前一天的《参考消息》刊载，英国《自然》杂志公布了影响2021年科学事件的十位人物评选结果，我国首次火星探测任务工程总设计师张荣桥入选，成为本年度该榜单上唯一的中国人。《自然》特写部主编表示："从追踪危险的新冠变异株到证明气候变化在极端天气中的作用，再到将探测器送上火星，本年度《自然》十大人物聚焦身处重要科学事件中心的个人，这些科学事件对全球产生了深远的影响。"

《自然》杂志评述：

这次着陆标志着张荣桥和中国国家航天局此次4亿千米充满危险的旅程的结束。

张荣桥说，这次着陆让他体会到中国谚语"十年磨一剑"的含义。中国是继美国之后第二个将火星车送上火星的国家。众所周知，火星曾粉碎多家太空机构的希望：几乎一半的火星任务都以失败告终。

在张荣桥说的"如此陌生而复杂的环境"中，这个中国团队面临许多未知因素。作为总设计师，他负责协调这个由数万人组成的团队，设计并实施此次名为天问一号的火星任务。该项目由环绕器、着陆器和名为祝融的火星车组成。

中国此次任务是2021年三项火星任务之一——其他两项任务是美国航空航天局的毅力号火星车和阿联酋发射的一个环绕器。中国这次任务的成功使张荣桥成为民族英雄。

我向张荣桥表示祝贺。

张荣桥说："航天项目是集体项目，火星探测任务圆满成功是上千家研制单位和数万名科技工作者共同努力的结果。我不过是他们中的一个代表。"

我说："一年前，我采访您时，天问一号还在'奔火'的遥遥征途中，转眼间，现在都降落在火星上了。今天让您给天问一号打分，会打多少分？"

"95分，或者98分……"

"为什么不是100分？"

"这次任务毕竟是我们第一次去火星，不能说做到了尽善尽美。再说，科学探测任务总有不尽如人意之处，哪有满分的。"

接着，张荣桥向我介绍了中国首次火星探测任务从预研到立项所经历的一波三折，各大系统在研制过程中经历的千难万险，环绕器奔"火"途中的风风雨雨，火星车着陆的惊心动魄、巡视时的有惊无险……

于是，我的脑海里跳动着这样一些词语：失利、煎熬、攻坚、磨砺、协助、突破、创新……

当然，还有这样的词组：呕心沥血、百折不挠、气壮山河、扬眉吐气……

即将结束采访时，我想起探月与航天工程中心深空探测工程总体部部长耿言曾经给我爆过的"料"：荣桥总喜欢开车，而且只开手动挡的车。

张荣桥开的私家车是2005年买的，手动挡，后来成了"老爷车"，每半年就要检测一次。大家都劝他换辆新车，他说，要换还是换手动挡的。

这引起了我的好奇，喜欢开手动挡车的火星探测工程总师，如何驾驭天问一号去火星？

现在，机会来了，我话题一转："荣桥总，听说您喜欢开手动挡车？"

张荣桥愣了一下，反问我："您怎么知道的？"

"哈哈，有人向我爆料。"

张荣桥又问："黄老师，您会开车吗？"

"会呀，现在还开着呢。"

"什么挡？"

"当然是自动挡了，现在还有几个人开手动挡的车？"

张荣桥："您开过手动挡吗？"

"刚学开车时学的是手动挡，一会儿踩离合、刹车，一会儿又要挂挡、松手刹……麻烦死了。"

张荣桥说:"看来您只能说是会开车。我以为,开车有三种境界:一是会开车,二是可以将车开到自己想去的地方,三是不仅能将车开到目的地,还能享受驾驶的快乐。开自动挡是享受不到驾驶的快乐的,您即便开5000千米,甚至1万千米,从头到尾就两个动作:踩油门或是踩刹车。单调得令人发困。开手动挡就完全不一样了,踩离合、刹车、挂挡……一直忙个不停……这种驾驶过程,才能真正让人感受到驾驶的愉悦。"

我还是第一次听到这种驾驶理论。我开车只是将车看作交通工具,他却把驾驶中不断变换的动作,当成了一种享受。

张荣桥自言自语:"结果固然很重要,但我非常看重过程,享受过程。"

我受到启发:"对,张总,我们作家也很看重过程。我很想知道在组织实施天问一号工程的过程中,您感受最深的是什么?"

"天问一号工程,如果从八位院士给中央写信算起,到2021年祝融号着陆火星,差不多是11年。苏联从向火星发射第一个探测器,到成功着陆火星,用了11年时间,美国也用了11年。但都不包括论证、研制的时间。我们的天问一号,经历了论证、预研、研制、实施几个阶段。现在大家看见的是长征五号火箭发射、祝融号软着陆的高光时刻,其实,在这之前的论证、预研阶段,我们制定了一个又一个方案,一次又一次推倒重来。常常是山重水复疑无路,然后才有柳暗花明又一村。可以这么说,首次火星探测任务,今天能够取得成功,最根本的原因是中央的英明决策和领导,全国人民的大力支持,业界专家的战略谋划以及所有航天人的发愤图强、踔厉奋斗。"

我注意到"战略谋划"这一术语。

张荣桥告诉我:"战略谋划也可以说是前期论证。火星探测属于重大科研项目,必须要有国家做后盾。但在中央做出决策之前,我们要先做战略谋划,也就是要做好前期的科学论证。"

探 火

中国首次火星探测任务立项,或许应该从嫦娥一号成功发射说起。

人类宇航工程包括三大领域:卫星应用、载人航天和深空探测。一般将深空探测定义为,发射探测器到达月球或月球以外的空间开展的科学探测活动。

开展深空探测主要有三大目的:第一,重点围绕太阳系及其各天体的起源与演化、地外生命信息探寻、空间环境对地球的影响等重大科学问题开展探索和研究;第二,带动技术发展,促进科学进步,培养锻炼科技人才,造福人类;第三,以深空探测激发探索精神,凝聚国家和民族意志,增强民族自豪感。

中国的深空探测是从探月开始的。

2000年11月22日,我国首次发布《中国的航天》白皮书。

白皮书对我国航天未来发展目标有了明确表述，将"开展以月球探测为主的深空探测的预先研究"。

中国向世界庄严宣告发展深空探测的愿景。

2003年1月，孙家栋被任命为探月工程筹备阶段总设计师——这是一副中国航天又一里程碑式的重担。74岁的孙家栋，这位身经百战的航天老将，再一次披挂上阵，开始运筹帷幄。

作为一名航天科学家，孙家栋深知绕月卫星与我国成功发射的应用卫星不可同日而语，其难度在于：第一，过去的卫星与地球距离最远的没有超过8万千米，而绕月卫星离地面的距离是38万千米。这迢迢38万千米如何运行，既不能碰着月球，又不能飞越而去，轨道设计和控制是一个新问题。第二，地球卫星对地球观察是两体定向，即太阳能帆板对太阳定向，观察设备和测控通信设备定向地球观察和传输信息，但绕月卫星是三体定向——太阳能帆板对太阳、观察设备对月球、测控和通信设备对地球，三体定向要复杂得多。第三，要实现38万千米的探测，卫星天线如何设计？地面站怎么布设？都是难题。第四，由于卫星绕着月球转、月球绕着地球转、地球带着月球和月球旁的卫星绕着太阳转，相对关系复杂，必须解决绕月卫星复杂外热流的热控制。

这一年，中国航天光彩夺目——10月15日，神舟五号载人飞船搭载着航天员杨利伟顺利进入太空，标志着我国载人航天飞行初战告捷，同时也标志着中国人在攀登世界科技高峰的征途上，又迈出了具有历史意义的一步！

国防科工委组织全国各方力量，以孙家栋为组长的专家组，开展"月球探测一期工程的综合立项论证"工作。经过4个月的紧张准备，完成了绕月探测工程的综合立项论证，提交了8份论证报告。

2004年1月23日，国务院批准绕月探测工程立项，将我国第一个探月工程命名为嫦娥工程。嫦娥工程分"绕、落、回"三步走。

嫦娥工程领导小组组长：国防科工委主任张云川；总指挥：国防科工委副主任、国家航天局局长栾恩杰；总设计师：中国航天科技集团公司高级技术顾问、中国科学院院士孙家栋；月球应用科学首席科学家：中国科学院地球化学研究所研究员、国家天文台高级顾问欧阳自远（现为中国科学院院士）。

从接过嫦娥工程总设计师这副重担的第一天开始，孙家栋便意识到这是一次追赶之旅、超越之旅。

这的确是一次追赶之旅——此时，距离1959年苏联发射的月球2号在月球硬着陆，已经过去了40多年；距离1969年美国阿波罗飞船载人登月，已经过去了30多年。中国航天人凭着一双赤足在追赶风驰电掣的时代列车，如同夸父逐日般意气风发、壮怀激烈。

这又是一次超越之旅——我们基础薄弱，起步晚。但起步晚，起点要高。第一颗"中华牌"绕月卫星，别人做过的项目，我们要做得更好；别人没有的项目，我们要有创新之处。只有创新才能超越。

那几年，孙家栋仿佛又回到了1958年从茹科夫斯基空军工程学院毕业，刚进一院总体部时，那艰苦卓绝的日子；仿佛又回到东方红一号卫星研制期间，那激情燃烧的岁月；仿佛又回到第一颗通信卫星发射时，那惊天动地的场景；仿佛又回到担任北斗导航卫星工程总设计师时，那每一天、每一时、每一刻……

每一天、每一时、每一刻，探火团队逢山开路，遇水搭桥，筚路蓝缕！

2007年10月24日，我国第一个月球探测器——嫦娥一号探测器由长征三号甲运载火箭送入太空，并于11月20日传回所拍摄的第一幅月面图像。历经494天飞行，传回1.37TB有效科学探测数据。2009年3月1日，嫦娥一号完成各项任务后，受控撞击月球丰富海区域，成功实现硬着陆。

走一步看三步，或许是每一位科学家的思维方式。

嫦娥二号是嫦娥一号的备份星。由于航天行业的高风险，深空探测形成一个惯例，凡是单数号都是正式星，偶数号都是前一个的备份星，万一单数号星出现问题，备份星便会继续它前任的使命。

嫦娥一号发射成功，并取得丰硕的科研成果。嫦娥二号何去何从？

火星，去火星！孙家栋脑海里忽然闪出这个念头！

一想到火星，孙家栋那双眯缝着的眼睛，顷刻间便闪闪烁烁。

火星是目前人类除地球以外研究程度最高的一颗行星，用空间探测器探测火星，几乎贯穿人类的整个航天史。一方面，火星探测是一项极具创新和挑战的系统工程，需要解决极端环境下的材料、元器件、结构机构、仪器仪表和相关制造工艺等基础技术；突破人工智能、高效能源、自主导航、精确控制、远距离测控通信等高新技术；攻克我们尚不确知的火星大气、地形地貌、地质结构以及对其开展遥感探测等前沿技术。另一方面，它能带动科学进步，通过对所获得的科学探测数据的研究，使人类获得更多关于宇宙奥秘的新认知、新发现，扩展和提高人类的知识和能力，从而振奋民族精神、增强国家凝聚力，培养造就创新型人才。

去火星探测，是孙家栋心中的"诗与远方"。

当时，出现了两种不同意见：一部分人主张充分利用好备份星，用它探测火星，如果探测火星不行，也可以做其他事情；一部分人认为嫦娥一号已经圆满完成任务，备份星无须再发射，再发射还要花钱，没必要再投入。

孙家栋没有轻易表态，他想让大家充分地发表自己的意见，这是他一贯的工作作风——低调、踏实、包容。

一天夜里，孙家栋拨通了欧阳自远的电话。

这时候来电话，欧阳自远预感肯定有什么事。

果不其然，孙家栋一开口就问："自远同志，您对嫦娥二号有什么想法？"

欧阳自远说："我不是这方面的行家，拿不出什么建设性的意见。"

孙家栋停顿了几秒钟,说:"当时,我们向中央领导汇报时,还没有嫦娥二号。温家宝总理听了汇报后,问:嫦娥一号有备份星吗?我摇头说没有,经费不够。温总理说:航天发射是件高风险的事情,嫦娥一号万一失败了,没有备份星怎么办?到时候临时抱佛脚造一颗?于是,批了专款,才有了这颗嫦娥二号。"

"您有什么打算?"

"这么好的一颗星,总不能把它放在博物馆里吧?那也太浪费了。不过,也不能随随便便把它发射到太空,应该让它发挥出作用来。"

"看来您已胸有成竹。"

孙家栋说:"月球不去了,咱们让嫦娥二号直奔火星怎么样?"

"直奔火星!"欧阳自远兴奋地说,"上火星?太好了!不过,直奔火星,关键看火箭,不知道火箭行不行?还有测控,那么远,能不能抓得住?"

孙家栋信心满满地说:"还是那句话:去不去得了火星,我老孙去努力。到火星干什么,放什么仪器,您说了算。"

欧阳自远兴奋地说:"好好好!"

据欧阳自远《九天揽月》一书记述:那段时间,孙家栋一直在思考嫦娥二号的使命和走向,最好的出路是探测火星。孙家栋找到欧阳自远征求意见,两人不谋而合。孙家栋立即召集工程总体和探测器、运载火箭、发射场、测控、地面应用五大系统的各路专家,与欧阳自远一起开始了紧张而又细致的调研与论证工作。火星探测方案在各领域专家的周密论证下，万事俱备的嫦娥二号力争2009年发射探测火星。毕竟要走到遥远的地方，从理想到现实，绝非摆在桌面上的报告文件那么简单。经过论证之后，得知方案是可行的，这让欧阳自远异常兴奋，但要严肃认真地对待有些尚待解决的技术问题。由于火星的发射窗口26个月才有一次，2009年是极好的机遇，最晚2011年完全具备条件发射。但随即发生了一些争论，火星探测任务因此延误了好些年。这让孙家栋这位身经百战的航天界权威失望不已，更是让壮心不已的欧阳自远感到遗憾和懊丧。

时任嫦娥一号卫星系统总指挥兼总设计师叶培建，在回忆中写道：

关于嫦娥二号的一段故事是一定要说的，因为这段故事对于航天事业的发展、对于后人都有启示作用。

在时任总理温家宝的关心下，研制嫦娥一号时还做了一颗备份星嫦娥二号。初衷是考虑万一嫦娥一号发射不成功，还有颗备份星可用。但后来嫦娥一号表现完美，这颗备份星何去何从大家都很关心。

当时形成两种不同意见：包括我在内的一部分人，主张应该充分利用好备份星，可以用它探测火星，如果探测火星不行，可以干其他的事；一部分人认为嫦娥一号已圆满成功，备份星就不必再发射了。因为要发射这颗备份星，还要花一些钱。两种观点争论很激烈，很难决策。

为了解决分歧，上级机关在神舟大厦组织召开了一个专题会议，由我非常尊重的一位老领导主持。会议邀请了某咨询评估公司来对该项目进行论证评估，实际上是想从经济效益的角度，把嫦娥二号发射的事情否掉。

当时我在外地出差，获悉消息后，急忙赶回北京，一下飞机直奔会场。进了会场，情绪激动地对主管领导说："你们就不应该同意开这个会，这是想否掉嫦娥二号发射这件事。"随后，我做了发言：给嫦娥一号制作备份星是温总理决定的，国家愿意从口袋里拿出几个亿来，让我们做好了备份星。如果再花少量的钱，我们就能获得更多的工程经验和更大的科学成果，为什么要放弃？难道我们在座的各位比温总理还高明？

主管领导听了我的发言，当即表态："我们这个会不是讨论要不要发射的问题，而是讨论怎么发射得更好、用得更好的问题。"这才有了后来的嫦娥二号卫星，且表现卓越。

绕月探测工程是一个庞大的工程，它由五大系统组成：工程总体和探测器、运载火箭、发射场、测控、地面应用。

在嫦娥工程总设计师孙家栋眼中，这五大系统必须相互配合、相互支持，紧密相连，缺一不可。

嫦娥二号去不去得了火星成为关键。

作为一名战略型航天科学家，飞得更高、更远，是孙家栋永远的追求。但他也非常清醒，想飞得更高、更远，还必须看自己的翅膀硬不硬。

地球到月球约38万千米，到火星最远约4亿千米，两者相差一千多倍。

去火星，先是要看运载火箭的能力，能不能把探测器送到火星；即便火箭能将探测器送到火星，还得看测控能力……

长征五号尚在研制之中，现有的测控技术支撑不了，即使立即着手研制也来不及。

心有余，力不足！

经嫦娥工程领导小组研究决定，嫦娥二号改为对月球着陆进行关键技术验证。

拉格朗日点是1772年法国数学家拉格朗日推导证明的，它是指在两大物体引力的作用下，能使小物体基本保持静止的点。假如嫦娥二号以拉格朗日点为瞭望台，那么与尘土飞扬的月球表面相比，先进的天文观测仪器就有了绝佳的天文观测点。

这趟旅程飞行了150万千米，历时77天。2011年8月25日，嫦娥二号到达太阳与地球的引力平衡点，日—地拉格朗日L2点的环绕轨道。我国成为世界上第三个造访日—地拉格朗日L2点的国家（组织），也是世界上首个从月球飞到日—地拉格朗日L2点的国家，路上还顺便开展了日地空间环境探测，一举多得。

一个民族，有一群仰望星空的人，这个民族才有希望。

去火星，让五星红旗在火星上"飘扬"，是航天人共同追逐的梦想。

2010年8月，徐匡迪、孙家栋、王礼恒、沈荣骏、王永志、张履谦、戚发轫、龙乐豪八位院士致信中央领导，提出：我国载人航天向深空发展是必然趋势，其发展可分两步走。第一步，先载人登月，同时开展可能的无人深空探测；第二步，实施无人和载人的更远更深空间探测。考虑到重大航天工程研制周期长，需攻克的新技术多，需要国家尽早决策。且当前已具备了开展前期综合论证的条件，建议有关主管部门尽快组织开展载人登月和深空探测工程综合论证。

2011年初，张荣桥被任命为深空探测论证工程总设计师。

26家单位共51名顶级专家组成论证组，栾恩杰、孙家栋、欧阳自远带领专家团队，开展了深空探测的综合论证。

总体目标是：围绕太阳系起源和演化、小行星和太阳活动对地球影响、地外生命信息探寻等重大科学问题，以火星为重点，统筹开展太阳系天体探测，形成探测太阳系各类天体的能力，取得重大科学成果，在深空探测领域达到国际先进水平。

叶培建是积极坚定的"火星派"。他认为，即便我们的探测器落到了月球并取样返回，也不算走出地球，因为月球是地球的卫星，我们并没有开始真正的行星探测，只不过是为其做准备。我们一定要走出地球，走向行星际。近年来，我们一直设想要进行火星探测。实际上从嫦娥一号开始，我们同步开始了火星探测的论证，论证走过了一段非常艰难的道路。

叶培建曾经说过："反复论证了多次，实施方案一变再变，抓总单位从航天科技集团五院变成了上海航天技术研究院，最后又落到五院身上，可以说是历经坎坷。但通过论证，我对深空探测工作有了更加深刻的认识：一是任何事都要有坚韧不拔的精神，不管结果如何，我们火星论证队伍始终没散；二是不管抓总单位是谁，只要火星探测是中国人的事情，我们都应该支持，所以即便在兄弟单位负责抓总的时候，我们也一刻没有放松。"

去火星的技术难度，科学家们心知肚明。到目前为止，人类已经实施的火星探测任务，成功或部分成功的只占一半，着陆类的任务成功率只有40%多一点。

国外火星探测经过了三个阶段，逐步发展到现在的能力：一是环绕火星探测，二是探测器在火星表面降落，三是着陆后释放火星车在火星上巡视。

张荣桥透露，论证初期，首次火星探测任务选择了一个风险相对较低的"环绕"方案。没有"着陆"，也没有"巡视"，但对这个方案，业界专家以及参与论证的许多科研人员都"心有不甘"。

那些日子，张荣桥频频上门去征求专家的意见；深入一线，听取科研人员的反映。

一天，张荣桥对总体部耿言说："晚上，你安排个七八人的饭局。"

耿言一愣："现在不是不提倡请客吃饭吗？"

"你这个同志啊，是不是有些太死板啦？"张荣桥反问他，"我自己掏钱请几位老专家老朋友吃便饭，有什么不行？"

"安排在哪儿好？"

"老地方，黄山小馆。"

第二章 立 项

黄山小馆是张荣桥、耿言他们一拨同事经常光顾的一家安徽风味的小店。堂食几桌,包厢两个。

耿言提前到了店里,刚点好菜,没想到迎面走进孙家栋。

耿言吓了一跳,支吾道:"孙老,您……"

孙家栋说:"荣桥请吃饭,我没走错地方吧?"

耿言连忙说:"没错,没错!"

匆忙赶来的张荣桥,连声说:"对不起,对不起,孙老,我来晚了。"

正说着,龙乐豪、欧阳自远、叶培建几位也前后脚到了。

耿言心想,请这些院士、"大佬"吃臭鳜鱼,荣桥总您也太没有面子了。

安排席位时,孙家栋怎么也不坐主位,说不是他请客,怎么能坐主位。让其他几位坐,他们说孙老在,只有孙老坐。

哎哟喂,这些科学家们,在排座位时竟犯难了。

张荣桥灵机一动:"什么也别说了,谁年龄大,谁坐主位!"

大家一致赞同。

孙家栋眯着一双小眼,一边摇着头,一边说着:"这是哪儿的规定……"

动筷前,张荣桥说:"孙老,给大家说两句鼓励的话吧!"

"哪有那么多鼓励的话?对了,今天你请客,你说!"

欧阳自远也附和:"对、对,荣桥请客,荣桥讲。"

张荣桥站了起来,端起杯子,说:"那我就讲两句吧,也算不上什么请客,去年出国时,带回两瓶葡萄酒,一直舍不得喝,今天贡献出来，大家一起品尝。主要是很长时间没聚聚了，想聚聚。还是那句发自内心的话：感谢老前辈长期以来对我们的培养和提携！我先干为敬！"

孙家栋端着杯子，也抿了一小口。

张荣桥问："孙老，这酒怎么样？"

"你问我？我是'酒盲'。"孙家栋说，"十几块钱一瓶跟几百块钱一瓶，我喝都是一个味儿。"

"孙老，这可是正宗的法国葡萄酒呀！可惜了，可惜了！"张荣桥故作夸张表情。

臭鳜鱼上桌了，一股独特的混合味儿，立即在包厢里散发开来。

叶培建夹了一筷子鱼肉，一边品尝，一边说："我一直想不明白，你们安徽人为什么把这么新鲜的鳜鱼，整臭了再吃？之前很长一段时间我是不敢恭维的，后来吃了几次，发现味道还行。"

张荣桥说："这就跟臭豆腐一样，闻着臭，吃着香。"

孙家栋抿了一口葡萄酒，若有所思片刻，说："荣桥啊，吃你这顿饭，我忽然想起一件事……"

"噢，孙老，我们这顿家常便饭，触发了您什么灵感？"张荣桥赶紧问。

放下杯子，孙家栋变得有些肃然。他刚刚开了个头，大家便都知道，他要讲的是那个一直在航天界流传的故事——

1960年，国家面临严重困难，全国人民连肚子都吃不饱。当时食品定量人称"2611"，即每月26斤粮食（其中30%是黑面杂粮），1两食油，1两肉。由于过度饥饿，许多航天人出现了浮肿、色盲等问题。有人工作时，在图板前画图，画着画着，一下子就晕倒了。大伙只能用糖精或食盐兑开水喂他，让他慢慢缓过气来。为了赶进度，加班加点成了常态。

正在病中的聂荣臻听说后，万般焦虑，犹豫再三，还是向周恩来总理汇报了情况，并提出以个人的名义向各大军区和海军"化缘"的想法。周恩来总理表示赞同。

不到10天，海军以及北京、广州、南京、沈阳、福州、济南军区慷慨解囊，调拨给航天人、科学家一批猪肉、羊肉、黄豆、海鱼、海带、花生油、菜油和各种水果。

物资运送到北京，如何分配？聂荣臻对有关人员严肃地说："你们不是光分配食物，这可是一项有力的思想政治工作。你们要把这些支援来的食物以中央和军委的名义，全部分配给每位专家和技术人员。领导、行政后勤等机关工作人员一律不分，包括你们自己，一斤一两都不能分。"

那天，几百名科技人员排着队，领取专门供应他们的"科技肉""科技鱼"。

一位女技术员领到食品后，看着，看着，忽然禁不住"哇——"的一声哭了起来，大家跟着热泪盈眶。

人群中，屠守锷拿起一条鱼，激动地说："同志们，主席、总理都喝白菜汤，却给我们送来了鱼、肉和水果，我们就是拼了命也要搞出导弹来！"

那年，孙家栋刚结婚不久，妻子魏素萍也刚从哈尔滨调到北京。他端着一只脸盆,里面是几条鱼和一块肉。听同事们你一语我一言地说着,心里一阵感动。

当时,钱学森说自己是领导干部,也不能分,但是聂荣臻专门交代,要给钱学森家留点猪肉,让他补补身体。钱家没有冰箱,炊事员悄悄将这些猪肉的"指标"存在食堂里。有一次看到钱学森工作十分疲劳,炊事员便去食堂取了一块肉,做了一碗红烧肉。谁知平时和颜悦色的钱学森见到桌上的红烧肉,眉心蹙在了一起:"现在毛主席戒了肉、周总理停掉了茶,你怎么还给我做红烧肉!"炊事员见他生气了,只好将肉送给大食堂。

饥荒之年,国家没有忘记艰难奋战在国防科研第一线的科技人员。

孙家栋从回忆中"走"了出来,说:"那岂止是一条鱼、一块肉、一些水果?它们体现的是国家和人民对科技工作者的关怀啊。那些宝贵的物资,到了我们这儿,又变成了巨大的精神力量!"

欧阳自远感慨道:"那时候的条件实在是太艰苦了!"

孙家栋对张荣桥、耿言说:"你们都年轻,没有经历那个年代,但应当多了解一些当年前辈们艰难创业、艰苦奋斗的历史。"

张荣桥像是准备好了似的,站了起来:"孙老,今天喝了酒,壮了胆,有件事想向你们汇报,不知合适不合适?"

"今天不是你请客吃饭吗?有事,坐下说。"

"我还是站着说,显得更慎重一些。"张荣桥说,"现在正在进行火星探测的前期论证。参照国外的经验,像火星探测这样重大的任务，一般要分三次完成：一次是绕火星探测，一次是探测器在火星表面着陆，一次是释放火星车在火星上巡视。目前好像比较倾向于'环绕＋着陆试验'这个方案。这个方案虽然风险系数相对低一些，但起码要拖延两年时间。"

孙家栋听得非常认真："你接着说。"

"火星探测我们起步晚，与国外相比也有不少差距，这是客观现实。在这种情况下，国家掏钱让我们干这件事，我觉得不能仅仅考虑风险，更应考虑这个项目对航天技术发展和科学研究的牵引、带动作用，对国家航天整体能力的提升作用。"

"有什么更具体的想法吗？"

"更具体的想法还在思考之中。我还征求了一些科研人员的意见，都认为我们的步子应该迈得更大一些。在座的几位都是航天界的'大佬'，一言九鼎，希望到时候你们多说说话。"

龙乐豪听出了个中的"味道"，说："好呀，荣桥，你今天请我们吃饭，醉翁之意不在酒啊！"

张荣桥连忙说："龙总，哪有那么复杂？喝酒！喝酒！"

……

在火星探测任务专家论证阶段，大家都在思考：中国的火星探测起步晚了，如果参照国外那套方法走，将耗费很长时间和成本。我们在载人航天、探月工程已经奠定了一定的技术和设备设施基础，长征五号火箭又提供了必备的发射能力，能不能起点高一点、步子快一点？经过深入论证，最终制定了"一步实现环绕、着陆和巡视，二步完成采样回"的跨越式发展路线。

火星探测一次实现"绕、着、巡",这在国际上还是第一次。

孙家栋说:"本该两次完成发射的,我们一次完成,可以取得更好的发展效益。无论从技术角度还是从科学探测数据获取的角度,通过一次工程的实施,会让技术和科学的带动性更强。有风险,有难度,但我们已经基本具备了这样的技术条件。这些年的实践经验证明,在制定科学目标时,应有创新,要有突破,不能原地踏步。目标高一些,能激发大家的激情和创造力,我们努努力、踮踮脚、伸伸手,是有可能实现的。"

孙家栋的建议获得专家们的一致赞同,中国火星探测最佳路线图诞生了。

2014年,中国首次火星探测任务启动。

9月2日。初秋的北京,天空渐渐变得高远,浮云少了,阳光柔和了几分,树叶由青绿转为暗绿。

早晨离家前,张荣桥对着镜子,一丝不苟地穿西服、打领带。

女儿知道他平时难得穿西服,便问:"爸爸,今天有外事活动?"

张荣桥回答说:"比外事活动重要,甚至比你考大学还重要!"

"你说过,考大学是我眼前的头等大事,今天的事情也是你的头等大事?"

"可以这么说吧!"

第二章 立项

"有这么夸张?"女儿不解。

张荣桥指的头等大事,是国防科工局探月与航天工程中心将于上午召开火星探测任务技术负责人第一次会议。

火星探测任务五大系统的总指挥和总设计师,第一次聚集在一起,运筹帷幄。

张荣桥喜欢运动,喜欢低成本运动:走路。

他的家离月亮大厦5千米,平时他都是走着上班。他说走路既不担心堵车,又能锻炼身体,一举两得。但如遇恶劣天气或有重要活动,他也会开那辆手动挡的"老爷车"上班。

对此次火星探测任务技术负责人第一次会议,张荣桥看得很重,所以今天他是开车上班的。

张荣桥刚把车停好,"吱"的一声,嫦娥三号卫星总设计师孙泽洲将车停在了一旁。

孙泽洲笑着说:"荣桥总早啊!"

张荣桥一边锁车,一边说:"你住得远,不也这么早就赶来了?"

孙泽洲指了指张荣桥的"坐骑":"荣桥总,我们从'嫦二''嫦三''嫦四'一路走来,现在都准备奔火星去了,您这辆'老爷车'也该进博物馆了。"

张荣桥回以一笑:"是啊,是该换了,这不是还没找到合适的吗?我让耿言帮我找啦,还没找到。"

孙泽洲说:"荣桥总,您经常对我们说,航天的生命在于创新。在开车这件事上,您是不是过于守旧啦?"

张荣桥两眼一瞪:"一码事是一码事,你怎么混为一谈了?"

孙泽洲笑着说:"我是怕它哪天在路上趴窝了,耽误您时间。您的时间多金贵呀!"

9时,三位工程总师和五大系统总指挥、总设计师同时走进月亮大厦的会场,不约而同都是西装革履,个个精神焕发。

张荣桥一乐:"没通知说今天要穿西服啊!"

长征五号火箭总设计师李东说:"荣桥总,您不也穿西装了吗?"

"是的,是的,尽管没有要求,我觉得应该有点仪式感,还是穿了西装。"

大家都笑了。

这是中国首次火星探测任务的出征动员会。

火星探测任务工程技术总负责人张荣桥就先期研制工作做了动员讲话。他指出:一要珍惜机遇,抓住2020年难得的发射窗口,在重大航天工程中努力施展个人才华;二要充分认识工程的重大意义,勇于担当,确保成功;三要专心致志,集中全部精力、智慧,积极稳妥地推进工程研制;四要密切配合,在落实责任制的基础上,同心同德、精诚团结,共同克服出现的问题。

张荣桥强调说:"今天是2014年9月2日,我算了算,到火星探测器发射的日子,只剩不到6年时间了。6年,对于这么一项大工程来说,时间确实是少了些。因此,从今天开始,我们必须要有责任感、使命感、紧迫感!"

会议强调：从2014年9月起，各系统、各单位要以探测器系统为重点，按照工程研制管理模式开展先期研制，尽快落实好后续工作。

会议就落实工程研制队伍、工程技术流程和计划安排、方案阶段工作细化等事项做了部署。

张荣桥最后激情满怀地说："对于航天人来说，飞得更高、跑得更远，是我们的梦想和追求——这样的机遇终于来了，这一次，我们探测器的目标是火星，这将是中国的探测器飞得最高、跑得最远的一次。这的确是一项令人向往和憧憬的工程，尽管我不是诗人，但这些日子，每每仰望星空，总是心潮奔涌、遐思万千。当然，我们不仅要仰望星空，更要脚踏实地。为确保目标的实现，让我们以百倍的干劲，去拼搏吧！"

2016年1月11日，国家正式批准首次火星探测任务，中国火星探测任务正式立项。

张克俭为中国首次火星探测任务工程总指挥，张荣桥为总设计师。

此时，2016年的发射窗口已经关闭。距离2018年的发射窗口只有两年多一点的时间，研制周期显然不够。最佳的发射窗口应该是2020年。

2020年4月24日，中国行星探测工程被命名为"天问系列"，首次火星探测任务被命名为"天问一号"。

天问一号在2020年的发射窗口发射，2021年将抵达火星。

2021年是伟大的中国共产党成立100周年——天问一号将奏

响一曲美妙壮丽的"深空交响曲",向党的百年华诞献礼!

　　火星,期待2021!

第三章
出 征

重　担

2016年9月，孙泽洲出任天问一号探测器总设计师。

几个月前，孙泽洲被任命为嫦娥四号探测器总设计师。在同一时间段，担任两个重要型号的总设计师，一肩挑"嫦娥"，一肩挑"天问"。

孙泽洲中等个，小眼睛，皮肤黝黑，话不多，内敛。请他说说张荣桥，他用了"站位高""视野广""业务精""好学习"等褒扬之词。"有什么不足吗？""不足？一时半会儿好像想不起来。"片刻，又说："对了，荣桥总有些固执，凡是他认准的事情，你没有充足的理由，很难说服他……不过，这种固执并非不足，其实也是一种优点。干我们这一行的，不能人云亦云，得有坚守的韧劲。"

我在采访孙泽洲的同事时，也请他们谈谈对孙泽洲的评价，他们说，孙泽洲有时候也非常固执。他坚持的，很难改变。

近几年，由于创作报告文学《仰望星空：共和国功勋孙家栋》《中国北斗传》，加上这部《火星，我们来了》，我有机会接触航天系统诸多型号的总指挥和总设计师，发现他们有许多共同之处：执着、博学、睿智、朴素。人人心怀航天梦、强国梦，却又踏石留印、抓铁有痕。

中国航天事业是靠一代又一代航天人爱国创新、勇攀高峰累积而成的；而航天精神的接力棒，又在一代又一代的航天人手中接传着。

孙家栋告诉我："钱学森和任新民、屠守锷、黄纬禄、梁守槃'航天四老'，是我的领导和导师，我一投身于航天事业，他们便一直在帮助、提携我，潜移默化地影响着我。"

孙泽洲说："我们这一代中青年很幸运，因为可以站在老一辈航天人的肩膀上。"

前年，我采访中国科学院院士，曾任嫦娥一号、嫦娥二号探测器总设计师叶培建时，他说："我认为每次完成重大航天任务，取得科技成果固然是非常重要的。但更令人欣慰的是，看到一批又一批的青年人在成长。嫦娥三号团队是一支很年轻的队伍，总设计师孙泽洲生于1970年，副总师、主任设计师也很年轻，平均年龄只有30多岁。他们经过嫦娥一号、嫦娥二号的锻炼，积累了经验，挑起了大梁。这是我们中国航天事业最值得骄傲的事情。"

嫦娥三号执行中国探月工程二期的重要任务，突破月球软着陆、月面巡视勘察、月面生存、深空探测通信、深空探测遥操作、运载火箭直接进入地月转移轨道等关键技术，实现中国首次对地外天体的着陆探测。嫦娥三号携带中国第一辆月球车玉兔号奔月，玉兔号是探月工程二期的最大亮点。

玉兔号能否顺利着陆月球并开展巡视，是嫦娥三号任务的重中之重!

2008年,年仅38岁的孙泽洲,成为当时航天系统最年轻的型号总师。

年轻总师那双翅膀,能飞多高、多远,能搏击万里长空吗?

孙泽洲激情满怀,跃跃欲试,却也压力巨大。

他去找恩师叶培建,向他请教攻坚克难的"秘籍"。

叶培建是航天界的风云人物。2019年,中华人民共和国成立70周年时,获得"人民科学家"国家荣誉称号。1945年,他出身于江苏泰兴一个军人家庭。1967年从浙江大学无线电系毕业后,他被分配到北京卫星总装厂任技术员。1980年7月,他考取教育部公派研究生名额,赴瑞士纳沙泰尔大学微技术研究所留学。1985年获得博士学位后,立即回国。

此后,叶培建担任五院502所研究室主任、五院计算机运用总师、资源二号卫星总指挥兼总设计师。2004年,叶培建出任嫦娥一号探测器总指挥兼总设计师。当时,他推荐孙泽洲做副总设计师,负责探测器的总体设计。

嫦娥一号是我国第一个深空探测器,与当时我国所有卫星和飞船不同,它将奔向38万千米外的月球,并绕月飞行一年。叶培建与他的团队必须解决轨道设计、测控和数据传输等一系列技术难题。

孙泽洲是叶培建手下的一名干将,也因此更加直观深切地感受到老一辈航天人的品质和智慧。

1980年7月,叶培建公派赴瑞士留学。博士论文答辩通过后，学校想留他当助教，月薪8000瑞士法郎，他婉拒了。

回国后，记者问叶培建："你没有思想斗争吗？"他坦诚回答："没有。我从来就没有想过要留在那儿。7月做完答辩，8月我就回来了。问这个问题，小看我了。"叶培建说："国外好，但金屋银屋，那是人家的。我们穷，我们更应该发愤图强，把自己的国家建设得好一些。当年，钱学森他们那批老前辈，有的是著名的科学家，有的是学业优异的留学生，他们始终没有忘记报效祖国的初心。"

1992年，中国股票市场开始活跃，但证券交易手段落后，且手续复杂。深圳证券交易所找到502所，希望帮助研发一个卫星VSAT网，取代传统股票交易的"红马甲"。所里派技术骨干叶培建去做这件事。他通过卫星和计算机系统进行了股票VSAT卫星通信网的设计，相比以往的地面通信快速且安全、可靠，使股民享有更平等的交易权。项目做得非常成功，获得部级科技进步奖一等奖。深圳证券交易所极力挽留叶培建留下来当总工程师，并开出了40万元的年薪。叶培建当时的月工资是1000多元，但他没有对新机会动心。后来，他说："年薪40万元，后来涨到50万元，10年算下来差不多是500万元，一个让人心动的数字。但我很庆幸，当时没被40万元所诱惑。我在接下来的10年干了些什么呢？1996年开始担任我国第一代高分辨率传输型对地遥感卫星资源二号指挥兼总设计师，2000年、2002年、2004年资源二号系列三星顺利升空，被称为'智多星'，对国土普查、城市规划、作物估产、灾害监测发挥了重要作用，产生了巨大效益。我觉得，个人挣了500万元，就算是发了一笔财，但与为国家建立一个非常重要的'三星高照'系统相比，哪个值？无法同日而语。"

孙泽洲还听说过一件事。

20世纪90年代，五院与法国合作研制鑫诺卫星。五院的一批科技人员被派往法国宇航公司承担监造任务。1996年，叶培建去欧洲出席一个会议，受院里委托，前往戛纳看望他们。

法国宇航公司驻地大院实行严格的人员出入管理。中国监造人员只能在大院外的活动板房办公，出入大院必须由领队点齐人数后统一进入，不允许中国人单独走动。因为食堂也在大院里，中国员工连吃饭都必须集体进门，吃完再一起出来。让人憋屈的是，同样担任监造的印度人却可以随便进出。

到了午餐时间，叶培建与中国同事一起去食堂。走到大院门口，守门的警卫把叶培建拦住了："先生，您要进去的话，必须押下护照。"叶培建有些不快："为什么？"法警冷冷地回答："这是规定。"

叶培建压住心中怒火，晓之以理："贵国的代表团曾经去过我们中国空间技术研究院，进大楼都无须出示护照，更别说用餐了。我是你们请来的客人，难道吃一顿饭都要押护照吗？我理解你们安保的需要，但你们同样应该尊重请来的客人啊！如果你们一定要我押护照的话，那我就不进去用餐了。"

负责陪同的法方人员，见叶培建态度坚决，忙说："先生，实在对不起，请您进去用餐吧，不必押下护照。中方的其他人员以后也可以自由出入大院。"

席间，警卫头儿还诚挚地向叶培建道歉。

离开戛纳时，北京卫星总装厂的工程师激动地对叶培建说："叶总，今天太解气了。这些日子我们一直很压抑，今天您替我们出了口气，为我们争取到了本就属于我们的权利！"

在这些事关国家尊严的大事上，叶培建的腰杆从来都是挺得直直的！

这是一个月光如水的夜晚，一轮明月高悬天边。

叶培建和孙泽洲在月色下慢慢地走着……

孙泽洲说："叶总，让我挑这么重的担子，压力特别大。"

叶培建说："可以理解。"

"怕万一干不好，无法交代。"

"担子是重了些，困难也会很大。不过你想想，再难有老一代科学家搞'两弹一星'难吗？有钱老、孙老他们当年搞'1059'导弹和东方红一号难吗？我曾听孙老说，东方红一号上需要一个小小的电信号连接插头，当时国内几乎找不到能够生产的工厂。他们是拿着国防科工委办公室开的介绍信，通过上海市政府找到上海无线电五厂，与几位有经验的老师傅切磋，反复试验，最后才造出来的。你肯定也听说过北斗一号太阳能帆板的故事，当时国外卡咱们，只能自己干。太阳能帆板做出来了，却找不到那么大的真空罐。研制人员突发奇想，找到一个密封的大房间，改造成'真空罐'，把太阳能帆板架在屋里，在每个帆板的铰链上安装液氮喷头，将温度控制在零下40摄氏度，进行展开试验，最终做出了中国人自己的太阳能帆板。要说现在的科研基础和条件，比起当年不知道要强多少。所以，关键是要有一种担当的精神。"

孙泽洲停下步子，望着叶培建，说："叶总，你们这一代老航天人，为什么都有着特别强烈的家国情怀和担当意识？"

"干我们这一行的，首先要有国家意识。因为，我们做的每一个项目都关乎国家利益、国家荣誉、国际影响。孙家栋老前辈常说的一句话是：'国家需要，我就去做！'"叶培建说："现在让你去做总师，体现了组织的信任，同时更是国家的需要。"

孙泽洲带领研发团队，在航天城的一间简陋工作室"集同工作"。"集同工作"是五院一种特有的工作方式，就是将不同专业、领域的团队集结在一起，进行"头脑风暴"。连续几个月，孙泽洲与大家天天从上午一直讨论到夜间。孙泽洲话语不多，认真地倾听各种意见，集思广益，把握要点，然后，拨云见日，吹沙见金，提炼出一个个新思路。

嫦娥三号不仅有着陆器，还有巡视器（即月球车）玉兔号，等于从地球出发时是一颗航天器，抵达月球后要变成两颗航天器，推进系统、控制系统、移动系统等几乎都是从零开始设计、研制、试验、验证。通常一颗新的卫星包含的新技术、新产品，大约是20%—30%，嫦娥三号的新技术、新产品却占到了80%。

一次，探测器在试验场做模拟着陆试验，突然发现一个阀门开闭有点问题。当时现场有的领导主张停止试验。孙泽洲一时难以决断，好不容易准备了一次试验，停止了，再重新启动，要耽误一两个月；接着做，又担心阀门会不会有其他连带问题。叶培建闻讯匆匆赶来。听取汇报后，他思考了片刻，做出三点判断：一是试验发生的问题是孤立的；二是如果因为阀门的一点小问题中止试验，将拖延嫦娥三号整个工作进度，可以在采取必要措施后，继续往下做；三是即便这个试验发生问题，对嫦娥三号整体进度也没有影响。叶培建的意见非常有分量，试验得以继续做下去，并取得预期效果。

作为嫦娥三号的顾问和首席科学家，叶培建以科学的态度与自己的经验和胆魄，给年轻的总师撑腰。

孙泽洲曾经感动地说："老一辈科学家敢于担当的精神和一丝不苟的作风，深深地影响了我们年轻人。有人说叶总的脾气有点大。我跟了他这么些年，发现事关决策性大事，如果他觉得有问题，一定会坚持自己的观点，这时候，他会很固执，会发脾气。还有，他交代的工作，觉得你完全可以做好，但你没做好，他也会着急发火。除此之外，他对自己的部属非常关心爱护。我刚当嫦娥三号总师那阵子，他见我特别忙，经常叮嘱：'泽洲啊，要注意劳逸结合。'有时，他会说：'那件事我帮你做了，你就别操心了。'让人感动。我们只有把活干得更好……"

2013年12月2日，长征三号乙运载火箭成功将嫦娥三号探测器发射升空；12月14日，嫦娥三号着陆月面；12月15日，嫦娥三号着陆器和巡视器互拍成像，标志着嫦娥三号任务圆满成功。

嫦娥三号首次实现中国地外天体软着陆和巡视探测，是中国航天领域技术最复杂、实施难度最大的空间活动之一。

当年五四青年节，习近平总书记来到中国空间技术研究院，与各界青年代表共度节日。孙泽洲作为航天系统青年代表参加座谈会。

孙泽洲结合自身成长的经历，谈了航天青年为实现中国梦应有的使命和担当。习总书记亲切询问他是哪里毕业的。

"南京航空航天大学。"

"没有去留学吗？"

"没有，是祖国培养的。"

持续创造卓越成就的航天团队中，很多人才都是中国自己培养的。习总书记感慨颇深："我们要坚信，坚持中国特色社会主义道路、理论、制度，坚持投身中华民族伟大复兴的大业，就一定会出大师、出更多大师，这方面要有充分的自信。"

习总书记叮嘱道："只有进行了激情奋斗的青春，只有进行了顽强拼搏的青春，只有为人民作出了奉献的青春，才会留下充实、温暖、持久、无悔的青春回忆。"

2016年1月，嫦娥四号工程开始实施，孙泽洲被任命为嫦娥四号探测器总设计师。

嫦娥三号发射成功了，作为嫦娥三号备份星的嫦娥四号，应该去哪里？有人为了保险，坚持让嫦娥四号还是在月球正面着陆。叶培建一听急了，说月球正面已经落过探测器了，再"炒冷饭"没什么新的科学价值，坚持要让探测器去月背。如果没有像孙家栋、叶培建这些科学家的坚持，很可能就没有登陆月背的嫦娥四号了。

迄今为止，还没有一个国家的飞行器在月球背面软着陆，这是一次新的挑战！

选择月球背面登陆有三个重要的科学意义。第一，与月球正面不同，月背地形几乎全是环形山和古老的陨石坑。登陆月背开展月背巡视区地形地貌、浅层结构和矿物成分探测，将为人类研究月球矿物质结构和太阳系起源提供更丰富的第一手资料。第二，由于月球自身的遮挡，月球背面有天然的"屏障"，没有来自地球的一系列辐射干扰，有着无与伦比的干净的空间环境，适合开展各类天文观测，可以充分填补地面射电观测存在的诸多空白。第三，登陆月球背面是极具想象力且需要巨大勇气的科研实践，可以催生并推动一系列高新技术的快速发展，让我国诸多科技获得重大升级，对我国的科技创新与发展产生积极且深远的影响。

2016年3月，我国火星探测任务天问一号立项实施。几个月后，孙泽洲又被任命为天问一号探测器总设计师。

飞得更高、跑得更远是所有航天人的梦想，也是孙泽洲的心愿。在孙泽洲看来，从38万千米到4亿千米，这不仅仅是一般意义的距离跨越，更是一种精神高度的飞跃。

领受任命的那个夜晚，仰望星空，孙泽洲心潮翻涌，思绪万千。自己的梦想能与国家的梦想紧密融合在一起，自己的未来能与祖国的深空探测事业紧密联系在一起，是一种机遇，更是一种使命。

一手嫦娥四号，一手天问一号。

将火热激情寄托于广袤寰宇，孙泽洲带领团队开始了一次新的攀登……

轻盈舞者

向着火星，出发！

迢迢4亿千米，称得上是真正意义的漫漫征途。

叶培建说：打个比方，如果从地球到月球是从天安门到王府井的话，那么，从地球到火星，就差不多等于从北京到上海。

从北京去上海，京沪线可直达，难的是到了上海周边之后，要进入繁华的市区，让那些第一次去上海的外地司机发怵了。

火星探测与此也有相似之处。

1925年，德国物理学家瓦尔特·霍曼博士提出了著名的霍曼转移轨道。按照该轨道，从地球到火星理论上仅需要两次加速：第一次加速，切入霍曼转移轨道，逃离地球；第二次加速，切出霍曼转移轨道，奔赴火星。经过两次轨道修正，6个多月后，天问一号进入环火轨道。要着陆火星时，天问一号探测器在火星停泊轨道实施降轨，机动至火星进入轨道。随后，环绕器与着陆器开始器器分离，继而环绕器升轨返回停泊轨道，着陆巡视器运行到距离火星表面125千米高度的进入点，开始进入火星大气。

天问一号的降落过程用时约9分钟，又被称为"黑色9分钟"。因为在这9分钟内，探测器需从时速约4.8万千米降至0。降落大致分为气动减速、降落伞减速、动力减速、悬停避障、缓速下降和着陆缓冲6个阶段。9分钟内，着陆巡视器要完成10多个动作，每个动作只有一次机会。地球信号传到着陆器要17分钟多，远大于9分钟的着陆时间。这便意味着降落全过程的所有动作都需要着陆器自主完成，对制导（Guidance）、导航（Navigation）和控制（Control）简称GNC系统的软件和硬件要求极高。人类已经实施了40多次火星探测任务，其中成功或部分成功的仅占一半。

GNC分系统方案设计师郭敏文告诉我："我主要负责这9分钟里的前5分钟，即大气进入过程的轨迹设计和制导算法设计。"

"黑色9分钟"，她要掌控"5分钟"！

眼前这位个头瘦小的女设计师，竟然有着如此强大的能量，我不由得有一种肃然起敬的感觉。

1985年出生于江西省上饶市铅山县的郭敏文，是独生女，小时候身体有些单薄，父亲教了她几年武术。武术没学几招，体能倒是上去了，当然也磨炼了意志。2004年，她考入哈尔滨工程大学自动化系测控专业，2008年保送至哈尔滨工业大学航天学院攻读硕士学位。喜欢物理、爱好钻研的她在哈工大读完研究生后，又考取五院502所导航制导与控制专业攻读博士。博士生导师王大轶为她确定的研究方向是火星大气进入过程的制导算法，这也为她能顺利参与并完成天问一号任务打下了基础。

郭敏文说："作为火星着陆巡视器进入舱GNC分系统方案设计工作者中的一员，我们的任务就是让探测器在我们控制算法的指挥下，挺过'黑色9分钟'，顺利地着陆到火星表面。而我主要的任务是为进入舱规划合适安全又精确的飞行路线，让进入舱不是盲目地、一股脑儿地扎入火星大气，而是成为可控的火星大气中的轻盈舞者。"

我说："我注意到你用了'轻盈舞者'这个词，挺文艺的，什么叫'轻盈舞者'？怎么才能做到轻盈呢？"

"首先要让进入舱具备一定的升力，这才具备轻盈的条件；其次充分利用进入舱的升力，做好文章。"这说法太专业，郭敏文不得不先为我科普一下什么是具有一定升力的火星大气进入过程。

着陆火星，首先面临的是进入方式的选择。一般有两种方案，一种是技术难度低的弹道式进入方案，另一种是相对复杂的弹道升力式进入方案。不同的进入方式，直接影响着陆巡视器系统功能、配置、过载、防热、开伞高度、落点精度等方面的设计状态，对火星着陆探测至关重要。

从国外成功的九次火星着陆任务看，早期的火星探测任务，比如火星探路者号、火星漫游者号和凤凰号，均采用弹道式进入方式。而维京号、好奇号、毅力号则采用弹道升力式进入方式，但前两者有本质区别。维京号没有制导，对升力大小和方向不加以控制和利用,其采用升力式构型是为了提高减速效率。好奇号是国际首个采用弹道升力式进入和控制的火星探测器,通过控制倾侧角,实现较高着陆精度(与设计落点偏差仅2.4千米)。

综合考虑,中国首次火星探测任务采用的是弹道升力式进入方案。

相比神舟飞船、返回式卫星等,这次火星任务是通过一次发射实施火星环绕、着陆和巡视探测。探测器结构复杂,飞行时间长,跨院所协作难。大气进入如何飞出完美的弧线,这个设计工作不是孤立的。我们需要提出实现最优轨迹的进入窗口需求,以保障从环绕器降轨、分离等过程的无缝衔接。这期间需要多次反复的迭代闭环、与多家单位的协同沟通。

郭敏文举了一个例子:实际执行飞控任务时,为了保证各家时间的绝对对齐,飞控中心、火星车设计团队、进入舱GNC团队、总体部轨道设计团队为"跳秒"事件,会上会下讨论了五次。"跳秒"实际是因为"闰秒",对协调世界时作出加1秒或减1秒的调整。对于"跳秒"这加1秒和减1秒问题,各系统都有自己不同的理解。但对处理时间对齐问题的严谨细致是必须的。仅从进入舱GNC系统角度来看,进入时刻1秒的导航误差,在进入轨迹上带来的就是几千米的距离误差,这对着陆精度的影响是致命的。如何保证各分系统星上累加的相对秒增量(相对北京时间是2016年1月1日0时0分0秒)与地面测控时间、协调世界时(UTC,又称世界统一时间)保持一致,以消除2017年1月的1次跳秒的影响。为此,各家必须坐在一起协商,确定一个标准,按标准更新自己的计时,并将自己对时间依赖的设计做出相应的调整。

此外,探测器在进入过程中还将存在诸多难题和不确定性。

郭敏文说:"这其中有些矛盾是不可调和的,为此我们设计团队伤透了脑筋。就好比某次出行,起始点离目的地很远,恰巧这段路路况又特别差,而此时我们正开着一辆提速、转弯能力都很弱的老年代步车。我们将如何在很严格的时间约束下,完成任务到达目的地?如果我们一味地追求快速,结果是不仅到不了目的地,还可能把车开散架,在半路上抛锚。"

"回到实际飞行任务中,如果我们无法到达目的地,那么依照飞行能力,实际能飞多远呢?在保证安全和确保开伞高度的前提下,我们对飞行航程的修正能力极限是多少呢?如果超出能力极限的误差,是不是就可以不去修正呢?经反复权衡讨论,我提出应该合理地放弃一定的落点精度,保留一定实力来确保高度控制,从而在整体上提升安全性的想法。"郭敏文停顿了一下,说,"这让我对科学研究和工程实现的概念有了更加深刻的认识:不同于在试验室里得到理论与数据,工程往往需考虑实际情况。更多的时候我们无法实现理论上的最优,为了得到相对理想的结果,只能进行合理的取舍,实现工程意义上的全局全盘更优。但是取舍的程度进行怎样的调整,反过来也需要进行科学的分析、严谨的论证、周密的探讨,这样才能最大程度上确保最后成果的可靠性。我们的任何一点点成果都是整个项目组数千小时的努力与汗水。很多时候,我们选择的也许是一种'笨'方法,然而科学的'笨'方法有时是最佳的捷径,什么是成功?我的体会就是，当你排除了所有的其他可能性，最后的一条路就是通往成功的坦途。"

我问郭敏文："你博士毕业参加航天工作8年了，最深的体会是什么？"

郭敏文想了想，说："我非常感谢火星探测任务，让我一毕业便有了用武之地，给了我一个大舞台。实际工程中追求的可靠性，不同于博士生做论文，不同于搞预先研究。进入舱飞行'黑色9分钟'，要求我们完全自主地一个事件接一个事件地有序进行。从判断进入大气点开始，我们还需要根据飞行的导航数据判断什么时候该转入升力控制模式，什么时候该展开配平翼，什么时候该开伞，这些细节的触发，都凝聚了设计师很多心血。一重设计是不可靠的，在多种导航参数中，怎样筛选比对出更为可靠的数据以互相备份至关重要，这就是我们说的高容错的事件触发策略。这如同我们去哺育一个刚出生的婴儿，他（她）会在成长过程中经历一个又一个挑战。面对这些挑战，我们需要考虑各种各样的可能性，即使有0.01%的概率，我们也要考虑出应对的方法，灵感从来不是妙手偶得，而是风雨后天边的一道彩虹，只有经历过才明白决策的可贵。"

郭敏文接着说："还有就是注重细节，细节决定成败，细节是探测器能否成为火星上的'轻盈舞者'的真谛，是我们日常工作的核心。精益求精不是锦上添花的附加题，而是GNC团队对工作提出的最基本要求。作为一名航天人，80分不是我们努力的方向，纵使是一张满分的答卷也不是我们骄傲的资本，因为我们深知，在这台向深空不断前进的机器上，每一个齿轮都在迸发着自己的全部力量。如何成为火星上的'轻盈舞者'？请不要被'轻盈'二字所迷惑，轻盈从来不代表轻松。只有扎扎实实地埋头苦干，才能收获最后的胜利。丰硕的果实只会出现在看似平凡却厚重肥沃的土地上。"

我赞道："你这位'理工女'应该改为'文学女'了。"

"黄老师，文学与科学不是有许多相同之处吗？"

"是的。比如你刚才说的'灵感从来不是妙手偶得'，设计师有这种体验，作家也同样有这种体验。诺贝尔物理学奖获得者李政道先生曾著有《科学与艺术》一书，他说：'科学与艺术是不可分的，两者都在寻求真理的普遍性。普遍性一定植根于自然，而对自然的探索则是人类创造性的最崇高的表现。'他还说：'科学与艺术是一枚硬币的两面'，它们源于人类活动最高尚的部分，都追求着深刻性、普遍性，永恒且富有意义。"

郭敏文说："有时候我就想，我若是一名作家该多好，天马行空，任我驰骋，想去月球就去月球，想去火星就去火星……"

"你参与了探月、探火工程，就等于去过月球、火星呀！"

"我还想去更远的深空探秘呢。"

此时的郭敏文，两眼闪亮，满是憧憬……

天问团队下决心探索创新，向技术高峰发起冲击。最终，他们拿出了最优的设计结果，完美提升着陆巡视器的系统功能和着陆安全裕度。

或许，这就是郭敏文心目中的"轻盈舞者"！

降 落

等待!

等待!!

清晨,一场极其珍贵的绵绵春雨停歇了,空气中氤氲着一股淡淡的植物抽芽的清香。

李健推开房间的窗户,一轮橘红色的朝阳正冉冉升起,他不由得在心里说了声"有戏"!

2018年5月31日,距离试验队进驻内蒙古自治区根河市已将近一个月了。然而,不是今天机组另有任务,就是明天气象不行,一天天拖下来,让人着急上火。

火星探测器初样产品出来后,降落伞的强度试验排上日程。

降落伞的强度试验必须将模拟装置从高空投放,以检查降落伞在降落过程中的强度。

模拟装置的重量与探测器不同,重达6吨,要将这么重的装置带到高空,唯一的运载工具只有直升机,还不能是普通直升机,必须是大运载力的直升机。

火星探测最大的难点是着陆过程,其中降落伞的减速技术又是一道必须破解的难题。

第三章 出 征

　　探测器进入火星预定轨道，获得"降火"指令后，环绕器与着陆巡视器分离，继而环绕器升轨返回停泊轨道，着陆巡视器运行到距离火星表面125千米高度的进入点，开始进入火星大气。

　　探测器副总设计师饶炜告诉我："探测器在进入火星大气层以后，首先要借助火星大气，进行气动减速。这个过程中要克服高温和姿态偏差。气动减速完成后，探测器下降速度也减掉了90%左右。紧接着，探测器打开降落伞，进行伞系减速，主要有降落伞展开、抛大底、抛伞、抛背罩几个步骤。"

　　伞系减速是减速技术中难度最大的一个环节，探测器在使用降落伞时要保证在超音速、低密度、低动压下打开，这个过程往往存在开伞困难、开伞不稳定等问题。

　　降落伞分系统主任设计师李健，入职航天队伍已经20年。

　　李健的微信号叫"不懂唱歌的李健"，我乐了，此李健非彼李健。

　　"你真不懂唱歌？"我问他。

　　"五音不全。再说，人家是歌星，我也不想占他什么便宜。"李健笑着说。

　　2002年，从北京航空航天大学研究生一毕业，李健便进入五院508所。

　　李健说自己整整做了20年的降落伞。刚进所，跟师傅学做无人机的回收。无人机回收有好几种方法，他们用的是降落伞的方法。因为大学本科读的是飞行器设计，研究生读的是气动弹性。刚开始，他觉得专业不怎么对口，还闹过小情绪。

跟着师傅把一个项目的流程全部做完，李健深深理解了从书本到实际，有多长的一段路要走。师傅不仅严谨，还十分严厉。设计报告引用参数不准确，被师傅退回来重写；一次，制图时将一根粗线画成了细线，被师傅狠狠"怼"了一顿。师傅说："就因为这根粗线，飞行器可能会从天上掉下来！"

在这个阶段，李健说自己完成了从学生到工程师的转换。

2006年，他加入神舟七号飞船降落伞团队。

"人命关天！"这是李健听到的第一个词。

飞船降落伞直接与航天员的生命相连，岂敢掉以轻心。李健更是感受到了科学的态度、严谨的作风。每份技术报告，要反复好几轮才往下走。在一些关键环节，总师会提出许多问题，要求他说清楚了才能过关。一张图纸批复回来，李健最怕的是总师用铅笔在上面打上的淡淡的"？"，那肯定说明那个细节还有瑕疵。

在这个阶段，李健说自己对从普通工程师到国家航天重大型号工程师的使命，有了充分的认识。

2014年，李健转入火星探测器团队。

当时，天问一号尚未命名，李健是探测器降落伞分系统技术负责人。

我问他："有过神舟飞船的经历，是否干火星工作相对要轻松一些？"

"火星与飞船的降落伞，虽然有相同之处，但区别很大。"

"主要区别在哪里？"

"使用环境不一样，降落伞进入火星，大气密度很低，只有地球的1%，火星降落伞是在超音速、低密度、低动压的环境里工作的，开伞的充气状态高频变化、冲击载荷大，具有极大的挑战性。因此进入地球大气层的降落伞型不适用于火星。降落伞不像一些电子设备，可以有明确的参数，从某种角度来说，对降落伞的使用，很大部分还得靠设计师的经验。"

"靠经验？"我有些不解。

"对。到目前为止，还不能将降落伞的各种指数计算得非常准确，主要靠多次试验来证明。降落伞的这种强力试验规模大、成本高，且周期长。"

"国外有可借鉴的资料吗？"

"美国人做降落伞已经做了几十年了，欧洲人也做降落伞，资料有一些，但没经过自己试验，用了不放心。"

因此，团队上上下下对这次降落伞的强度试验高度重视。

找了一圈，发现哈尔滨中国飞龙通用航空有限公司属下的一架直升机，具有这种起载能力。飞龙公司每年5—10月在内蒙古自治区根河航空护林站，执行森林防火任务。

张荣桥亲自与国家林业和草原局协调。

国家林业和草原局的领导听张荣桥介绍，这次试验事关火星工程成败，立即表示："国家工程，全力支持！"

试验队于5月31日进驻呼伦贝尔大草原腹地、大兴安岭西坡的根河航空护林站。

初夏时节，这里还像是北京的早春。大地刚刚回暖，草原新绿初泛，垂柳开始吐芽。

事情进展不太顺利。一进入5月，大兴安岭林区火情频仍，直升机任务不断。下雨天直升机没有任务了，但又不符合降落伞强力试验的气象条件。

一天拖一天，试验队员们等得有些焦虑。

6月27日，护林站通知，直升机28日配合试验。

张荣桥专程赶来。

28日中午，直升机准时起飞。

李健和设计师张兴宇随机跟踪观察。

直升机在不断升高：1000米……2000米……2500米……

到了预定投放点上空，此时，按试验要求，直升机高度3000米，速度33米每秒。

机长下达口令："投放！"

操作手打开按钮，机舱下悬挂着的模拟装置，瞬间脱离挂钩，直落而下。2秒钟后，降落伞从模拟装置中弹射出，几乎在同一瞬间，降落伞顺利展开。万万没料到的是，降落伞刚刚全部展开，便与模拟装置分离了。

正拿着望远镜观察的李健，心里"咯噔"一下，脱口而出："完了！"

此时，守候在降落场的张荣桥也在望远镜里看到了这一切，他的眉心微微蹙在一起，又展开了，对身旁的508所所长说："赶紧组织人员把模拟装置找回来！"

降落场是茫茫一片大草原，由于失去降落伞的牵引，模拟装置成了一个自由落体，偏离了原定的位置。

试验队员分成几路，四处寻找。附近的牧民也赶来帮忙。

在一片小山丘旁，6吨重的装置将地面砸出了一个大坑，飞溅起的泥土又将装置淹没在坑里。靠人工显然是不行，牧民们找来一辆挖掘机，将装置从土坑里拉出来。伞也找到了，一起送到护林站。

试验队返回北京。

张荣桥立即作了部署。他对李健说："降落伞牵一发而动全身，这个问题不解决，会拖整个工程的后腿。最近你们应全力以赴破解这道难题。"

李健说："明白。"

重要的是"归零"。

"归零"是中国航天人在实践中不断总结、完善、创新的具有中国特色的质量管理方法，指的是质量问题"归零"里面的技术"归零"和管理"归零"各五条要求。技术"归零"指的是定位准确、机理清楚、问题复现、措施有效、举一反三。

定位准确是前提，确定解决问题的对象，首先找到问题发生在哪个环节、部件；机理清楚是关键，找到问题发生的根本原因和演进过程；问题复现是手段，通过实验验证方法，复现质量问题发生的现象，验证定位和机理的准确性；措施有效是核心，采取纠正措施，确保质量问题得到解决；举一反三是延伸，反馈给系统的其他单位或设备，使具有相同原理的产品能避免同类问题的发生。

我问李健："'归零'是不是一件很复杂的事情？"

"不仅复杂，还非常麻烦。"李健告诉我，"我们空投模型上安装了多个运动摄像机，恰好有一个摄像机在落地过程中扛住了冲击载荷，没有摔坏，保留了珍贵的降落伞工作过程录像。大家对录像进行逐帧分析，寻找异常出现的时间点和位置。我们还在空投模型上安装了各种测量设备，这些设备将采集的数据统一储存在一个抗冲击的数据记录器上，类似民用飞机上的黑匣子。这个设备的目的就在于模型出现意外情况时，可以尽可能完整地挽救试验过程采集的数据。厂家连续奋战数天，终于恢复了全部数据。通过逐点交叉分析各种数据，并与影像数据联合分析，弄清楚了故障发生时的各种参数的变化。"

大家把破损的降落伞平铺在地上，把每一块损坏的位置都做了标记，拍了照片，与开伞影像进行对比，以确认损坏的发生过程。

终于，找到"症结"：设计时对超音速下降落伞张开瞬间绳索受力状态考虑不周，这个位置强度裕度不足，导致伞具破损。

连接环节！

这是降落伞上一个小小的细节！

对于航天工程来说，一个小小的细节便决定了一个项目的成败，甚至关乎人命。

李健在参与神舟七号飞船降落伞设计时，有一次，神舟飞船总设计师戚发轫对他们说："干我们这行的，要特别讲究细节，或者说是追求细节。大家都知道美国挑战者号航天飞机的灾难性事故，导致那次失败的原因，是火箭上的一个O型密封圈失效。

因为天气寒冷，发射时间已经推迟了一周。发射当天，发射器上结满了冰，宇航局却没有取消发射。其实，负责这次火箭推进器制作的工程师罗杰认为低温会导致O型密封圈失效。罗杰给NASA管理层打电话，建议终止发射。但他们表示数据不充分，四名经理一致坚持发射。就是这个小小的密封圈夺去了七名航天员的生命！"

戚发轫又告诉大家："我在俄罗斯观看过联盟号飞船的发射过程，在三名宇航员上天前，总设计师要签字表示一切准备就绪，可以发射。总师把自己的名字一签上，便表示要承担起所有的责任，包括宇航员的生命。这是一种责任，更是一种担当精神！"

李健还听说过一件事。

神舟三号飞船进驻试验场，在电测试验中，发现电气设备接插件存在问题，1000余个触点有一个不能导通。

神舟三号是按载人状态全系统进行的试验飞行，即使没上宇航员，也必须按上人的标准执行。情况报告给了工程指挥部，指挥部召集紧急会议。会上，换不换这种元器件，两种意见交锋激烈。

不用换！理由似乎很充足：这种元器件在神舟一号和神舟二号上都使用过，两座飞船都发射成功；飞船采用"双保险"的"双点双线"设计，即使1000个点中有一个点不通，出现问题的概率也只有千分之一。再者，这种元器件没有库存，也没有替代品。重新设计生产最快要3个月。如果更换的话，发射时间必须推迟，将给工程造成巨大的经济损失。

必须换！理由更加理直气壮：质量是生命，不能有万分之一的侥幸和幻想。这种元器件存在设计上的缺陷，虽然暴露出的是一个点不通，但谁敢保证不是批次性问题；神舟三号是一艘改进型的飞船，技术状态与载人飞行的状态基本一致。如果这艘不换，拖到神舟四号再出现问题，那么到载人的神舟五号就将冒很大的风险，就不能确保载人飞船的可靠性。

换，还是不换？神舟"两总"（总指挥、总设计师）压力重如千钧。

结论终于出来了：是批次问题！

"零缺陷、零故障、零疑点"是神舟团队坚持的铁律。指挥部联席会议做出决定：对飞船上77个接插件进行改进设计，重新生产，全部更换；神舟三号飞船拆除旧接插件、电池等设备；试验队撤回原单位。

撤离的那天，戚发轫和试验队员都落泪了。

3个月后，新的接插件设计制作完成。77个接插件全部更换，1000多个点重新进行焊接。

2002年3月25日，神舟三号飞船直插苍穹……

降落伞问题定位清楚了，接下来要搞清楚，为什么会出现这个问题，进行机理分析。

机理分析更复杂。

李健说："要对设计文件进行全面复核，对每一个理论公式重新推算，看看产品设计是否有问题。"

"对每个理论公式都要重新推算？"我有些不解。

"对。每个理论公式。"

"这工作量也太大了。"

"还要对设计图纸、工艺文件、加工过程记录、原材料复验记录进行复查，检查产品加工过程是否有问题；对降落伞各个零件、部件、组件完成的试验进行复查，查看试验项目是否齐全，试验条件是否与使用条件一致，试验结论是否正确合理，从而判断试验是否充分有效。"

李健组织多方专家大胆假设、小心求证，从多个维度提出了多个可能的问题原因，包括空投试验方案的有效性、试验条件的有效性、测量数据的真实性、柔性结构静态试验与动态试验的一致性、承载不均匀性等；对每一个提出的问题，都进行了全面的分析、仿真和试验，最终予以排除或决定保留。

经过大量的工作和多轮讨论，终于形成一致意见：伞绳与连接带连接环节结构设计不合理，在拉伸、挤压、剪切等复杂受力环境的综合作用下，该连接环节承载能力降低，强度裕度不足，导致降落伞在强度空投试验中严重破损。

问题找到了，机理也清楚了，接着要制定改进措施并进行验证。

李健告诉我："最重要的是要提高伞绳与连接带的连接强度。我们设计了多种方案，通过试验优选。刚开始的时候，试验做了一轮又一轮，进行了多轮改进方案迭代，前前后后共做了几百次地面试验，但总是难以达到要求，说明传统的连接形式已经不能满足设计要求了,需要拓展思路。"

在这个关键时候,国家体制的作用和优越性充分展示出来了。

在整个技术改进过程中,跨行业的多位专家,从多个角度提出了多条意见、多个方案。在改进过程中,也出现了多个分析结果、多个改进方向,综合权衡、仔细论证、慎重选择伴随了技术改进的全过程。多种声音、多种意见一度成为研制团队的困扰,但在拨云见日的那一刻,他们最终发现,这些意见和声音都在通向正确方向的路上发挥了积极的作用。

降落伞用处不多,体量小,效益低。但在困难时刻,国内多家协作单位的同行业、上下游行业专家,都积极响应并大力支援,提供了很多帮助。这就是体制优越性的表现。

多个方案经过静态、动态、局部结构、全尺寸结构的地面考核验证试验,最终制定了综合改进设计措施。研制团队新研发了具备能在超音速时快速开伞的锯齿形前端构形、V型双层结构加强带"盘—缝—带"伞。

又经一个月的全面、精心准备,试验队从参试产品、试验模型、试验流程、应急预案等方面进行了全面的改进、复核、优化和更新,从而具备了再次实施强度空投试验的条件。

7月下旬,试验队带着新的模拟装置,再赴根河航空护林站。

7月31日至8月29日,连续进行了四种工况下新研发的降落伞强度空投试验,均符合设计要求。

2019年5月24日和29日，又进行了两次飞行批产品抽检空投试验。

9月19日，贮存后（即模拟真空环境，将降落伞放在真空贮存罐里）空投试验结果完全符合要求。

一朵红白相间的绚丽伞花，即将在遥远的火星上空绽放！

当降落伞完成它的使命后，天问一号的速度降至100米每秒以下，距离火星表面最后1000米，着陆器通过反推发动机进行减速，由大气减速阶段进入动力减速阶段。

减速！

再减速！

"黑色9分钟"进入读秒阶段。在距离火星地表约100米的天问一号巡视器开始悬停，完成精避障并缓速下降。此前，嫦娥三号、嫦娥四号、嫦娥五号已经积累了丰富的悬停、避障技术经验。加上几项创新技术，李健志在必得。

至此，中国人距离火星仅剩下一步之遥了！

第四章
好一辆漂亮的火星车

月球车

贾阳至今仍觉得,火星车的名字叫"哪吒"比叫"祝融"好。

"祝融"当然也好,有中国历史文化感,文气,但有些生僻,不够接地气。而"哪吒",轻巧、灵动,还带点淘气美少年的形象,家喻户晓。在中国神话传说中,知名度名列前茅。

在祝融号之前,贾阳和他的团队,已经做过两辆月球车:玉兔号和玉兔二号。玉兔号是专门为嫦娥三号配置的。那时候,孙泽洲是嫦娥三号探测器总师,贾阳是副总师,主管玉兔号。

玉兔号是中国第一辆月球车。

刚开始,大家不知道中国的月球车应该"长"什么模样,孙泽洲对设计师们说:"你们觉得它应该'长'什么模样,它就是什么模样。"

于是,大家脑洞大开,在设计图上画出五花八门、形态各异、长着"翅膀"(太阳能帆板)的小车:有四个轮子的、六个轮子的、八个轮子的;有方形太阳能帆板、梯形太阳能帆板;有的稳重,有的轻巧,有的酷炫如变形金刚……

这辆取名"小飞侠",造型以立方体为主,其最大特点分别是将立方体上部四角切去,从而构成多面体,不规则的太阳能帆板类似动物的翅膀，使车体造型元素丰富，给人感觉坚实强悍，充满探索未知的勇气和力量。

这辆取名"玄武"，像是陆地战车似的车体造型，车体侧面带有折面，车体前端两侧切角处理，整个车体是一个多面体形态，线条平直、干净利落，配以不同大小的车轮，使得车体造型变化丰富。

这辆取名"旋风小子"，四个角上的车轮均可实现转向功能。两块太阳能帆板平推式开合，结构简单可靠。机械臂和摄像机分别在前部的左右端。整体小巧紧凑，给人以轻盈灵动的感觉。

还有"麒麟""铁甲""吴刚""天蝎""大力水手"等，各有特色、各有奇招。

月球车团队先做加法，接着做减法，仅仅是月球车的行进系统，他们就设计了三套方案。从通信、能源再到移动，每一个细节都是不可忽视的重点。不断否定，自我完善。

2011年10月，在甘肃库姆塔格沙漠地区，二十几家单位的100多名试验队队员，参加了第一辆月球车的外场试验。

这里地跨甘肃省和新疆维吾尔自治区，西邻罗布泊东缘。试验队将外场试验区取名为"望舒村"。望舒是为月亮驾车的女神，典出《楚辞·离骚》"前望舒使先驱兮，后飞廉使奔属"。他们从远处运来了一株枯死的胡杨，"栽"在村口，寓意上下求索、不屈不挠。树上指向牌标出了外场到祖国六个城市的距离，因为150名试验队员来自这六个地方。树梢上一块指向牌面写着——月球，38万千米。

第四章 好一辆漂亮的火星车

我们看过电影中航天员在月球行走的片段,发现航天员在月面上行走时几乎是跳跃的姿态,那是因为月球上的引力只有地球的六分之一。月球车验证最大的难题是如何创造一个与月球相似的环境。月球车在内场做验证时,为了模拟与月球一样的失重环境,试验团队设置了一套低重力模拟装置。模拟装置,通过在巡视器上施加一个反向的拉力,以抵消六分之五的引力,这就是悬挂起吊的方法。该套装置由悬挂平台系统、恒拉力系统、悬挂配重架构、地面综控系统和轮压标定系统等组成。通过在顶板和主副摇臂上增加配重、调整吊丝受力等措施,保证巡视器的每个车轮与地面的作用力在平行行驶、爬坡以及越障等各种动态情况下均与月面行走时相同。

到了外场地,在荒芜的戈壁上,不可能搞这么一套复杂的装置。

贾阳领着大家,想了很多办法,还是一筹莫展。

那天大半夜,贾阳手机铃声响了,是孙泽洲打来的。

"还没睡,贾总?"孙泽洲问。

"你没睡,我怎么敢睡?"

孙泽洲说:"这是什么话?我还能干涉你睡觉自由?"

贾阳说:"这么说吧,不是不想睡,是睡不着。"

孙泽洲又问:"今晚喝酒了?"

贾阳心想,平时不轻易开玩笑的总师,怎么深更半夜开起了玩笑?于是,从不喝酒的贾阳,也来了一句:"当然喝了。"

孙泽洲急了:"真喝了?"

贾阳止不住笑了："逗你玩儿的。我即便有那么大的酒量，也没那么大的胆量啊。"

孙泽洲这才言归正传："你们那个试验，我忽然觉得有个办法可行。"

贾阳一下子来了精神："说说。"

孙泽洲说："复杂问题简单化。现在问题的难点不是想抵消月球上六分之五的引力吗？你把车上的载荷卸下来六分之五，不就行了。"

"卸载？"

"对啊，方法不同，效果一样。"

贾阳恍然大悟，大喜："哎呀呀，孙总，我怎么没往这方面想呢？复杂问题简单化！复杂问题简单化！"

验证取得预期效果。叶培建看着试验视频，非常满意，他对孙泽洲和贾阳说："月球车这下子可以去月球会会嫦娥姑娘，显显身手了。"

2013年12月2日，长征三号乙火箭成功将嫦娥三号探测器发射升空；12月14日，嫦娥三号着陆月球虹湾以东地区。

12月14日23时45分，地面发出着陆器和巡视器分离的指示。15日1时，巡视器开始分离前各项测试。3时许，巡视器解锁，向转移机构前进。5时许，转移机构解锁并下降。5时17分，巡视器缓缓驶离转移机构踏上月球。

我国第一辆月球车玉兔号正式开始了它的月球行。这也是人类时隔37年后再一次造访月球。

一个月后，玉兔号突发故障，致使其行驶里程定格在114.8米。

玉兔号出现问题后，引起网友极大关注，玉兔号微博中那幅孤单的剪影，那句"啊，我坏掉了"，让无数网友泪奔。令大家没有想到的是，度过严寒月夜之后，玉兔号竟顽强地醒来，向地球发出了讯息。"Hi，有人在吗？"这句话引得多少人欣喜若狂。后来，玉兔号虽然不能移动，但是一直坚持探测，把数据传回地球，持续了三年之久。

"让嫦娥四号落到月背去！"

之前，人类的探测器在轨道上远距离拍摄过月球背面，知道月背的地形更加崎岖复杂，所以从未真正到达。中国科学家决定让嫦娥四号在月背着陆，让玉兔二号在月背潇洒走一回。

贾阳的当务之急是找到玉兔号故障的原因，避免玉兔二号重蹈覆辙。

贾阳带领技术团队对玉兔二号进行了技术改进，最主要的措施是对其供电设备进行故障隔离，确保即使一个机构损坏了，也不会影响其他机构正常运行。

2018年12月8日2时23分，嫦娥四号搭乘长征三号乙火箭，从西昌卫星发射中心发射升空，开始奔赴月背。12月12日，嫦娥四号经过110小时奔月飞行，成功进入环月飞行轨道。

2019年1月3日10时26分，嫦娥四号稳稳地落在月球背面南极-艾特肯盆地内的冯·卡门撞击坑内。中国成为世界上第一个成功实现月球背面软着陆的国家。

1月3日22时22分，在地面飞行控制中心的指令下，玉兔二号安全驶下嫦娥四号。

2019年11月21日0时51分，随着第一帧遥测的接收，玉兔二号进入了月面工作的第12个月昼。这期间，玉兔二号与嫦娥四号"两器互拍"，对"奇石"和"神秘物质"进行了探测。

当天上午10时26分，玉兔二号迎来了具有历史意义的一刻——在月球背面累计工作满322天，超越了苏联月球车1号321天的工作纪录。

根据国家航天局探月与航天工程中心公布，玉兔二号累计行驶超过1181米，成为人类在月面工作时间最长的"劳模"月球车。

火星车达人

"少时饱读诗书，老来行走天下。贾总兴趣爱好广泛，人文历史、地理博物、国粹艺术，都有很深的造诣。贾总极具人格魅力，是试验队的精神领袖。"

这是贾阳团队的伙伴们对他的评价。

贾阳参加过一次电视节目。演讲一开始，他就明确地表示：我们的团队要做一辆漂亮的火星车。

第四章 好一辆漂亮的火星车

不是一辆"厉害"的火星车,而是一辆"漂亮"的火星车,这样的表述让人耳目一新。他心目中的火星很美——火星表面凝结的二氧化碳,让他联想到家乡吉林的雾凇树挂;火星上疑似的远古沟谷,他想有朝一日可以将它打造成漂流的景点。他还说,中国的火星车应该有中国的元素,让人一看就知道是中国人造的。

贾阳张口唐诗宋词,闭口传统文化,不像航天科学家,更像是一位文化学者。

我国第一辆月球车玉兔号即将登月之时,贾阳写了一首诗,标题《虹湾情》:

那是天上一弯淡淡的虹
在清凉的月盘上静静地等
沧海桑田　斗转时空
淅沥星雨　绵绵的风

那是地上一座叫月亮的城
静谧山谷中不灭的灯
深秋落叶　硕果纷呈
巍巍的塔　待发的星

那是心中一段未了的情
我们的孩子即将出征

火星，我们来了

稳健的脚步　刚健的筋骨
银色的战袍　明亮的眼睛

当祝融号即将飞天之时，贾阳又以一首标题为《南海北·北海南》的词，寄托胸臆：

龙楼镇外紫贝东，
不是将军是书生。
百尺箭，万钧弓，
云霄欲上第五重。

"九重霄"为什么写成"五重"？贾阳说：古代地心说言地球位于宇宙的中心，外面是月亮、水星、金星、太阳和火星。火星位于第五重天。

贾阳1970年出生于吉林梨树县，小学时读过一本科普书《太阳系》，那是他的第一本航天启蒙读物。书中提到"光年"这个词，天文学家用速度极快的光走一年的距离，来作为丈量星星之间距离的尺度。贾阳被宇宙的广袤深远震撼了。他把能找到的天文、航天、科幻书都看了，立志长大当一名科学家。他常常久久地仰望星空，彗星、北斗星、启明星……日月星辰，令他遐思万千。高中时，为了观测流星雨，他连续20天凌晨跳出学校的围墙，被门卫发现，落荒而逃，崴了脚。1988年，贾阳考入国防科技大学固体火箭发动机专业，1992年，考取五院研究生。

第四章　好一辆漂亮的火星车

研究生毕业时，赶上"搞导弹不如卖茶叶蛋"的年代，"下海"、去外企，成了当时的一种时尚。或许是听到了遥远深空的呼唤，贾阳还是毫不犹豫地跨进航天的大门。

从小喜欢古诗词，特别是受那些浪漫主义诗篇的浸淫，让贾阳变得乐观，有情趣，还有几分浪漫色彩。那年，快做父亲时，他与妻子商量，孩子就叫"思航"吧，男孩女孩都合适，叫起来好听，寄托着淡淡的情怀。妻子举双手赞同。后来，贾阳整天加班，经常出差不着家，妻子"抗议"了："你再不回家，我就把女儿的名字改了：思航改为思家。"贾阳连说："夫人息怒，改不得，改不得，我立马回家！"

贾阳家里的墙上挂着一幅中国地图，凡是他去过的地方，都会画上一面小红旗。如今，祖国的大多数河山都留下了他的足迹，其中不乏荒芜戈壁、茫茫草原。贾阳经常夜里秉灯观壁，思绪纵横万里，默默计划着下一次的远行。

夜深人静，贾阳还喜欢架起天文望远镜观望天象，看过双子座流星雨、"蓝月亮"等天文奇观。贾阳的桥牌技艺高超，出牌常常令对方始料不及，牌友们认为这得益于他夜观天象受到的启发。

有人问贾阳对自己工作是什么感觉，他回答说："金不换。"他的体会是：青年时候有梦想，成长过程中有机会、有能力把握前进的方向，最后把梦想与工作结合起来，乃人生之幸事也！玉兔二号月球车在月球背面工作满三个月时，贾阳在微信中写道：有一种东西叫作工作，有一种东西叫作事业；有一种东西叫作兴趣，有一种东西叫作情怀。

我与火星车达人贾阳聊火星车，一次不够，两次还不尽兴。

贾阳与我采访过的许多航天人一样，不讲究穿着，他圆脸，厚嘴唇，一身工装，发型随意，眼镜也很普通。

一见面，我说："网友们说您是为火星造车的人。"

贾阳立即纠正："准确说，是我们团队在做火星车。这个团队有几十人、几百人，甚至成千上万人。"

"您已经做过两辆月球车了，再做火星车是不是驾轻就熟了？"

贾阳笑了："您这是外行人提的问题。怎么说呢……打个比方，您会造自行车，造了许多型号的自行车，现在让您去造辆汽车，您是不是会觉得驾轻就熟？"

嘿，完全是两码事。

贾阳告诉我，研制火星车将面临诸多的技术挑战：

火星距离太阳更远，同样的面积下，阳光的能量只有月球表面的40%，火星车太阳能电池板的面积要更大，而且"翅膀"的方向还要不断调整，努力对着太阳的方向。

火星只有地球表面大气压力的1%。在火星南半球的夏季，常常形成沙暴，有点像地面的沙尘天气。这时候火星车接收到的太阳光能量急剧下降，必须为火星车设计一个"休眠"模式，耐心地等待沙暴过去。

火星表面的重力大约只有地球的38%，但比月球重力大多了，因此火星车移动需要更大的功率，火星车的"筋骨"也必须更强壮才行。

月球车工作的时候,地面很快就能知道车上的状态,遇到紧急情况,地面控制的指令即时可达。然而,火星车的信号传到地面,最长需要近20分钟;地面的指令,火星车也要近20分钟才能收到。所以必须为火星车设计"超强大脑"——一般的情况火星车必须自己处理,只有遇到特别复杂的问题,自己无法处理,才先进入安全模式,再由地面人员解决。

看来,想做一辆功能强大、外形漂亮的火星车绝非易事。

难!

难!!

难!!!

新中国的航天事业,从无到有、从小到大、从大到强,哪项任务、哪个工程不是披荆斩棘,艰难攻关?

1958年,毛主席发出了"我们也要搞人造卫星"的伟大号召,并勉励钱学森和科技人员要独立自主,自力更生,敢于走前人没有走过的路。1970年4月24日,我国第一颗人造地球卫星发射成功,太空传来《东方红》旋律。这是中国人民在攀登现代化科技高峰的征途中创造的非凡的人间奇迹。其间,几多艰辛,几多磨砺。东方红一号人造地球卫星总体设计负责人孙家栋说:"当时,我们国家的工业基础太薄弱了,连星上要用到的一个小小的电信号连接插头都找不到……"

1984年,东方红二号试验通信卫星发射成功,其规模之大、技术之复杂、组织之严密,在我国航天史上是空前的,它标志着我国航天技术的发展进入了一个新阶段。后来成为中国工程院院士的范本尧回忆说："当时卫星上所有的仪器设备全部都是自主研制的国产产品。"航天人铆足一股劲儿，蔑视一切困难，顶着巨大压力，攻克一个又一个技术难关，完成了艰难而光荣的跨越。

2003年10月15日成功发射我国首艘载人飞船神舟五号。中国首位航天员杨利伟在太空展示中国国旗和联合国旗帜，并向地球发出问候。这是我们伟大祖国的荣耀，是中华民族千年飞天梦想照进现实。

2000年4月17日，中国向国际电信联盟申请导航卫星的轨道位置和频率资源；欧盟因建设伽利略卫星导航系统需要，同年6月5日也向国际电信联盟提出频率申请。国际电信联盟规定：谁先占有谁先用；有效期7年，有效期内必须成功发射导航卫星并接收传回信号，逾期自动失效。这就意味着中国必须在2007年4月17日之前发射卫星并成功播发信号，否则建设北斗系统的一切努力都将化为泡影。刚刚起步的北斗二号将直面一场与时间的赛跑。2007年初，首颗北斗二号卫星研制攻关进入最关键的时刻，大年初七，飞行试验星进入发射场，开始测试。素有"拼命三郎"称号的北斗二号卫星系统总设计师谢军连续工作，几天几夜不眠不休，晕倒三次。每次醒来后，他问的第一句话都是"卫星没事吧"。试验星转场发射区与火箭对接后，卫星应答机突然出现异常。"两总"态度坚决："所有隐患，无论大小，必须'归零'！"因为这颗卫星带着占领频率资源的使命，此时留给团队用来修复的时间仅剩下三天。北斗卫星导航系统工程总设计师杨长风动情地回忆道:"那三天的心情是紧张、沉重的,压力也极大,72小时基本上没合眼。我们抢占这个频率叫作'背水一战',只有成功才能真正拥有这块'太空国土'。"4月14日,北斗二号试验星发射成功。4月16日晚,逼近我国申请的空间频率失效只剩下不到4小时。20时14分,谢军向卫星试验队果断下令:"加电开机!"21时46分,地面的接收机产品正确接收到了卫星播发的导航信号。此时,离国际电信联盟规定的时间仅剩2小时。"压哨破门",首战告捷,我国第二代卫星导航建设的序幕拉开了!

接着还有北斗三号、"嫦娥"绕月、"嫦娥"采样、"神舟"飞天、"天问"探火……中国航天人面对艰难险阻,永不言败,闯过一道道难关,啃下一块块硬骨头,交出了一张张优异答卷。这些项目的成功,也为紧接而来的火星探测打下了坚实的科技基础。

贾阳简明扼要地为我介绍了火星车必须具备的移动性、环境适应性、自主性和服务性四个特点。

移动性:火星车通过移动,扩展了在被探测天体上的探测范围,解决了着陆点选择追求安全与探测目标选择追求地质特征明显之间可能存在的矛盾,为科学目标的实现提供了重要手段。

环境适应性:为了实现巡视探测,火星车必须具备环境适应性。除了需要面对普通航天器必须解决的真空、低温、辐射等环境适应性问题,还需要适应火星表面地形地貌、沙暴、低重力、高低温、低气压等特殊环境,任务实现过程中还需要解决远距通信，以及长时间日凌期间探测器自主管理的问题。

自主性：考虑在火星表面巡视探测的实际条件，必须克服时延等限制，需要火星车具备较强的环境感知与识别、路径规划等能力，具有较强的任务分析、规划、实现能力。也就是说，要具备确定行驶路线、躲避危险障碍的能力。

服务性：火星车的用途就是服务于科学探测目标，携带科学仪器对感兴趣的目标实施就位探测，努力实现对火星表面类似身临其境的考察和实地勘探，深化人类对火星的认识。需要探测的项目很多，比如火星地质演化、地形地貌、矿物成分、磁场、气温、气压、风速等。

我听了后，一脸严肃和疑惑，似懂非懂："看来做一辆漂亮的火星车太难了。"

贾阳笑了："是难。不过，黄老师，我们不就是干这种活的师傅吗？再说，航天人都是怀有梦想的。有梦就要追求，有梦想就能创新。"

重中之重

星球车历来是星球探测中的终极探测器，目前国际上成功开展星球巡视探测的国家只有美国、俄罗斯和中国。而在中国之前，成功开展火星着陆和巡视的国家只有美国，美国此前发射了五辆火星车，主要可分为三代：第一代是旅居者号，它是个小不点，约11千克重，在轨只行驶了100米左右的距离。第二代机遇号和勇气号火星车是一对孪生兄弟，它们几乎同时到达火星，开展火星探测。第三代毅力号是最先进的火星车，重约1吨。

对于火星车来说，拥有一个可靠能走的移动系统，是开展长期远距离巡视探测的基础。美国后来发射的几辆火星车，都陆陆续续遇到了困难，其中既有火星地形复杂、行驶困难的因素，也有移动系统自身能力的问题。

火星车既然是"车"，第一要素是要会"走"。

从火星车驶离着陆平台，踏上火星表面的那一刻起，要让火星车稳稳"走"起来，必须解决车轮沉陷、沙地爬坡困难、车轮破损三大难题，还必须满足极为苛刻的火星车重量要求。

火星车移动分系统主任设计师袁宝峰，担负的是让火星车"走好"的重任。

采访是报告文学作家的看家本领。每个作家都有自己的一套采访习惯、方法乃至于技巧。每次面对一位新的采访对象，我不喜欢直奔主题，而是会从一些最基本的元素着手，如小时候的趣事啊，家乡的环境啊，求学的经历啊，等等。在这种漫谈中，有时候会发现一些带有规律性的事情。比如，这次采访一批"火星精英"，我发现一大半以上是农家子弟，出身贫寒，好几位小时候上的是农村的复式小学。

20世纪90年代初，为了创作希望工程的报告文学，我曾经深入几十个国家级贫困县，采访了近百所乡村小学。由于师资不足，许多乡村学校都是复式班。

张荣桥上的是复式小学。没想到与袁宝峰交谈时，他告诉我，小时候上的也是复式小学。少年时代求学的艰辛，成为一种独特苦涩而又珍贵的记忆。

袁宝峰1979年出生在山东省德州市齐河县东袁村，家就在黄河边上。那是块靠天吃饭的土地，有时涝，有时旱，不涝不旱的年景很少。前几年，老家修建黄河湿地公园，全村搬迁。袁宝峰也分到了一块宅基地，他说："那是我的根啊！"

1997年，小时候"很少吃肉"的袁宝峰，考上哈尔滨工业大学机械设备制造及自动化系。2001年毕业时，如果不是免试保送本校研究生，他说自己很可能去了互联网公司或合资汽车企业。那几年，这些行业热门得很。

2003年，他研究生毕业，正好赶上我国第一艘载人航天飞船神舟五号圆满完成任务，这如同1981年中国女排首次获得世界杯冠军一样，举国同庆。哈尔滨工业大学校园里也是一片欢呼声，不仅是因为中国第一次完成载人航天任务，还因为神舟五号上有哈工大研制的产品。

恰在此时，五院总体设计部去哈工大招人，袁宝峰就是在这股"航天热"中加入航天队伍的。

2009年，袁宝峰出任中国空间站大机械臂主任设计师。

当时，国外已经在太空和深空探测领域广泛使用机械臂，尤其是加拿大为美国航天飞机和国际空间站研制的机械臂，成为大型机械臂的标杆。日本和欧洲等国也都在进行大型空间机械臂的研制工作。我国则刚刚起步。

虽然太空大机械臂也是多轴运动机构，但从材料到工艺、感知、软件规模等，系统极其复杂，均须达到顶级技术才行。

在科研生产过程中，参考和借鉴是必须的，但无数事实证明：核心技术是学不到、买不来的。在机械臂设计中，最重要的是关节和末端执行器的研制。关节是整个机械臂最关键的部件，决定了机械臂的核心性能。然而，可供参考的资料寥寥无几。

袁宝峰带领团队，攻克了齿轮设计、材料、精加工及机械臂修复等一道道难关。

美国挑战者号航天飞机上的一只价值5美元的密封环出现裂纹，导致了价值几十亿美元的航天飞机和七位宇航员全部毁灭，触目惊心。血淋淋的教训证明：载人航天产品一万次测试，不允许失败一次。哪怕是一根限位绳索的绳头固定方式，袁宝峰团队也研究了十余种方法。为了确保可靠性，他们对螺栓开展了真空、高低温、振动等各种环境下的操作试验，累计操作次数超过5万次，无一失败。

空间站大机械臂研制成功，载人航天工程总设计师周建平院士兴奋地说：没有机械臂，我们的空间站只是和平号空间站的水平；有了机械臂，我们的空间站就是国际空间站的水平。

通过空间站大机械臂项目的一番历练，袁宝峰觉得自己攀登上了一座新的高峰。然而，他登高一望，前方依然耸立着一座座高峰……

2014年，探月中心和五院提前启动我国首次火星探测任务。根据任务分工，天问一号火星车由五院总体设计部抓总研制，其中的移动系统由总体设计部负责研制。当时在空间机械臂系统研究所工作的袁宝峰主动请缨，成为火星车移动分系统主任设计师。

袁宝峰对我说："黄老师，你们作家写作需要灵感，我们设计师在设计每一款产品时，也是需要灵感的。特别是那些带有创新意义的产品，更是需要激情澎湃、灵感飞扬。"

"那真是殊途同归啊。"我说，"您就给我讲讲您和团队获得了怎样的灵感，才让火星车既走得稳，又走得好？"

袁宝峰告诉我，在火星探测任务立项之前，国内的一些科研院所和高等院校，已经就火星车的关键技术进行先期研究。五院的设计师们注意到火星地形复杂，既有松软的沙地，又有坚硬的石块，最先考虑提高火星车的通过能力。大家在主副摇臂悬架的基础上，进行设计创新，增加了夹角调整装置和离合器，使火星车悬架从被动悬架变为主动悬架。

"什么是悬架技术？"

"在汽车行业里，普通小汽车的四只轮子采用的是被动悬架；但是一些高级的越野车，遇到复杂地形时，为了便于越过障碍，将车底盘提高，就是应用了主动悬架技术。"

记得是2014年一个冬日的下午，火星车移动团队在五院空间机器人实验楼二楼会议室，组织了一次开放的、发散的技术研讨会。团队的袁宝峰、刘雅芳、潘冬、林云成、陈明等参加了这次会议。

第四章 好一辆漂亮的火星车

让激情澎湃，让灵感飞扬！

"我觉得吧，从美国火星车来看，最重要的是解决车轮沉陷和爬坡困难问题。至于车轮强度，那是局部零件设计加强的事情，相对独立；而车体托底问题，我们都有主动悬架了，肯定能升降车体啊，这个自然也就解决了。"潘冬首先从动力学的角度进行了分析。

"对，火星车解决沉陷脱困和爬坡困难，靠车轮移动比较困难。你看汽车沉陷到泥地里，它打滑啊，自己出不来，得靠拖车。但是用腿行走的动物就不容易沉陷到泥地里。"刘雅芳补充道。

"可以做个能够用腿行走的机器人，但这代价有点大。"林云成说，"沙地里生存的动物有三种移动方式：骆驼靠大脚板，蜥蜴靠快速移动，蛇靠身体在沙地上滑动。咱们的火星车沉陷下去靠啥能出来？"

袁宝峰稍微聚焦了一下大家发散的思路："咱们的设计还是有一定约束的，比如：移动系统得是轮式驱动的机构，咱不能光考虑沙土，还得兼顾石块地面，还得考虑重量因素。另外，从沉陷脱困和爬坡的角度来说，不追求走多快，关键是能成，那么不离开地面的滚动或蠕动效率应该会大幅高于抬腿运动的。咱们是不是从这方面来考虑？"

刘雅芳接过话头："大家发现没有，一般能钻地的小动物都有一个特点：小短腿，可以贴地行走。站得高的大长腿，都容易沉陷。要是咱们的车轮可以上下运动，将肚皮贴地，那么移动的压力就小了，就能解放出来，也不容易沉陷。你看谁要是在冰面上摔倒，必须趴着才能从冰面上离开，站着走可不行。"

做结构的陈明着急了："那也不行啊，火星车的车体都是薄弱的蜂窝复合材料结构，万一地上有个小石头，车体就可能磕坏了。要爬也得考虑四只脚站着，两条腿抬起来才行，这样交替着也能沉陷脱困。"

"有道理，我想起了小时候经常跟小朋友玩的一种小动物：大青虫子。虽然小脚不大，但被沙土埋起来，三下两下就爬出来了。我们还将它们放到沙土坡上，比赛看谁的虫子爬得快。凡是会蜷缩身体的，一拱一伸的虫子爬得最快。"潘冬受到启发，赶紧补充道，双手还在桌子上表演起来。

刘雅芳见他那滑稽模样，笑着说："那叫尺蠖运动，没文化吧，哈哈。这个倒是挺好使的，后腿站着不动，前腿抬起来向前伸，丝毫不用担心土壤松软程度。"

"我听明白了，大家的意思是：仙鹤高抬腿虽然漂亮，但是有点费劲，还是地上打滚爬坡脱困比较省力。咱们就先定下来，主动悬架的设计就以蠕动为主攻方向。哦，对了，尺蠖运动，咱得做文化人哈。"袁宝峰总结道。

方向定下来后，团队用了一个多月时间，一方面调研国外的研究成果，另一方面开展创新思考，提出了十余种主动悬架设计方案。袁宝峰让大家剔除过于复杂、工程实现比较困难的，或者可靠性和功能不够完善的方案，最终聚焦在最典型的三类方案：大车轮蠕动悬架，摆臂车轮主动悬架，摇臂式主动悬架。

经过几百种复杂地形工况运动仿真对比，最后决定采用主轴摇臂式主动悬架移动系统。有了大的思路，怎么设计一个优秀的悬架系统呢？这可不是简单靠想象就能实现的，里面有太多的技术需要突破，也有太多可能存在的设计风险需要解决。这期间仅总体设计就完成了十几轮迭代优化，确保悬架移动系统各方面都达到最佳。

长期以来，我国宇航应用的谐波减速器相比进口谐波减速器，在输出力矩和负载能力上相差1倍多。火星车要达到国际先进水平，必须要有类似国外的高性能谐波减速器。

刚到项目组，贾阳就对袁宝峰说："谐波减速器的国产化问题，必须认真考虑。"

袁宝峰说："贾总，咱们想到一块了。总是靠进口，国产化便会成为一句空话。"

正在此时，一家民营小公司主动找上门来，拿出刚刚研制出的类似国外的轻量化大力矩谐波减速器。

袁宝峰不由得一喜：这不是雪中送炭吗？然而，去北京顺义的这家公司一看，心里又被浇了一盆凉水。这家小公司只有简单的几台机床，自研的几台测试设备。3名骨干技术人员都已经50多岁，但他们对产品的每个细节都能说得一清二楚，每个创新的验证和测试也都非常充分。最可贵的是，他们仨都渴望在退休之前，为国家再出把力。

国产化产品能否上天，关键看质量。为了保险，袁宝峰选择对进口产品与那家公司的产品进行严酷的技术考核，结果发现进口谐波减速器在低温下的启动力矩更大，这就导致它的移动系统更重。对上星部件"克克计较"的移动系统设计来说，这是不能接受的，袁宝峰决定选用国产产品。

当时，有些设计师为了保险，上天的产品有进口的尽量用进口的。有人善意地提醒袁宝峰："用小企业的产品，出了问题，作为设计师的你将要承担全部责任。"

袁宝峰相信自己的选择，相信自己的判断，哪怕面临未知的风险，国产化的路也必须坚定不移地走下去。

不料，初样研制过程中还真发生了问题：一台国产谐波减速器在严酷的载荷和环境条件下，测试寿命只有设计值的一半。马上"归零"，团队对谐波减速器的设计过程，从材料选择、复验、热处理过程、深冷时间、硬度测试、显微镜齿形检查、减速器补充试验测试等方面，开展了一系列的测试。

孙泽洲闻讯赶来了，他充分肯定了团队前期的工作，勉励大家务必攻克难关。他说："无论是'嫦娥''北斗'，还是载人飞船，已经一次次证明，关键技术是要不来、买不来、讨不来的。哪怕面临一些风险，天问一号组部件国产化的路也必须坚定不移地走下去。"

一个月，两个月……产品最终完成了寿命试验考核，并在此基础上进行了加严测试，开展超载性能测试验证，均顺利通过试验验证。

火星车终于用上国产的谐波减速器。

旋转变压器是一种宇航应用的高可靠测角产品，其结构形式与电机一样，工作温度适应性非常广。但我国旋转变压器通常安装在关节的输出轴上，该产品重量超过0.2千克，整个移动系统需要应用11台位置旋变，总重量达到2.2千克。

此时，袁宝峰听说中国电子科技集团公司第二十一研究所刚刚研制出一款轻小型旋转变压器，重量只有30克。他带了几位设计师，立即跑到二十一所。

所长说："宝峰消息真灵通啊！"

袁宝峰说："有什么好东西要舍得拿出来哦！"

所长问："这东西的确是好东西，不过刚刚研发出来，还没有上过天，你老弟敢第一个'吃螃蟹'？"

"只要是好东西，我当然敢！"袁宝峰又说，"你们的产品每台比以往产品轻了170克，了不得。用这样的产品，长中国人的志气。"

自从火星车移动系统选用这款旋转变压器以后，这款产品成为明星产品。二十一所后续所出的所有交流永磁同步电机上应用的速度旋变，都采用这款旋转变压器。电机和旋变的设计选择，某种层面上也引领了宇航机电产品新的设计方向。

减重是深空探测永远面对的问题。火箭的运载能力是有限的，卫星的总重量必须控制在一定范围内，所以设备研制要千方百计地减少重量。

航天人还记得当年东方红一号的一件事：

彼时，正值"文化大革命"高潮，个人崇拜达到高峰，读

"红宝书"和佩戴毛主席像章成为一种时尚。一些分系统的仪表仪器做出来后,都要在明显部位镶嵌一只毛主席像章。开始,孙家栋没太在意,后来发现大家都在暗暗比着呢,像章越做越精致,越做越大。一台仪器超一点,看似没多少,所有的仪器集成在一起,卫星超重了,火箭的运载余量肯定减少,火箭的可靠性必然受到影响。设计员把情况反映给卫星总体技术负责人孙家栋。他也挺着急,几次想解决这个问题,但一想到若是有人抓住这件事,扣上一顶"光要卫星上天,不怕红旗落地"的帽子,不仅解决不了问题,还可能带来更严重的后果。他本想报告钱学森,又怕给他增加压力。此事一直在心里纠结着。

1969年10月,卫星初样制造完成。一天晚上,钱学森带孙家栋到人民大会堂向周恩来总理汇报情况。

从见到周恩来总理的那一刻起,孙家栋就在心里琢磨着、犹豫着,要不要向总理汇报毛主席像章的事。他觉得如此重大、棘手的问题,只有总理能够解决,可又觉得在这样的场合,贸然向总理汇报合适吗?忽然,一股勇气从心中涌了出来,他站了起来,说:"总理,有件事我还想汇报。"

孙家栋把卫星上镶嵌毛主席像章的事原原本本作了汇报。

周恩来总理轻轻点了点头,思忖了片刻,说:"我看就不用了吧。大家看看,我们人民大会堂这个政治上这么严肃的地方,也不是什么地方都要挂满毛主席的像。政治挂帅的目的是要把工作做好,而不是把政治挂帅庸俗化。搞卫星一定要讲科学性,要有科学态度。你们回去以后要好好考虑一下,只要把道理给群众讲清楚，我想就不会有什么问题！"

周总理的话让孙家栋如释重负，也推动了问题的解决。

"斤斤计较"在火星车设计上变成了"克克计较"。

记得刚到项目组不久，贾阳问袁宝峰设计出的移动系统重量最低能到多少，袁宝峰似乎早已经考虑好了，说："这套系统60千克，我现在就可以拍胸脯说没问题；如果做到50千克，我觉得精打细算，应该有80%以上的把握吧；40千克，那只能说有可能，但没有把握，需要做一轮技术攻关来看。"

不几天，贾阳决定只给移动系统分配35千克重量。袁宝峰一听，急了："贾总，你心太'狠'了！"贾阳笑着说："我觉得你行，你们会有办法的。"

袁宝峰对团队说："克克计较，小打小闹不行，必须走创新之路。"

为了提高可靠性，航天产品中的电机类产品通常采用双绕组和双点双线设计。火星车近6米长的电缆，若采用双绕组和双点双线的传统设计，数量增加为单点单线的4倍，整个重量就要增加9千克以上，几乎是整个移动产品重量的四分之一，这显然是不能接受的。可是，采用单点单线又怎么保证其可靠性呢？

袁宝峰入职以来，一直从事电机类产品的研制应用工作，在这方面积累了丰富的经验，知道在轨应用的那么多电机类产品，从来没有发生过一次绕组故障。为了提高可靠性，他采取了两个措施：一是增加产品的力矩裕度，移动系统正常最大力矩只有28牛·米，产品的最大输出力矩设计达到最大力矩的4倍以上，即使在最困难的情况下仍然有很大的余量。这就相当于移动系统长期处于非常小的工作载荷下，大马拉小车自然稳当可靠。二是严格控制产品过程质量，尤其是电缆焊接的每个环节都严格把关，确保生产过程质量稳定可靠。最终产品经过试验测试，即使浸泡在零下196摄氏度的液氮环境下，仍能稳定工作。后来的在轨表现证明，电机的电流始终没有超过额定值的一半。火星移动系统研制的电机还应用在很多其他宇航机构产品上，后续很多型号的产品在选型应用方面都开始应用单绕组甚至单点单线的设计方案。

摇臂结构是移动系统中的重要结构产品。为了减轻重量，祝融号从一开始就采用美国好奇号火星车臂杆使用的复合材料产品设计。方案阶段顺利完成了鉴定考核。但是，袁宝峰仍不满足，在初样阶段，决定将接头也采用碳纤维复合材料。

团队成员觉得步子迈得太大了，接头部位结构太复杂，容易变形断裂。初样一试验，果然发生了结构断裂，强度无法满足要求。袁宝峰认为这个技术方向是正确的，毕竟可以大幅减轻结构重量。

"有了！"袁宝峰对团队说，"我们搞不定，就求助比我们更厉害的。"于是，他特邀复合材料"大牛"设计师邓宇华操刀。"大牛"就是"大牛"，经过对移动系统载荷特性的详细设计分析，提出了一种变截面、全封闭、变厚度的碳纤维臂杆结构。这种结构太复杂了，以至于连复合材料生产单位都不敢接活。经过"九九八十一难"，团队最终找到了一种能够溶解于水的芯模作为碳纤维结构的阳模，结合外部阴模采用普通的金属模具。通过攻关和测试，摇臂结构的重量仅为金属结构的一半，承载能力达到最大载荷的2倍以上，切实成为移动系统的"钢筋铁骨"，确保系统应对各类复杂地形和各种行驶工况。

经过一系列减重设计创新，移动重量仅占火星车整体重量的18%，仍然低于国外被动悬架火星车移动重量占比20%的指标。如果考虑采用相同的被动悬架结构，移动系统重量仅为12%，性能指标大幅优于国外同类产品。

一辆火星车，最醒目的地方一定是太阳能帆板、桅杆、车轮这几个产品。如何设计一组应对复杂火星地面的车轮呢？美国的好奇号火星车车轮在轨出现了严重破损，给袁宝峰团队敲响了警钟。

火星车车轮必须满足高效的牵引性能、高强的承载和攀岩性能，同时应当具有创新特色的里程标记功能。

袁宝峰告诉我："在祝融号火星车车轮设计上，不少地方超出了好奇号车轮的设计思路和理念，使得车轮的性能达到一个前所未有的高度。比如车轮具有'一指禅'功能，任意一个履刺，只需要一个'指尖'接触岩石，就可以攀上超过车轮直径的垂直石块；车轮的胎面具有特别的韧性和强度，一个尖端直径2毫米的锥刺，施加1000牛顿的力，相当于撑起整个火星车后仍然不会破损，这好比是手掌撑在钉子上练倒立啊；车轮从高处跌落到钉子上面，仍然不会发生破损。《精武门》电影中，有一个藤田刚手掌拍钉子的桥段。那是电影，我们的火星车车轮是实实在在有这个本事的。还有，车轮的轮刺和边缘采用了既硬、强度又高的铝基碳化硅材料，是唯一采用铝基碳化硅整体结构的车轮，使得其能够在倾斜70度的斜面岩石上也不会下滑。其攀登功夫，像是峭壁上的岩羊。"

"对了，祝融号走过之后，地面上压出了一个个'中'字，这个奇特的点子是怎么想出来的？"我问。

袁宝峰说："贾总经常说：要做一辆漂亮的火星车。大家就想：作为唯一与地面长期亲密接触的产品，火星车怎么在火星表面留下印记，怎么体现中国特色？美国的机遇号和好奇号火星车都设计了独特的车轮印记，但是美国都采用了有空结构设计方案，破坏了车轮整体的均匀性，车轮孔洞存在容易夹持小型石块等问题。我们的车轮利用减轻槽网格结构，结合我国独有的印章艺术，设计出了具有中国特色的'中'字印记。后来，网友一致称赞很有'中国范儿'。"

2020年7月23日，天问一号发射的那一天，袁宝峰发了一条朋友圈："今天你走了，朋友圈都是同行，免不了一片沸腾，但内心还算平静。今年世界不顺，航天也有些波折，曾经担心，一切都准备好了，可别告诉我'高考'推迟啊。真坐到'考场'那一刻，反而踏实了，一切都很平静。很多人这几天睡不着觉，这也是对你深深的情感。现在你踏上征程，路很远，但是放心，有很多兄弟姐妹在一路呵护，因为最绚丽的绽放总是需要耐心培育。期待你站上世界之巅的那一天。"

2021年5月22日，火星车顺利到达火星表面那一天，袁宝峰按捺不住兴奋的心情，又发了一条朋友圈："哈哈！我决定吹一个牛。虽然我平生吹过无数次牛，但这一次，我认为是最完美的！小轱辘，你的表现非常完美！我们最强天团，人帅、有才、有朝气、有闯劲，不畏艰险，无私奉献！我们已经不满足于追赶，我们还要超越！"

这是一支年轻得让人惊讶的团队。他们在创业初期建立了7人队伍，包括袁宝峰、刘雅芳、潘冬、唐玲、林云成、陈明、张磊，平均年龄只有29岁。后来在项目研制过程中，陆陆续续有人离开，从事其他工作，又陆陆续续有人加入，最终组成13人的团队：袁宝峰、刘雅芳、潘冬、林云成、陈明、王瑞、张昕蕊、赵志军、危清清、王储、邓宇华、杨铭等，后来补充的人员中除了王瑞外，均为当年入职的新员工，到2020年天问一号成功发射，团队成员的平均年龄也只有33岁。几经磨砺，团队有一半成员成长为型号主任设计师或副主任设计师，还有人走上了管理岗位。

"蓝闪蝶"

从南五环到北五环，地铁穿越大半个北京城。

每天单程50千米，来回100千米，一年下来差不多是两万五千里"长征"了。

天刚蒙蒙亮，马静雅便全副武装出发。作为一位还在哺乳期的职场妈妈，她背了一只大背包，里面装着一只迷你保温箱和冰晶，还有吸奶器、"下奶"食品，足有五六千克重。

在4号线高米店北上车，乘客不是很多。或许因为每天都同乘这趟车，马静雅觉得车厢里有一大半的乘客有些脸熟。她将背包放在脚前，头靠厢壁，想眯一小会儿，但脑子非常兴奋，一幅幅太阳能帆板不断在眼前闪现……

2014年10月，马静雅休完产假，回到工作岗位。组长说："小马，现在有个很重要的项目，你跟进一下。"马静雅加入了火星车研发团队。她十分激动兴奋，她知道这是航天的一件"大活儿"。

头一次见孙泽洲总师和贾阳副总师，马静雅感觉两位前辈非常厉害，思路清晰，见解独到，要求极高。孙总和贾总对火星车太阳能帆板提出了明确的需求：面积要大，构型要美观，能对日调整角度，可以除尘，可靠性要高。

针对火星车的需求，马静雅开始调研国内外的各类资料。当她逐渐深入了解火星任务后，感觉挑战性极大。一方面，非环绕轨道的太阳能帆板产品展开时，需要克服重力对它的影响。另一方面，火星车在行进过程中，还需要面对颠簸、风沙、低温等多种恶劣环境。

西直门站到了，马静雅背起背包，转乘13号线。

太阳能帆板……太阳能帆板……

第四章 好一辆漂亮的火星车

贾阳率领团队开始了一轮轮的攻关。

火星表面太阳光照弱，如果要满足火星车的能源需求，太阳能帆板的面积要达到4平方米。最早的设计方案，火星车的太阳能帆板只有左右两只"翅膀"，考虑尽可能扩大太阳能帆板的面积，团队将两只"翅膀"安排成屋顶结构。可力学分析表明，发射时两只"翅膀"振动响应很大，必须设计得很结实才能承受恶劣的力学环境，那将付出许多重量代价。后来，他们又想到折中方案，把一侧的太阳能帆板展开之后，再进行第二次展开。技术相对成熟，但遇到的最大问题是，太阳能帆板向前展开时容易遮挡视线，向后展开又容易触地。所谓"触地"，不是指火星车在火面正常工作的时候触地，而是从着陆平台上驶离时，着陆平台倾斜，向后驶离时，过长的后展太阳能电池板容易触地。为了解决这个问题，设计师想出了蝙蝠翅膀方案，两侧太阳能电池板垂直收拢于火星车的侧面，然后经过两次展开，第一次从垂直翻转到水平，第二次像打开扇子一样水平展开。试了几次，太复杂，可靠性不高。有人又提出了太阳毯方案，将电池片粘贴在聚酰亚胺薄膜上，变成柔性太阳能帆板。这个方案的最大优点是解决了重量问题，但技术不成熟。如何收拢？如何控制展开后的平面度？设计师还想控制太阳翼对日定向，让阳光垂直照射太阳能帆板，尽可能地多发电，方案实现起来难度更大。还有设计师异想天开，把不利于布片的三角形改为矩形柔性太阳毯。柔性太阳毯在收拢状态下，被压紧在车顶板边缘，火星车着陆后，压紧释放装置解锁，在折叠撑杆的根部和杆件铰链的作用下，撑杆侧向打开，带动撑杆上太阳毯展开……

太阳能帆板……太阳能帆板……

从13号线的西二旗站出来，马静雅上了单位的定点班车。

在漫长的背奶"征途"里，马静雅思绪活跃，脑海里一次次在描摹太阳能帆板的设计方案。一天，她在已有几种方案的基础上，经过与赵坚成、柴洪友老专家和杨巧龙总工多次探讨，提出了一个新方案：它由四块矩形板组成，每两块太阳能帆板由铰链连接在一起，发射时可以折叠收拢在火星车的顶部，最大程度利用车体面积，增大功率，并保证电池片朝外。这样只要车落到火星上，在日照条件下就能产生电流补充能源，最大限度保证车落火后"活"着。根部由驱动组件和车体连接，可实现对日定向的需求。为此，她还设计了一个被动式的分布展开机构，重量只有17克，既能保证太阳能帆板按预定的顺序展开，又将重量代价降到最低。

马静雅拿着新方案，兴冲冲找到贾阳和火星车总体主任设计师陈百超。

贾阳看完图纸，说："不错，有新意。不过，小马，这里面还有一个条件无法满足。"

马静雅疑惑地望着贾阳。

"当火星车从着陆器上行驶下来时，太阳能帆板伸出车体的长度应该尽量短些，否则，它会与地面发生干涉。这个问题解决不了，这个方案就不能成立。"

马静雅信服地点了点头。

为了满足行走时包络最小、构型最合理,团队开始第二轮方案迭代设计:圆形、半圆形、多页扇形……

陈百超还是觉得不理想,为赶进度,他不得不开始加班。陈百超一直不喜欢加班,贾阳也不喜欢加班,这一点上他们高度一致。他们认为:再伟大的科学家,也应该有自己的家庭生活和业余生活。工作不能替代全部生活,生活应该丰富多彩。否则,便成了机器人。

陈百超一直说,是贾阳把他领进航天大门的。

2004年,陈百超在吉林大学汽车系读硕士研究生二年级时,贾阳到系里调研,与系里合作做月球车仿真设计课题。课题延续了下去,到陈百超读博时,他的博士课题便是月球车。他设计了一辆高性能的月球车原理样机,功能齐全。样机送到五院做车控试验,叶培建看了非常感兴趣。2009年,陈百超博士毕业时,贾阳说:"年轻人,到五院来吧,这里有让你施展才华的大舞台!"于是,陈百超进了五院总体部。

在总体部,陈百超感触最深的是:辛苦和焦虑。上学时,有什么想法,做方案即可。干工程完全不一样,得先有方案,再做产品,还得找试验场地试验,其中的艰辛难以言说。航天设计师要站得高,看得远,要有系统最优意识,还要有大局观。一件产品做了好久,突然出现了难点,进行不下去,又找不到原因。而且,你这里要是耽误了,势必拖了整个工程的后腿。于是,便焦虑。甚至想,是不是将标准放低一些?放低标准,那是谁也不会答应的。不想加班的陈百超,也开始加班,心甘情愿地加班。

见马静雅每天"背奶"上班,陈百超对这位年轻母亲十分钦佩。

陈百超带领团队,对车体的构型进行了调整。原先的车体继承了嫦娥三号的设计,是一个长方形的箱体。他们将车体改成了一个类似圆形的顶面,但尚未找到太阳能帆板的最佳形状。

夜里,陈百超辗转反侧,脑子里总是"太阳能帆板""太阳能帆板"……他打开电视机,荧屏里植物园百花盛开,像是一个花的海洋。镜头慢慢拉近,几只蝴蝶在花朵上蹁跹起舞……

陈百超两眼一亮:"就是它,蝴蝶!"

第二天,在办公室电脑里,陈百超将蝴蝶翅膀状的太阳翼展示了出来。

这个构型完美地解决了太阳能帆板展开后行走包络的干涉问题,左右两片太阳能帆板还能实现对日定向。构型的改变,使太阳能帆板展开后的质量中心距离车体更近,行走时,抗力学性能将更加突出。

火星车的太阳能帆板是深蓝色的,展开后像是蝴蝶的四只翅膀;两根天线向前展开,像是蝴蝶的触角;车体前方的两台圆柱形设备,好似蝴蝶的复眼;六只车轮代替了蝴蝶六足。

马静雅兴奋地说:"哎呀,这个小精灵太像一只蓝蝴蝶了!"

贾阳在一旁插话道:"准确说应该像一只'蓝闪蝶'。"

马静雅挺好奇:"'蓝闪蝶'是什么蝴蝶?"

贾阳故意卖起了关子:"连'蓝闪蝶'都不知道啊?蓝闪蝶是生活在中南美洲蛱蝶科闪蝶属最大的一个物种,长约15厘米,翅膀呈金属光泽。"

"蓝闪蝶",多美的一个名字啊!

"蓝闪蝶"构型有许多优点,不过也存在一些风险。太阳能帆板在收拢状态时,电池片是向下的,这意味着如果落火后太阳能帆板没有及时展开,整车的电源支撑不过第一天,整个任务将会失败。因此,解决太阳能帆板展开的可靠性问题,变成后续研制过程中的首要任务。由于前期方案论证花费了较长的时间,留给太阳能帆板研制的周期已不到1年。为了按期交付产品,不耽误结构性的力学试验,从529厂交付驱动组件,到送至北郊做力学试验,所有的流程都是按天计算的。在最后的总装环节,离整星力学试验已不到一周。为了能赶上进度,马静雅和529厂的工艺师王国星、操作师傅安长河等人在车间里连续装配和测试了4天,终于完成总装,在力学试验前一天将产品交付整车。

产品转入初样阶段,为确保产品各项性能可满足火星表面恶劣的环境,团队一共设计了28项鉴定试验,从研制防尘性能的沙尘试验,到为保证火星车经过长期飞行后性能的长期贮存试验。有的试验周期长达10个月以上,有的需要找到合适的火山灰代替火星沙尘。为了验证电池片的除尘效果,电池电路设计师王文强在戈壁滩各种恶劣环境里待了半个月,进行各项验证工作。

当时,为了抢时间,试验件研制和初样件研制同时进行。着陆巡视器热控分系统主任设计师向艳超提出,经过分析,之前设计的热控措施有可能满足不了火星表面的环境,为了保证驱动组件的温度，需要进行喷漆处理。而这一项工作做下来，要比原计划延迟15天时间。

"15天？计划是一天一天定的，找谁去要这15天时间？"大家都很着急。

马静雅对着那辆初样车，左看看，右看看，忽然来了灵感，她对陈百超说："主任，既然初样产品做热控实施是为了在后续热循环和热真空试验中获得实际的参数，我们的太阳能帆板是个对称结构，是不是考虑只进行一半的热控实施？一套送去热控实施，一套去做试验，把原本同时进行的试验分成两部分进行。这样就可以把热控实施延迟的时间抢回来。"

这个绝妙方案获得总师们的认可。

在初样研制过程中，有了方案阶段的技术基础，整体研制比较顺利。但对于策划的各类鉴定试验问题又来了。火星条件特殊，很难找到可以完成各类试验的试验台或试验室。例如驱动组件的冲击试验，根据折合的条件，驱动组件应该承受1800克的冲击载荷。为了能承受这么大的冲击，对工装的设计需要考虑很多条件。试验人员讨论了几轮，最终确定了试验方案。先将一个测试件放在试验台上，利用测试件先调试试验台的输入能量是否能满足试验条件要求。但是每次气锤向试验工装击去，由于冲击力太大，在气锤击上试验工装的一瞬间，传感器都被击掉了，无法获取气锤击出的具体试验量级。为了能将传感器牢牢固定在产品工装上，团队连夜联系五院各类试验室，好不容易找到一种黏结强度更高的胶。再试，8个测点只有3个测点不会脱落。每测一次都要重新粘贴测点。试验从早上做到夜里11时，大家期待着最终结果。谁也没有料到，测试电脑经不住一天的"折磨"，直接蓝屏了，连最后一次试验数据都丢失了。

贾阳用征询的目光望向大家，似乎在征求意见："放弃，还是继续做下去？"

没人吭声。大家默默走到工作台前，打起精神继续试验。凌晨两点，才完成最后的测试。

大家拖着疲惫的身躯走出试验车间时，半天空一轮月牙、几颗星星，正半张半闭着蒙眬睡眼，望着这些"夜归人"。团队成员笑称：你见过清晨四五点的北京吗？在火星车研制团队，经常可以见到北京这个最美妙的时辰！

北京姑娘马静雅说自己是幸运的，2007年从哈尔滨工业大学机械设计制造及其自动化专业毕业，被保送到北京理工大学机械与车辆工程学院读研。2009年研究生毕业进入五院总体部机械工程技术研究室，她便参与资源一号02C卫星太阳能帆板建模、出图，02D卫星太阳能帆板展开机构研制。在这个团队里，她感受到了航天人对祖国的忠诚、对事业的挚爱、对工作的精益求精……

刚入职时，她每月只有3000多元的工资，活还多，几乎三天两头要加班。同班同学去了外企或民企，工资是她的两三倍。她也曾经矛盾过、犹豫过，怕自己坚持不下去，会半途跳槽。出乎意料的是，这个团队居然有着如此强大的凝聚力。潜移默化，几年下来，她也成为一名合格的航天人。

累，是马静雅最切身的感受。2019年1月到3月，加班230个小时，全年加班1600个小时。那段时间，"能毫无干扰美美地睡一天一夜"，成了她最渴望的一件事。

那次，同学聚会。他们中有的是外企高管，有的已是处级干部，有的从国外读博回来。论薪金，马静雅是最少的。但同学们听说她正在研造火星车，一个个睁大了眼睛，露出艳羡的目光。马静雅告诉他们：天问一号即将"奔火"，我们自主研制的火星车将着陆火星。大家说她干的是"荣誉度"最高的事情。

祝融号顺利落火，举国瞩目。

马静雅上小学二年级的儿子放学回家，问她："妈妈，我们老师说，祝融号到火星上了。那火星车是你造的？"

马静雅告诉他："是妈妈和很多叔叔阿姨一起造的。"

"同学们说了，祝融号比齐天大圣还厉害，你说哪个更厉害？对啦，你们什么时候造的火星车，我怎么不知道呀？"

马静雅笑了："妈妈和叔叔阿姨造火星车的时候，你还很小，妈妈每天还为你背奶呢。"

"妈妈，我只知道'喝牛奶'，怎么从来没有听说你'背奶'？"

马静雅抬头凝望着天空，两眼湿润了……

让每一缕光芒都灿烂

航天飞行器的研制,几乎都要走一条共同的路径:山重水复疑无路,柳暗花明又一村。当然,也有柳不暗花不明,遇不上"又一村",甚至走进"死胡同"的情况。

大路、小路、九曲十八弯、绝境……

此时,火星车热控系统的研制也遇到了瓶颈,面临着绝境。

着陆巡视器热控分系统主任设计师向艳超平日里话就不多,这下脸总是紧绷着,寡言少语。

贾阳告诉我:"深空探测任务面临的一大难题就是资源紧张。资源紧张体现在各个方面,功率、信道等都紧张,但是最突出的矛盾还是重量。长征五号运载火箭作为我国运载能力最大的运载火箭,起飞重量约870吨,近地轨道运载能力25吨,地球同步转移轨道运载能力14吨,地月转移轨道运载能力约8吨,地火转移轨道运载能力约5吨。也就是说,深空探测任务需要运载火箭提供较大的入轨速度,但在深空探测器设计时,必须重点关注减重这个难题。"

探测器总重5吨,但这是湿重,为满足在火星附近刹车制动和落火过程动力减速的需要,其中一半以上的重量要留给推进剂，探测器本体实际只有2吨多。

贾阳说："探测器又分为环绕器、进入舱、火星车等组成部分，留给火星车的重量大约只有240千克。为了尽可能多地携带科学探测仪器，对火星车的设计优化过程，高明的设计师不是做加法，而是做减法。火星车所有设备，都经过严格的'瘦身'。"

火星表面温度的变化很大，着陆区最高温度出现在中午时分，只有零下3摄氏度；最低温度出现在黎明前，是零下103摄氏度。因此，保证火星车设备的温度水平是火星车热控分系统的主要任务。

如果电能充足，可以给每个设备都配上加热器，需要的时候通电加热。但火星车上的电能并不富裕，如何获得更多电能，逼迫设计师们想出更高明的办法。

2004年，向艳超从五院研究生部飞行器设计专业毕业时，正赶上嫦娥工程立项。嫦娥一号，他是热控分系统主管设计师；接着干嫦娥二号，成为热控分系统主任设计师；到了嫦娥三号，他是玉兔号月球车热控分系统主任设计师。

在论证方案时，团队想了许多办法：能不能借用火星上的风；能不能利用着陆器上未用完的燃料；能不能带一只小锅炉上火星……

一条条路都被堵死了，团队陷入了困境。

向艳超是分系统的负责人，压力重重，甚至有一种山穷水尽的感觉。

不过，向艳超抗压能力很强。或许，这与他青少年时期吃过苦有关。1975年出生于河南省遂平县一个小山村的向艳超，青少年时期的经历与张荣桥十分相似。他四五岁时，农村开始实行家庭联产承包责任制，他家八口人，分到了十几亩地，一头牛。上小学时，他也曾经放过牛。因为贫困，许多适龄儿童失学。向艳超记得，到他上小学五年级时，村里只剩下他这个五年级学生了。高中他是在县城上的，一个月回趟家背一次粮食，父母给点少得可怜的菜金。那时候，他还没有立下学好本领、报效祖国的宏愿。他考虑更多的是读好书，考上好学校，走出乡村，改变命运。1994年，向艳超考取哈尔滨工程大学航天工程系，学的是火箭发动机专业。毕业后，先是工作了三年。他渴望获得更多的知识，于是，经过一番紧张的准备，考上五院研究生部飞行器设计专业。向艳超2004年毕业，留在总体部热控室。

在航天队伍里历练十几年，向艳超已经将自己的志向与祖国的需要、祖国的荣誉，紧紧地连在了一起。刚开始那也许是无意的被动的，但慢慢地变成了一种自觉的行为。在做月球车时，每当遇到难题，他都是靠创新破解的。向艳超意识到，解决火星车的热能问题也必须创新。他转换思路，光能转化成电能，效率只有30%；光能如果直接转化成热能，效率会怎样？

忙了一天，向艳超回到家时已经是夜里10点多了。

一进家门，妻子便说："家里的热水器坏了。让你问问，问了吗？"

向艳超一拍脑袋，连连说"忘了，忘了"。早晨出门时，妻子就叮嘱热水器坏了，让他打电话问问厂家，或是让厂家维修人员上门看看。唉,这一忙,忘了个一干二净。

妻子说:"要不你看看,自己捣鼓捣鼓。"

"我哪会?"

妻子急了:"自家的热水器都不会修,你算哪门子热控专家?"

这一说把向艳超也说笑了,忙说:"好,好,我试试看。"

向艳超找出《热水器使用说明书》,又打开北阳台墙上的控制面板,一边翻着说明书,一边对照控制面板。

忽然,阳台上传来他兴奋的喊叫声:"有了,有了……"

妻子走了过来:"修好啦?"

向艳超喜滋滋地对妻子说:"感谢,感谢夫人……还有这台热水器……"

妻子莫名其妙,不知道他说的是什么。

向艳超进了小书房,又回过头对妻子说:"我要画两张重要的图纸。"

"什么图纸?"妻子一脸疑惑。

向艳超满脸兴奋,像是发现了新大陆。刚才,他在翻看《热水器使用说明书》时,说明书介绍了热水器将光能转化为热能的原理。忽然,一个灵感在他脑海里闪现:仿照热水器原理,在火星车上安装一个集热装置,将太阳能存储起来,需要时再供火星车用。错不了,这绝对是好思路。向艳超怕那个稍纵即逝的灵感跑了,赶忙将自己的思考画成了图。

第二天,向艳超早早到了办公室。

向艳超把团队里的张旺军、张水强、陈建新召集在一起。他拿出草图，说了自己的想法，大家都觉得这个点子好。

贾阳听了向艳超的汇报，也很高兴，说："艳超啊，应该感谢你家的那台热水器。"

向艳超一乐："对，对，等'奔火'成功，我准备捐给航天博物馆！"

按照向艳超的思路，在火星车顶部，前后安装两个集热窗，有点像双筒望远镜。用它们直接吸收太阳能，转化成热能，让每一缕光芒都灿烂。

不过，从图纸到产品还有十万八千里路要走。

集热窗要求太阳光只进不出，用技术语言表述是：集热窗透光口具有太阳光谱能量高透过率、远红外光谱低透过率的特征。

向艳超团队开始寻找材料，首选是石英玻璃。石英玻璃具有极佳的透紫外光谱及透可见光和近红外光谱的性能，透过率可达92%以上，玻璃内外表面镀膜后性能更佳。从性能看，很适合作为光学窗的材料。石英玻璃还具有极低的热膨胀系数，耐温性能优越，唯一的缺点是耐冲击能力较差。

向艳超团队进行了初步设计，但结果不理想，主要是重量问题。按照火星探测器发射时的力学环境条件需求，玻璃的厚度需要达到6毫米，一块玻璃的重量达到3千克；加上铝合金安装框3.5千克左右，减震圈0.9千克，总重量将达到7.4千克。这只是一个集热窗的重量，两个加起来重14.8千克。

设计师又将石英玻璃换成钢化玻璃。钢化玻璃强度高，韧性好，抗热冲击性能优越，被广泛应用于建筑幕墙、汽车、火车等领域中。经过钢化处理过的玻璃，抗冲击强度提高4—5倍，但钢化后玻璃不能再进行任何切割、磨削等加工。设计师们一计算，用钢化玻璃，虽然厚度可以达到2毫米，重量减少4千克，但还是无法接受。

有人建议用有机玻璃。有机玻璃的透光度可达92%，密度只有玻璃的一半，可加工、耐冲击性极好，是目前性能最好的高分子透明材料，广泛用于飞机座舱盖、风挡、医疗设备等。这样选择的话，重量又减少了1千克。

受有机玻璃的启发，向艳超说："既然有机玻璃可以，如果能够找到一种透明膜替代，重量不是更轻吗？"

市场上有各种各样的透明膜，但有的可见光透过率弱，有的韧性不够。

向艳超从合作伙伴中国空间技术研究院510所获悉，辽宁科技大学胡知之教授团队研究了一种聚酰亚胺材料，可以生产聚酰亚胺薄膜。

团队马上联系胡知之教授，获悉他们研制的聚酰亚胺材料是出口日本的。对方用此生产聚酰亚胺薄膜，韧性强，厚度只有几十微米。

真可谓踏破铁鞋无觅处，得来全不费功夫。看来这种聚酰亚胺薄膜在火星车上十有八九能用。然而，胡教授团队只生产原材料，国内还没有这种产品，也没有生产厂家。

他们在网上搜到江苏一家民营企业专门生产各种薄膜和泡

沫。向艳超与公司通了电话,厂方让他们过去看看。

找不到合适材料,贾阳也很着急,决定与向艳超一起去溧阳。

向艳超说:"总师亲自出马,肯定马到成功。"

贾阳说:"就想着马到成功,为什么不想也可能是马失前蹄?"

这家企业原来是一家化肥厂,前几年倒闭后,原厂长收购了该厂,转型生产薄膜。该公司现在是一家民营企业。

接待贾阳和向艳超的是公司总经理。

向艳超表明来意,总经理带他们参观了公司生产流水线。看得出来这是一家设备先进、管理有方的企业。

进入正题时,总经理面有难色:"刚才听你们说了要求,产品的规格和质量,应该是可以达到的。但现在市场没有这种产品的需求,如果单为你们生产,我们必须先停工,对生产线进行清洁,然后单独再为你们生产。整条生产线清洁需要好几天,而你们要的数量又特别少……"

贾阳问:"你们生产线一天的产值是多少?"

总经理说:"将近100万元。"

"100万元?"贾阳倒抽了一口气。

双方陷入了一阵沉默……

总经理问:"数量能不能增加一些,起码让我们能够保本生产。"

向艳超说:"我们需要的量的确很少,多了,浪费。"

贾阳也觉得是在为难人家，毕竟是家民营企业，生产总归要考虑成本。

事情有点难以再继续进行下去。

正在此时，一位60多岁的老人来到经理室。总经理介绍说："这是我父亲，公司的董事长。"又对他父亲说："他们是北京航天部门的，想请我们生产聚酰亚胺薄膜。"

董事长热情地说："航天部门来的客人，欢迎欢迎！你们是造卫星、飞船的吗？这几年，咱们国家的航天事业发展得太快了，又是'北斗'，又是'嫦娥'，还有载人飞船……你们航天人为国争了光，长全国人民的志气啊！"

"是啊是啊，"贾阳紧接他的话头，"航天取得的成绩，离不开中央的领导、国家制度的保障、全国人民的支持，当然，这里面也有民营企业的一份功劳。"

董事长说："我们这种小企业想做贡献，也轮不到机会啊！"

贾阳一听，觉得"有戏"，立即说："现在有一个机会，只是不知道你们愿意不愿意参与？"

"哦？"董事长问，"什么机会？"

"董事长，您刚才说了航天事业这几年的快速发展，讲到'北斗'、'嫦娥'、载人飞船，但有一个非常重要的工程没有提到——天问一号，我们正准备去火星啦……"

"去火星，对对，好像是有这么一回事。去火星难吗？"

"怎么说呢？这么说吧，月球离地球的距离是38万千米，火星离地球最远的距离是4亿千米。打个比方，将从地球去月球比为从北京到天津的话,那么从地球去火星,比从北京去上海还要远几十倍。这还仅仅是指距离,其他的像火星特殊的环境、测控的难度、火星车必须具备的能力等,都需要我们去解决。要说难,难度肯定很大。"

听着贾阳与董事长的对话,向艳超禁不住暗喜:贾阳说话的艺术在五院是出了名的,让他去说服对方做件事,十有八九会成功。

"天问一号一定是一项意义重大的大工程。"董事长忽然问,"您刚才说我们企业也有机会为火星工程做贡献,我们这样的小企业能有什么机会?"

贾阳把向艳超介绍给了董事长:"我的同事向艳超设计师,是专门负责火星车热控系统的,现在遇到了麻烦,我们是专门向你们公司求助的。"

"别客气,有什么需要我们做的尽管说。"

向艳超便将火星车集热窗急需聚酰亚胺薄膜的情况向他们作了介绍。

董事长问:"集热窗必须用聚酰亚胺薄膜吗?"

向艳超说:"这是目前我们认为最理想的材料。"

"你们确定国内没有厂家生产聚酰亚胺薄膜?"

"我们详细了解过了,没有。"

董事长问儿子:"我们有把握生产吗?"

总经理说:"生产应该没问题,只是生产聚酰亚胺薄膜,必须把其他产品停下来,清洁生产线……"

董事长说:"那就停下来!"

总经理面露难色:"关键是,他们需要的量非常少。"

"我知道了,这是一桩赔本的买卖。"董事长顿时严肃起来,"孩子,你要搞清楚这种产品是干什么用的。既然是我们航天急需的产品,那也就是国家急需的。能为航天事业做贡献,也就是为国家做贡献,还有什么话可说的?干!赔钱也干!"

一番话,让贾阳和向艳超激动万分。贾阳握着董事长的手:"董事长,真谢谢你们,解了我们燃眉之急!"

董事长说:"别客气,都是国家的大事,我们能够出点绵薄之力,是一种荣幸!"

公司果断地暂停其他产品的生产,经过几次调试,终于生产出了全尺寸高透明的聚酰亚胺薄膜。

航天人非常感动:谁说民营企业家只知道赚钱,国家荣誉在优秀的民营企业家心中,同样占有至高无上的位置。

510所对材料进行再加工,镀上特殊涂层,性能完全合乎要求,两片薄膜的重量只有100克。

有了聚酰亚胺薄膜,向艳超带领团队又开始选择安装框的材料,先是看上镁锂合金。镁锂合金是迄今为止密度最小的合金材料,是所有金属结构材料中最轻的。可一算,两个安装框重4.4千克。肯定不行!改用3D打印,可以再减少2.6千克,重量基本可以接受。但在火星表面100多摄氏度温差下,这将导致聚酰亚胺薄膜热胀冷缩,与金属框变形不匹配,膜绷不紧或是拉破。

这时候,副主任设计师张旺军提出用聚酰亚胺材料做安装框的建议，理论上它与薄膜变形相同，重量更轻。真是一个不错的主意！团队赶紧去寻找直径不小于650毫米的聚酰亚胺板材。在市场上找了一圈，也许是没有需求，也许是加工太难，国内居然没有合乎要求的这种产品。进度逼人，正在团队着急时，传来了好消息，合作伙伴上海合成树脂研究所的周劼表示可以尝试制备，但需要改造设备，摸索工艺参数，预计3个月出产品。周劼和他的同事经过3个月日夜奋战，终于拿出了第一批产品。虽然成色有瑕疵，但这已是国内尺寸最大的聚酰亚胺板材了。又经几次工艺改进，终于拿出合格的产品。

整个集热窗由安装结构和膜支撑结构两部分组成：前者用于膜的固定，并维持膜的形状，安装在火星车顶板表面；后者保证在各种工况下，膜保持上凸的状态。聚酰亚胺薄膜厚度仅有50微米，要张成直径550毫米的透明窗户，还要经受发射时内外近1000帕的压差作用、进入火星大气时的大气压力作用以及发射时力学振动环境而不破坏，始终保持上凸状态，又是一个难题。

向艳超对张旺军说："该施展你机械设计的专长了。"

张旺军胸有成竹："应该没问题。"

果不其然。不知道张旺军用了什么"魔法"，仅用两根十字交叉的钢丝，便稳稳地撑起了那张薄薄的透明膜。透过那张薄膜能够清晰地看到灿烂的星空。

最终，两个集热窗的重量从开始的14.8千克，减少到了1千克。

为了检验火星车在未知环境中进行长距离巡视探测的能力，火星车初样出来后，必须在地球表面进行充分的试验验证。

有了样机，不能说是大功告成，它还必须经过严格的内场和外场验证。

很多人看过电影《火星救援》。这部科幻冒险片，讲述了由于一场沙尘暴，飞船损毁，正在火星考察的航天员马克与他的团队失联，孤身一人，历经艰难，返回地球的故事。除了被影片悬念迭起、情节曲折所震撼，观众还被影片中苍凉、凄美的火星风光所吸引。那么，火星表面到底是什么样子？地球上最像火星表面的地方在哪里？

为了在地面开展火星研究，进行火星车试验，各国科学家根据各自的需要，寻找不同的地点，称其为火星类比点。

比较著名的火星类比点有智利阿塔卡马沙漠、北极斯瓦尔巴群岛、南极干谷地区、突尼斯吉利特盐湖区和中国青藏高原大浪滩盐湖区等火星类比点。

中国科学院寒区旱区环境与工程研究所的科学家通过研究发现，中国青藏高原及其邻近地区，如柴达木盆地大浪滩、普若岗日冰原西侧、敦煌西北库姆塔格沙漠、新疆哈密五堡的风蚀地貌与火星相似。研究大浪滩与火星相似的硫酸盐环境中的嗜盐菌类，可以为火星生命探测提供线索。沙漠中有与火星相近的线形沙丘、新月形沙丘及类似的空间组合关系，可以开展地球与火星风沙地貌的对比研究。

天问一号团队在国内精心挑选了一处降水量少、土地沙化且遍布碎石、细沙的类似于火星表面的野外场地，进行一场外场试验。

试验队刚刚进场，老天爷便以七八级强风给了场特殊的"欢迎"仪式。一时，黄沙弥漫，天昏地暗。试验队员的第一顿午餐是拌着沙粒吃的。

试验场气象变化无常，时风、时雨、时艳阳。但火星车怕风、怕雨、怕高温、怕日晒。风太大，容易把太阳能帆板折断；火星车材料不能见水，车载仪器更怕雨淋；高温和日晒又会让许多仪器失灵，试验无法正常进行。

每天清晨，大家第一件事便是收听天气预报。预报有雨，就要提前将帐篷加固，给火星车安装底座并抬高，收撤电缆。然而，老天爷又常常翻脸，预报有雨却艳阳高照，预报晴天忽然又来一阵倾盆大雨。大家听风观云，争分夺秒抢进度。

一天半夜，孙泽洲醒来，发现身旁贾阳的行军床上，被子掀开着，人却不见了。

"这深更半夜的，去哪儿了？"

孙泽洲连忙起身出了帐篷。朦朦胧胧中，不远处像是有两三个人影在晃动，他走了过去。

陈百超一见，忙说："哟，孙总来了。"

"这大半夜的，我怕你们给狼叼走了。"孙泽洲说。

贾阳正在摆弄着他的"宝物"天文望远镜，说："孙总，快来看看，多美好的月亮啊！"

孙泽洲禁不住吸引，将双眼贴近目镜，只见一轮冰盘般的月亮放着冷光,耀眼的木星闪闪烁烁。他轻声说道:"是美,真美!"

贾阳说:"前几天没有月亮,可以看到天鹅座、仙后座、北极星……像是千亿颗恒星全部聚集在一起,比今夜不知要美多少倍呢!"

"那太可惜了,怎么不叫上我?"孙泽洲说。

孙泽洲仰头四望,感慨道:"这样的夜晚,好像自己又回到了少年时代……我们的'假诗人',赶紧作诗抒发一下情感吧……"

贾阳笑了:"'假诗人'哪有那么多的诗兴?大半夜了,赶紧回去睡觉吧,明天活儿更重!"

火星车下地"走秀"的日子到了。大家众星捧月般地将它从帐篷里请了出来,卸掉它的底座,调整好太阳能帆板和结构机构,加电自检,确保它六足着地。最后,为它铺上"红地毯"(把跑道打扫干净,设置上试验要求的障碍物),再给它抹点"防晒霜"(进行防风沙密封处置)。

"各号注意,开始!"随着队长一声令下,在干涸的河床上,火星车舒展舒展筋骨,抖擞抖擞精神,迈开了步子。刚开始还有些小心翼翼,后来越走越自信,越走越稳健。

试验队员们露出了笑容,热烈鼓掌。

贾阳摘下太阳帽,拿它当扇子,一边扇着,一边乐呵呵地对孙泽洲说:"孙总,晚上得请客了吧!"

孙泽洲擦着脸上的汗水,说:"请,得请!晚上请大家吃大餐!"

贾阳问："法国大餐，还是满汉全席？"

孙泽洲笑着说："大餐和全席是不可能的，我让师傅专门为大家准备了正宗的兰州牛肉面！"

在茫茫戈壁，一碗牛肉面就是最高奖赏！

带"火"字的车标

总装，就是将部件装配成总体。

当一切部件都准备好了，最后，将一辆完美的火星车展现出来的是谁？是总装师傅们！

我想找一位总装师傅聊聊，孙泽洲推荐了他们的"头儿"——"全国技术能手"、探月工程突出贡献者、五院总装与环境工程部特级技师刘福全。

孙泽洲介绍，刘福全参加工作30多年，参与了包括通信、导航、深空探测等系列卫星的总装工作，特别是从嫦娥一号到嫦娥五号，他都参加了。已有30多颗卫星经他们团队成员之手成功飞向浩瀚宇宙。他先后攻克了90余项关键总装难关，创新20余项工艺方法。这些年来，刘福全毫不保留地将自己的绝招绝技传授给年轻人，先后培养的15名徒弟，均已成为班组长和型号骨干。徒弟彭国华是集团公司最年轻的劳模，"90后"徒弟孙义濛在技能比武中获得"航天技术能手"称号。

刘福全中等个头,国字脸,双眉浓重,一身工服,朴实厚道。

这些年入职的青年技工在职业高中或高等职业技术学院,已经学习完成一些必备的基础工艺。刘福全这代技师,却是靠师傅传帮带或自学成才的。

刘福全1964年出生于河北省遵化市。父亲1958年从部队复员,分配到航天五院529厂当工人。1987年,父亲退休,刘福全接班,进了529厂,在二车间当钳工,1996年当了班长。

刘福全当年的师父叫王国山,比他大7岁,也是一名退伍军人。师父带着一股军人的作风,非常严厉,上班第一天便对他说:"钳工是靠手艺吃饭的,你想一辈子有饭吃,必须要有好手艺。"然后,扔给他一块45#圆钢,让他锉平面,教他身体姿态、手的角度。平面锉得合乎要求了,再练画线、錾削、锯割、钻孔……标准都是按丝级计算(一根头发粗7丝至8丝)。把这些基础打扎实了,还得学机械制图、部图,才能正式上岗。

航天事业快速发展,刘福全施展技艺的空间也在不断扩大。

结构部装—管路—直属件安装—舱体接地—设备安装—电缆铺设—电装—测试—形成航天器……

刘福全告诉我航天器的安装步骤后,说:"我们总装工人的工作,是将设计师的理念变成产品。"

我正在采访本上记录的笔,在"理念变成产品"的"品"字上忽然停住了。连忙说:"刘师傅,您再说说,理念变成产品是怎么回事?"

"是这样的。无论是初样,还是正样,一件航天器的图纸要是叠起来的话,比人还高。不过,这一张张图纸都是平面的,是一条条电缆,一根根管路,一件件零部件,是设计师的理念。然后,通过我们的双手,将它们安装、打造成多维的、立体的航天产品。实现设计师的理念和梦想,当然也包括我们的梦想。"

我紧追不放:"刘师傅,你们是怎样将理念变成产品的?"

刘福全笑了:"您这个问题可是问得有些'大'了。这么说吧,每个探测器飞天,我们的团队都要全力以赴,奋斗上千个日夜,完成近万道复杂的总装工序和测试工作。"

"遇到的问题多吗?"

"多了去了。讲一件事吧:嫦娥三号探测器发动机在高温多层制作过程中,依靠传统的取样和3D模型展开方法,怎么都进行不下去,装配一度停滞。装配一停,影响了整个研制进度,方方面面压力都特别大。我带着团队集体攻关,并与工艺师一起研究。根据以往的经验,我提出对现有3D模型重构和2D近似展开制作纸样,用实物与纸样比对确定最优的放样尺寸、搭接位置等参数。经过三天三夜奋战,通过近百次试验摸索,最终成功解决了异形高温多层制作安装难题。为复杂异形高温多层制作开辟了新路,后来还被编制成复杂曲面多层制作的标准方法,在集团推广。"

刘福全告诉我:总装是群体操作,这里面也体现了"木桶效应"。

每一颗螺丝钉，每一处保温层，都必须做到精益求精，不能有一丝疏忽。

一颗卫星，成千上万个焊点，一个焊点出问题，全星就可能报废。总装工人在狭小的空间里，小心翼翼地靠蹲、跪、趴、躺进行焊接，还必须保证汗水不能滴在器件上。

"您可能想象不到，我们的活儿细到什么地步。"刘福全说，"连每颗螺丝拧多紧，都有国家标准。"

"这还是第一次听说。那怎么判定螺丝拧多紧呢？"

"我们有专业的测力扳手。比如M5螺钉拧紧力矩是4.5牛·米。"

"谁能保证每个M5螺钉的拧紧力矩都是4.5牛·米？"

"那是必须的，优秀的总装技工都具备这种能力。"

多年来，刘福全随身带一个小本子，工作中遇到什么难题，如何解决，都一一记在本子上。经验也好，教训也罢，都成了一种"财富"。

航天器推进管路存在弯曲半径小、缠绕空间小、管路搭接部位多等特点，造成总装工作烦琐，一次实施合格率不到80%。刘福全找出那些小本子，结合多年经验，总结出"预选缠绕定疏密、分段量化解难点、分段包敷固状态"的"缠绕固化诀窍"，一次缠绕合格率达到100%。该方法全面推广应用到其他星船型号。

在刘福全师傅这些默默无闻的英雄身上，我们感受到"板凳甘坐十年冷"的坚守和付出，更读到一以贯之的执着专注、精益求精、一丝不苟、追求卓越的工匠精神。

2018年10月31日，火星车开始总装。

这是中国第一辆火星车，体量不大，但器件设备多，管线缠绕，布局密集。

如何将零散的部件、零件"拼"在一起，考验总装技师的空间感和创造力。

他们像是玉雕大师面对一件设计精巧的艺术品，一刀一刀，精心雕琢。从某种角度说，总装技师的空间感甚至强于设计师。

火星车电缆热控材料薄如金箔、轻如鸿毛，多层包覆，且手还不能摸。刘福全亲自上马，拿起专用工具，全神贯注，小心翼翼地操作着。身旁的徒弟一个个睁大双眼，屏住呼吸，看得惊心动魄。

刘福全还将团队分成"双岗制"，一岗操作，一岗检查，确保万无一失。

火星车外场试验，正赶上盛夏。试验现场有时烈日炎炎，有时又风沙弥漫。刘福全带着徒弟彭国华去现场做保障。由于设备特殊，他们经常躺在地上进行设备维修。遇到风雨，赶紧将"车"推进帐篷里。经过连日奋战，他们最终克服了种种困难，按计划完成了所有总装及电测工作。

一辆漂亮火星车正样做成了！

贾阳笑呵呵地对刘福全说："刘师傅，感谢你们把我们的小精灵打扮得这样漂亮、水灵！"

刘福全一听，不愿意了："贾总，他也是我们的小精灵啊！"

贾阳连忙改口:"对对,是咱们共同的小精灵!"

火星车正样出来后,须进行电性能测试,这是火星车研制中极为重要的一个节点,标志着火星车将开始一系列测试。

刚刚测试了三天,某设备中的一个器件便被烧坏了。陈百超带着团队排查故障,查了半个多月,还是找不到故障点。那些日子,孙泽洲在外地出差,他一天一个电话,询问情况。团队着急,孙泽洲也上火。

甫回京,下了飞机,孙泽洲直奔测试场。

听完简单汇报后,大家一起查找各种线路的走向,供电的通路。当设计师指着一根电缆,说它是往器内送电时,孙泽洲立即判断说:"问题就出在这根电缆上。"

后来一查,果然是这根电缆"惹的祸"。

年轻的设计师觉得孙泽洲太神了:"孙总,你当时怎么一下子就发现了问题?"

"你想想,"孙泽洲说,"在这个地方,是不应该往器内输送电的。肯定是设计有问题。"

在大家的心目中,孙泽洲的确很神。平日里大家在一起,他话不多,但遇到问题,给出的点子特别到位。

又是力学试验,又是真空热试验,还有许多专项试验。

中国第一辆火星车诞生了!

哎哟喂,这个小精灵长得还真有些像神话传说中的哪吒:虎头虎脑,两只眼睛滴溜溜转,一对翅膀呼扇呼扇,脚下还蹬着六只风火轮呢!

大家围在四周,指指点点,说不够,看不够,乐不够。

贾阳笑着说:"行,还真像一辆火星车!"

孙泽洲幽默说道:"不像火星车,你想让它像购物车啊?"

张荣桥像是在总结:"准确说,它是我们中国人自己的火星车!"

在火星车的相机桅杆顶部,有一个红色方框图形,十分醒目,这是它的车标。仔细一看,是个篆体的"火"字。这个充满中国元素的"火"字,寄托了中华民族长久以来对火星的憧憬,也与后来出炉的祝融号火星车名字完美契合。

这个车标还有一段故事:

火星车研制出来了,它的桅杆上面有三台相机,还安装了气象测量、磁场测量等设备。为了保证相机在寒冷的火星夜晚不被冻坏,设计师为相机设计了隔热罩,罩子内部填充了一种气凝胶隔热物质,罩子外部包裹了一层亮银色的镀铝膜;为了不遮挡相机的视场,罩子的正面开了三个圆孔。远远望去,火星车最明显的地方,是桅杆顶端一块A4纸大小的白色平面,上面有三个相机的光孔。

陈百超一看,自言自语道:"桅杆的头部有些空,不够漂亮。"

贾阳仔细端详着,说:"是的。大家想想办法,看能不能再美化一下。"

有人提议在桅杆顶端画上一个中国结,既喜庆,又有中国元素。

立马有人表示异议，把中国结放在火星车额头的位置上，有点不太协调。

"放盏红灯笼呢？"

"人家会以为咱们的火星车娶媳妇呢！"

争论了一番，比较一致的意见是用中国传统书法"火"字来展示，既有装饰性，又有中国文化特征。

没有设计师敢接这个活。专业的事情应该让专业人士去做，贾阳想到了自己的朋友苏大宝。苏大宝是沙画家，湖南人，年轻、热情，对艺术颇有追求。

贾阳给苏大宝发了一条信息，说他们设计的火星车有一个位置需要装饰一下，想请他用毛笔写个"火"字，用中国文化元素把火星车打扮得更漂亮。

能有机会给火星车做点事情，苏大宝觉得机会难得。他花了一周时间，找来用甲骨文、金文、篆书、隶书、草书、楷书写的"火"字，从中挑选、整理了十几个发给贾阳。

收到苏大宝的文稿后，设计师却犯难了。这个用毛笔写的"火"字，如果放大了，会与相机镜头"打架"；小了，又看不大出来。而且，采用把膜划开、用凹版粘回去的方法，想精确实现笔画走势很困难。改为甲骨文方案，笔画可以做得粗壮些，有利于成像。但在征求意见时，很多人将甲骨文的"火"字，读成"山"字。贾阳将大家的意见反馈给苏大宝，希望他能提供其他方案。

苏大宝进入新一轮设计。在收集资料过程中，他发现一枚宋代篆体官印"桓术火仓之记",其中"火"字造型别有韵味。为了规避汉字笔画数量差异悬殊问题,制作印章时,对笔画较少的字采取了曲折复杂化的处理方法,以求字间的均衡,这种处理被称为九叠篆。这个方案图案饱满、装饰性强,苏大宝进一步把书法、篆刻的表现手法结合起来,形成一款新的图案。新图案稍加想象,包括"中国火星"四个字的意象,具有浓烈的中国文化特征。

苏大宝的设计方案,得到专家们一致认可。

在文昌航天发射场,刘福全师傅将精心制作好的带有"火"字的车标,小心翼翼地安装到火星车桅杆头上。

中国第一辆火星车,即将一飞冲天,穿云破雾,奔赴火星……

第五章
一飞,再飞

灰色的云

海南7月的黎明，多姿多彩，生机勃勃。

此时，东边的天际霞光万丈，万里波涛翻卷着、跳动着，金光闪烁，激情澎湃。一群群海鸥，在海面上时而嬉闹、滑翔，时而呼扇着双翼直插云天。

文昌航天发射场，位于海南省文昌市龙楼镇，是我国首个开放性滨海航天发射中心，也是世界上为数不多的低纬度发射场之一。它主要承担地球同步轨道卫星、大质量极轨卫星、大吨位空间站和深空探测卫星等航天器的发射任务。

每逢发射日，长征五号火箭总设计师李东总是醒得很早。当他拉开窗帘时，朝阳如同刚刚出炉的巨大铁饼，从海面上喷薄而出。

李东一眼望见西南方向3000米外那座巍巍耸立着的发射塔，此时，长征五号遥二火箭像一位身披铁甲、手执金戈的武士，即将出征。

李东禁不住心头一热，两眼发潮。

2017年7月2日——一个让李东铭肌镂骨的日子。

像是约定好了，李东和长征五号火箭总指挥王珏，几乎是前后脚来到指控大厅。或许是为了表示一种仪式感，他俩还夸张地握了一下手。

王珏问："昨晚应该休息好了吧？"

"还行。"

"这回没吃安眠药？"

李东笑了："哪能老吃安眠药！"

"看来你是信心满满！"

"你不也是一样吗？"

预定点火发射时间是晚上7时23分。按计划-12小时是整点上岗时间，但一大早，参与任务人员已经迫不及待地提前上岗了。

指控大厅内一排排发射岗位座无虚席，每个岗位前都有一台联网电脑。大厅正前方是一块硕大的电子屏幕，上面闪动着红色、黄色和绿色的各种参数。

王珏和李东率领试验队，已经在发射场工作了2个月。各项工作进展顺利，加上有长征五号遥一火箭首飞成功作为托底，李东对于今天的发射信心满满。

李东环顾了一下指控大厅，这里的一切他都很熟悉。他的目光落在大屏幕闪动的电子钟上。忽地，2017年7月2日怎么恍惚间变成了2016年11月3日？

一种潜伏着的磁力，将他的记忆拉回到了2016年11月3日——后来，有人将这一天称为中国航天"最折磨人的一天"。

已经是初冬时节，海南却没有一丝寒意，满眼青绿，郁郁葱葱。李东特别喜欢海南的椰子树,它那傲然挺拔的身姿,给人一种积极向上的力量。

那是长征五号火箭的第一次亮相!

预定的发射时间是晚上6时至8时40分。

王珏和李东吃了早餐便往指控大厅走。

"昨晚休息好了吗,李总?"王珏问。

"还可以吧。"

"看来是没休息好?"

"不瞒你说,翻来覆去睡不着,起来吃了颗舒乐安定。这是我在发射前第一次吃安眠药。"

"吃安眠药,有这么严重?"

李东淡然一笑。

所有的工作都在按部就班往前推进着。

–8小时。

主控台前的01指挥员胡旭东下达口令:"开始加注液氧!"

火箭发射任务是一个庞大的系统工程。01指挥员是火箭发射的第一岗位,需要同时统筹多个系统、100多个岗位、1000多名操作手,实时掌握火箭发射的整个过程,还要及时处置各种故障问题,不允许任何一个环节出现失误。

长征五号遥一火箭第一次采用液氢液氧燃料,将总计超过500吨、零下180摄氏度的液氧,注入处于常温状态的火箭贮箱,有人形容这是一场冰与火的激战。

伴随着液氧注入贮箱,火箭四周开始出现因为极度低温产生的雾气，像轻纱般飘浮着。

大屏幕上端的电子钟显示11:00。火箭助推器1的氧箱前底舱段的缝隙内，喷射出一道白色的雾线。

正在箭体四周的操作人员一时神色紧张，不知道发生了什么。

指控大厅内的助推动力指挥张青松，通过视频看到了这一切，他拧眉快速判断：是舱段温控系统能力不够导致舱段温度过低引起的，还是出现了低温氧气泄漏？

指令下达到箭体前端操作人员——一位试验队员使用测试仪很快测定氧浓度超标，不排除舱内氧气泄露。

发射是否继续？

瞬间，传来01指挥员口令："各号保持状态，暂不进入-7小时程序！"

指挥部决定：打开密封舱段，派人进舱观察，再做定夺。

李东对坐在一旁的长征五号副总师杨虎军说："虎军，你去塔架上看看情况。"

一辆指挥车载着杨虎军，朝塔架呼啸而去。

八院一位高级技师正在待命。

杨虎军叮嘱道："师傅，小心谨慎。"

高级技师戴着氧气面罩，用专用工具打开舱门，猫腰钻进舱内。舱内寒气逼人，俨然成了一只大冰箱。高级技师身穿薄工装，瞬间被冻得浑身哆嗦。他咬紧牙关，仔细地观察着……

一分钟！

第五章 一飞,再飞

两分钟!

三分钟!

站在箭体外的杨虎军万分焦急,不知道箭体内部究竟发生了什么情况。

舱门重新被打开,忽地,高级技师像一支利箭似的从箭体内冲出来。杨虎军急忙迎上前去,想打听个究竟。

高级技师快速进入固定塔上的工作间,他被冻得身子发抖,脸上肌肉发僵,一时竟说不出话来。杨虎军连忙递给他一杯热水,他喝了几口后,告诉杨虎军:"舱内温度很低,没有出现滴漏。"

"那氧气是从哪来的?"杨虎军有些迫不及待。

"低温氧气是从氧箱排气阀后与外界相通的排气管处泄漏的,量很少。"

助推动力指挥张青松分析,氧气泄漏量很少,但它距离舱口很近,所以才出现氧浓度仪报警。只要在火箭起飞前关闭排气阀,就不会再有氧气漏出,更不会对飞行产生影响,无须做进一步处置,发射组织进程可以继续进行。

18:00的发射窗口是否还能保持?

指挥部决定原程序继续。

01指挥员下达口令:"重置点火时间为:19:01:00!"

紧接着,零下253摄氏度的液氢开始加注。

14:00。

发射塔架上人员撤离。

火箭二联平台塔架打开。

在阳光照射下，长征五号火箭整流罩上那面鲜红的五星红旗和箭身上"中国航天"四个蓝色大字格外醒目。

16:00。

液氢加注完毕。

指控大厅内的气氛不经意间变得轻松起来。

半个小时后，贮箱内液氢状态趋于平稳，具备进行调试的条件。

氢氧模块动力系统指挥员于子文下达"启动循环泵"口令。

大家目不转睛地紧盯着屏幕上的曲线——那道表示系统是否正常工作的曲线。

循环泵的工作转速从8000转每分钟，调到10000转每分钟、12000转每分钟。

然而，期待中的那条曲线没有出现，它一直在一个严重偏离的状态下来回挣扎着。

此刻，大屏幕上显示的温度是238开尔文，远高于110开尔文的起飞标准。火箭"发烧了"。距离预定发射时间只剩下2.5小时。

似乎有一片灰色的不祥之云在指控大厅里飘浮着……

17:36:00。

传来01指挥员口令："110暂停液氧排放，暂停煤油充填。各系统保持状态，暂不进入-1小时程序。"

这意味着正式宣布此轮循环冷调试失败！

李东摇了摇头,站起来朝大厅外走去,杨虎军和一院总体部主任王亚军、总体室主任黄兵紧随其后,来到大厅旁的410小会议室。

黄兵是长征五号火箭动力系统总体设计师,他马上在一块小白板上画出长征五号动力系统原理图。

经过紧急分析、判断,大家认为这种状态应该是由于发动机的一路D7吹除系统流量发生变化引发液氢循环流路受阻所致。唯一的解决办法是调低发动机D7吹除流量。

李东意识到,如果不是发动机吹除流量问题造成现在这种状态,情况就更加复杂,将可能终止发射。他更知道终止发射意味着什么。

难的是,此时,液氢已经加注完毕,发射塔架上的人员已经撤离完毕。要调低发动机D7吹除流量,必须组织人员重新上架。而调低D7吹除流量,必然会有少量液氢溢出到箭体周围,这将给操作人员和火箭本身带来极大危险。

时间在一分一秒地流逝。

19:02。

指挥部决定组织人员上塔架调低发动机D7吹除流量,如果到了19时30分,一级发动机预冷仍然无法恢复正常,将启动推进剂泄回程序——这种结果,对于每一位参与长征五号火箭的研制者,都是无法接受的。

01指挥员下达口令:"02,组织一级氢配气台操作手返回操作岗位。"

地面发射支持系统的谢建明高级工程师,像是听到战斗命令,没有丝毫胆怯和犹豫,带领两位技术员,一起登上工具车,逆行驶往发射塔。

"快点!再快点!"

谢建明不停地在心里喊着。这段只有2.8千米的专用路,此时,变得如此漫长。

还没待车停稳,谢建明三人带着工具,跳下车,直奔发射塔,"噌、噌、噌"登上发射台,按操作程序,将D7吹除流量逐渐调低。

指控大厅内,安静得似乎连每个人的心跳声都听得到。

所有人都屏住呼吸,瞪大双眼,盯着大屏幕、小屏幕上那道"生死线"!

19:00。

人们期待的奇迹发生了:火箭成功"退烧",系统工作稳定,状态恢复正常,满足发射条件。

大厅里爆发出雷鸣般的掌声。

01指挥员下达口令:"设定点火时间为20:40:56。"

煤油充填;

液氢补加;

过冷液氧补加……

火箭发射进入最为关键的10分钟。

射前增压;

连接器脱落;

摆杆摆开……

时间推进至发射前最后3分钟。

"连接器脱落"的回令,却迟迟没有传来。

"什么情况?"连接器负责人张振华倒抽了一口气,心跳急速加快。

01指挥员第三次发出口令:"暂缓进入-2分钟准备程序。设定点火时间为20:41:56。"

按预案处置,连续三次发出脱落指令,如果失败,将暂停发射,考虑新的处置方案。

第一次指令发出后,连接器没有脱落;

再发指令,连接器依然不动。

只有最后一次机会了,此时距离发射只剩下2分钟。

10秒、20秒……

终于传来连接器指挥员的回令:"一级氧加连接器脱落!"

指控大厅里再次响起掌声。

谁也没有想到,罪魁祸首是一块低温凝结而成的冰球,它冻住了连接器。最后关头它被击碎了。

一波未落,一波又起。长征五号火箭的发射竟然如此艰难!

最后90秒。

01指挥员口令:"转电。"

就在这时,控制系统120指挥员韦康在突然接到姿控和制导专业报告未收到相关数据的消息后,紧急报告:"01,中止发射!"(后来,网友们评议:这是中国航天史上最牛的一道口令。)

胡旭东猛地一震，脱口而出："怎么搞的？"

有人站了起来，伸长脖子望着主控台，不知发生了什么情况。

3秒钟后，120报告："数据收到！01，可以了。"

指挥员开始"点火"倒计时报数："10、9、8……"

制导专业报告："还没有数。"

姿控专业报告："状态角偏差还没有。"

120再次报告："01，稍等。"

此时，01指挥员倒计时已经数到"6"。

几乎是在同一瞬间，120报告："01，好了。"

来不及犹豫不决，也没有任何时间商量，01指挥员即刻下达："……5、4，C31重置当前时间为-10秒，发射时间重置为20:43:04。"

指控大厅的气氛像是凝固住了……

20:43:13.998。

终于传来01指挥员口令："点火！"

橘黄色的烈焰从发射塔底部翻滚而出，长征五号遥一火箭升腾而起，如同一条巨龙，拖着银灰色的尾焰，直奔苍穹。

1821.010秒，星箭分离，发射、飞行成功！

长征五号遥一火箭发射过程，一波三折，险象环生，惊心动魄！

那天晚上，早就得知长征五号火箭发射消息的"箭迷"们，站在龙楼镇海边沙滩上，翘首以盼，一等再等，终于等来了长征

第五章 一飞，再飞

五号火箭首秀的佳音。他们不知道长征五号发生了什么情况，兴奋之余，第二天，一个个只感到脖子酸疼。

长征五号火箭首发告捷，中国航天终于拥有了"大型运载火箭"。

"火箭运载能力有多大，航天的舞台就有多大。"这是航天界公认的铁律。

迈向更高更深的太空，离不开火箭运载能力的提升，发展新一代运载火箭成为中国航天的必然选择。长征五号的高轨运载能力，近地轨道25吨，地球同步转移轨道14吨。而在这之前我国上一代火箭的最大运载能力只有5.5吨。长征五号实现了我国运载火箭从中型到大型的跨代发展，运载能力和总体技术水平居国际同级别火箭前列。

这一年的中国航天，因为有了"长征五号首飞成功"，获得更高的社会热度。

长征五号"跌跌撞撞"的成功，或许更像是一次侥幸的胜利，让一些问题没有充分暴露，同时埋下苦果。

王珏、李东和长征五号团队没有想到，一场暴风骤雨，一场更残酷的打击在等待着他们……

李东刚刚收回思绪，01指挥员胡旭东忽然朝他投过来一束䜣然的目光，目光中带着一种自信，比海南夏日的阳光还明亮。一进入这个大厅，人们之间的交流更多是用目光，而不是用语言。

有了长征五号遥一火箭首秀的胜利，大家对于长征五号遥二的发射，充满憧憬和自信。

一切都按部署在有条不紊地进行着。

19：23。

01指挥员下达口令："点火！"

长征五号遥二火箭底部翻滚起一团熊熊火焰，意味着发动机顺利"点着火了"。

李东和王珏点头会意。

大家的目光交会在一起，许多人脸上带着笑容。

170秒后，4只装着液氧煤油发动机的助推器完成使命，成功分离。

大屏幕上显示出的火箭飞行轨迹，正向着"完美的结局"奔去。

346秒！

346秒！！

大屏幕上，绿色的参数突然跳变，原定的火箭飞行线路和火箭实际飞行线路从重叠到慢慢分离，越分越远。

李东忽地站起来，快速擦了擦镜片，不相信地盯着那组参数。

王珏像是被什么东西猛地击了一下，瞬间愣住了。

杨虎军嘴角动了一下，没说出口。

中国工程院院士龙乐豪也在指控大厅，轻轻说声"坏了"，下意识地拍了一下大腿。后来，他说："突然间，长征五号遥二火箭飞行曲线不是按照预定的方向往上跑，而是在往下'掉'，这意味着火箭在渐渐失去推力。推力不够,就没有加速度,就不能克服重力场的作用。当时,我就预感'完了',这次发射要失败了……"

20年前,龙乐豪是长征三号系列运载火箭总设计师,长征三号乙当时是我国运载能力最大、技术最先进、构成最复杂的一型火箭。火箭升空22秒后,在空中爆炸。然而,龙乐豪这一代航天人没有被艰难所压倒,没有在失败面前屈服。他们擦干眼泪、忍辱负重,用了一年多时间,凤凰涅槃,长征三号乙一飞冲天。

没有料到,长征五号遥二火箭会遭此厄运!

指控大厅里座位少,发射时,长征五号火箭质量主管杨慧找了一张小板凳,坐在李东身后。

参加工作才几年的杨慧,哪见过这种场景,两眼瞪得大大的,一时不知所措。

李东侧身对杨慧说:"组织大家开会!"

杨慧这才回过神来,站起来,大声喊道:"测控、总体、控制、动力……开会!"

杨慧在当天的日记中写道:

宣布飞行任务失利后,回协作楼,路过餐厅,里面灯都亮着,空无一人。发射队为大家准备了加班餐,却没有一个人去吃。提前准备好的鞭炮礼花,也被零乱地堆在餐厅的门口。

刚刚在电梯里,碰到兄弟院的同事,安慰我说:"这一次只是运气差，才没能获得成功。"我不想逃避问题，回答说："并不是我们运气差，一定是火箭在某个环节还存在问题。"

虽然这次失利是我经历的第一次失利，但我们从来没有畏惧过，勇于正视问题，才是解决问题的第一步。

事故分析会整整开了两天。长征五号火箭出现故障偏离轨道后，已经坠入太平洋。试验队看不到火箭的残骸，一时无法准确判断故障原因。

第三天清晨，试验队回北京。

天空灰蒙蒙的，没有云朵。灰蒙蒙的天空，本来就没有云朵。

大巴车驶出场区大门，经过发射塔旁。空空如也的发射塔，显得有几分凄凉。

杨慧看了一眼，赶紧扭过头，不敢再看。她怕控制不住自己的情绪，会号啕大哭。

上了飞机，杨慧在群里发了一条朋友圈："失败是成功之母，而失败的痛，只有亲历者才懂，迈向成功的艰辛，也只有亲历者才明白。但我坚信人生没有白走的路，每一步都算数，'胖五'的未来我们一起走！"

王珏后来说："这次失利，让我们在迈向更强的路上，被一盆冰水浇得'透心凉'，有一种天塌了的感觉。"

当夜，新华社发布快讯：2017年7月2日19时23分，我国在文昌航天发射场组织实施长征五号遥二火箭发射任务，火箭飞行出现异常，发射任务失利。后续将组织专家对故障原因进行调查研究。

长征五号遥二火箭发射时，张荣桥正在出差途中，他在视频里发现遥二飞行曲线不是往回"跑"，而是往下"掉"，心头不由得一震……

长征五号遥二火箭失利，不仅仅是一枚火箭的失利，也不仅仅是一个型号的失利。航天工程是个集体项目，每个系统休戚相关，每个环节紧紧相扣。火星探测是有严格窗口的，预定火箭不能按时顺利发射，关乎我国载人航天工程和深空探测工程的成败，特别是对嫦娥工程、我国首次火星探测任务将产生直接的影响。

天问一号像是一辆正在高速奔驰的汽车，突然间，一只轮胎瘪了。有网友称：中国航天进入"至暗时刻"。

张荣桥眉心紧蹙：此时，距离天问一号发射只剩下不到3年了，长征五号能不能突出重围、浴火重生？

含泪奔跑的强者

你在一个晴朗的夏夜，望着繁密的闪闪群星，有一种可望而不可即的失望吧。我们真的如此可怜吗？不，绝不！我们必须征

火星，我们来了

服宇宙。

1935年，24岁充满激情的青年钱学森在一篇题为《火箭》的论文里，写下了这段激情四射的文字。

1957年10月4日，苏联发射人类第一颗人造地球卫星，在国际社会引起强烈震动。1958年5月17日，毛泽东在中共八大二次会议上说："我们也要搞人造卫星。"

搞卫星必须要有火箭。8月初，钱学森代表中国科学院力学研究所起草了《关于高速度地发展我国火箭技术的报告》。中国科学院原副院长张劲夫在回忆文章中说："钱学森提出，搞导弹主要看你火箭用什么燃料，火箭的燃料很重要。钱学森说一定要搞新的高能燃料。科学院要把重点放在开发自己的高能燃料上，这样火箭才能做得大，射得远。"

1960年2月19日，天气晴朗。

在上海市郊南汇县南港的滩涂上，一枚液体推进剂火箭T-7M火箭竖立在用自来水管焊接成的发射架上。隔着一道蜿蜒小河的是用苇席围起来的"发电站"，里面轰响着一台借来的50千瓦发电机。王希季（"两弹一星"功勋）他们的"指挥所"是用沙袋垒成的。里面既没有电话也没有步话机，指挥员得扯着嗓子大声喊，并挥舞手势。没有自动跟踪仪器，土法研制的跟踪天线靠几个人用手把着旋转和俯视。最危险的加注开始了，没有专用设备，而是用自行车打气筒一下一下地将推进剂压进贮箱中。

16时47分，T-7M火箭在发动机喷射出的滚滚浓烟中随着刺眼的白光直冲云天。火箭首次发射成功，飞行高度约2000米。

这是在中国的大地上完全依靠中国人自己的力量，设计并成功发射的第一枚液体燃料探空火箭。

5月28日晚，毛泽东主席等中央领导来到上海延安西路200号新技术展览室，视察了T-7M火箭展品。毛泽东饶有兴趣地看着银灰色的火箭，当讲解员介绍"我们是在没有苏联专家、没有资料、研制人员绝大多数都是20来岁大专毕业生的条件下搞出来的"时，他连声说："好！好！"他又问到火箭的飞行高度，讲解员答："能飞8公里高。"毛泽东用抑扬顿挫的湖南话豪迈地说："8公里，那也了不起啊！应该8公里、20公里、200公里地搞下去！"

T-7M火箭发射成功，加快了T-7火箭的研制进度。

1964年6月29日，我国自行研制的中近程火箭再次发射成功。

和平6号气象火箭1970年正式开始研制，1971年底在酒泉卫星发射中心首次试飞成功。1979年12月在昆明地区进行第6批试验，9枚火箭均获圆满成功。

1980年5月18日上午10时整，我国新一代远程火箭东风5号在酒泉发射基地点火起飞，奔向南太平洋。火箭飞行约半小时，准确落入预定海域。这次试验发射成功震动了全世界。美联社评论说："它将是中国第一次进行洲际导弹的正式试验，它可以发射到苏联各地，并能到达美国西部……这是朝制造同美苏相同的洲际核武器系统迈出的重要一步……"

当晚，国防科学技术委员会主任张爱萍，心潮澎湃，浮想联翩，欣然命笔，写下了《清平乐·颂我国洲际导弹发射成功》：

东风怒放，烈火喷万丈。
霹雳弦惊周天荡，声震大洋激浪。
莫道生来多难，更喜险峰竞攀。
今日雕弓满月，敢平寇蹄狼烟。

东风5号标志着我国导弹、火箭研制工作取得重大突破，技术上了几个台阶，在我国航天发展史上具有重大意义。它解决了我国战略核导弹威慑力量从无到有的问题，为打破核大国的核垄断、维护世界和平与稳定提供了物质保障，为今后我国新一代战略武器的发展打下了坚实的基础，也为我国卫星、飞船和航天工程的发展提供了相应的运载能力。

1986年3月，面对世界高技术蓬勃发展、国际竞争日趋激烈，王大珩、王淦昌、杨嘉墀、陈芳允四位科学家给中央写信，提出要跟踪世界先进水平，发展中国高技术的建议。中央领导高度重视，中共中央、国务院批准了《国家高技术研究发展计划纲要》，称为"863计划"。

《国家高技术研究发展计划纲要》从世界高技术发展趋势和中国的需要及实际可能出发，共选择了7个领域的15个主题项目。这7个领域是：生物技术、航天技术、信息技术、激光技术、自动化技术、能源技术、材料技术。航天技术包含2个主题项目：一是大型运载火箭及天地往返系统，二是载人空间站及其应用。《纲要》明确提出："研究发展性能先进的大型运载火箭，提高我国航天商业发射服务能力，并为下世纪初建设成长期性空间站奠定技术基础。""研制出性能先进的低轨道能力为15—20吨的大型运载火箭。"

2000年，国务院新闻办公室发表《中国的航天》白皮书，其中提道："提高现有'长征'系列运载火箭的性能和可靠性；开发新一代无毒、无污染、高性能和低成本的运载火箭，建成新一代运载火箭型谱化系列，增强参与国际商业发射服务的能力。"

"现在回过头去看，当年的这个决策是非常有前瞻性的。研制全新的火箭会很难，但是我们不能只看眼前，我们的目光要延伸到10年、20年之后，要想想那时候需要什么样的火箭。"龙乐豪说，"如果没有'863计划'，我们的大型运载火箭不知道会推后多少年。没有长征五号火箭，也就没有今天的空间站和火星探测。"

一个国家、一个民族的希望就在这里——不是只看眼前的东西，而是永远将目光投向远方。

长征五号是从一出生就充满了使命感的一型火箭，寄托了太多人的夙愿和梦想。长期以来，谈及我国某项技术或某个领域的发展，人们习惯于用"大而不强"来形容。航天人积蓄多年的智慧和力量，将长征五号作为进入"航天强国"之列的入场券。同时，它也是我国由航天大国向航天强国迈进的重要支撑和显著标志之一。

长征五号火箭成为中国航天的明星,由于它身躯壮硕,人们亲切地称它为"胖五"。

采访长征五号火箭总指挥王珏和总设计师李东,颇费周折。2022年3月,我采访了长征五号团队的杨虎军、黄兵、栾宇、董余红、何昆、杨慧等几位骨干。王珏和李东由于任务太重,极其繁忙,一直定不下采访时间。

3个月一晃而过。7月,王珏、李东率团队赴海南文昌,执行发射任务。

又是一年芳草绿。

见到李东,已经是2023年春天。

眼前的李东举止儒雅。我的第一个感觉是他与龙乐豪十分相像:都是中等敦实个头,国字脸,留短发。龙乐豪是满头银发,李东头发也已经花白;他俩都戴着眼镜,镜片后面,闪烁着睿智的目光。

我说:"我采访过龙老,您的长相很像他。"

"是吗?"李东说,"龙老是我硕士研究生的导师。"

巧了!

1967年李东出生在延安。他的老家在陕西安康。父亲是西安冶金建筑学院的高才生,1962年大学毕业,响应上级号召,支援老区建设,去了延安,从事革命旧址的维修维护。李东的青少年时期是在延河边度过的。1985年准备高考,他不知道该填什么志愿,好像对什么都感兴趣:物理、化学、数学……但作为终身职业，又觉得心中没底。这辈子到底应该干什么？李东一直在犹豫。有一天，他在图书馆无意间看到一份《人民画报》。上面刊载的长征三号火箭照片，一下子吸引了他的目光。他心中的激情猛然被激发起来，似乎在一瞬间便拿定了主意：对，学航天，造火箭。在填写志愿时，他一口气报了北京航空航天大学、西北工业大学、南京航空航天大学，而且还志在必得地写下"不服从分配"。

李东如愿以偿上了北京航空航天大学，学的专业是飞行器设计与应用力学。巧了，他的一位师兄毕业后被分到了航天一院。毕业前一个周末，李东到一院找师兄玩，两人不知不觉走到总装车间，车间大门正好开着，台架上卧着一枚火箭。李东两眼放光，这不就是几年前在《人民画报》上看到的那个型号的火箭吗？他心底那个造火箭的"愿望"又一次被激发。1989年在报考研究生时，他的目标瞄准了"造火箭"的单位。考研的成绩出来了，超过了录取线，但他报考的那个单位名额已满，他被调剂到航天一院，成了龙乐豪的研究生。

龙乐豪当时是长征三号甲系列火箭总设计师。

龙乐豪人称"牛背上走来的院士"。小时候，家里穷，上了半年私塾便休学，成了放牛娃。家乡解放，龙乐豪从牛背上跳下，进了学堂。1958年高中毕业，他被保送到上海交通大学学习。大学毕业，进入一院总体部。龙乐豪记得张爱萍将军曾为刚入职的大学生做了一场报告，讲述中国共产党枪林弹雨、艰苦跋涉的奋斗史，讲解中国军工发展所面临的艰难险阻。他豪情悲壮地告诫学子们:"再穷,也要有根打狗棍,导弹就是中国的打狗棍。"

龙乐豪说:"西方国家对我们进行了严密的技术封锁,没有任何资料可供参考。大家心里都憋着一股劲,相信我们既然可以造出原子弹,一定也可以造出导弹。"正是靠着这种志气和精神,中国终于有了导弹这根"打狗棍"。

长征三号甲火箭发动机的研制,一波三折。龙乐豪提出"上改下捆、先改后捆、三化设计、世界一流"的技术路线与目标,突破了氢氧涡轮泵端面密封、氢涡轮泵次同步共振、螺旋管束式大喷管成型工艺等八大关键技术难关。

1994年2月8日16时34分,一声"点火"令下,长征三号甲首发火箭以雷霆万钧之力拔地而起,直插长空,将一颗实践四号科学探测卫星和一颗模拟星分别送入预定轨道,成功实现了具有国际标准的"一箭双星"的发射。这标志着我国运载火箭技术及运载能力登上国际先进舞台,展示了中国已经具有发射高轨重型通信卫星的能力。

作为龙乐豪的学生,李东感受到的,一是严厉,二是关爱。

那几年,龙乐豪特别忙,既要管全院的技术工作,又要抓型号研制。但再忙,对李东的研究生课程,一堂不落。

李东的研究生论文,从构架到章节,龙乐豪帮助设定;甚至于一些公式、符号,龙乐豪都帮助修改。

龙乐豪敢于给年轻人压担子,将长征三号甲型号转阶段报告交给李东写,没想到评审会没有通过。李东情绪低落,觉得自己闯祸了，愧对导师。龙乐豪没有指责，而是告诉他技术报告如何抓住重点、准确简洁、前呼后应。得到如此教诲，李东受益终身。

1996年2月15日。

长征三号乙搭载一颗国际通信卫星组织的国际通信卫星708，在火箭升空20多秒后，随即爆炸。

当时，李东就站在火箭按钮操作手的身后，亲眼看着操作手按下点火按钮。当发射失利的消息传来时，指挥大厅鸦雀无声，李东如五雷轰顶，所有人的表情瞬间仿佛都冻僵了。

天亮了，只见发射场一片惨烈，像是刚刚经历了一场战争。李东久久地望着空荡荡的发射塔，潸然泪下。

更让李东震撼的是，导师龙乐豪一夜白发。

我问他："真的是一夜白发？"

"是的。"李东说，"第二天早晨，我吓了一跳，龙老原来花白的头发，一夜间变成了满头白发。"

伍子胥过昭关一夜白发那是历史传说，龙乐豪总设计师一夜白发却发生在眼前。

早晨，当龙乐豪走进餐厅时，大家都站立着默默向他行注目礼。

龙乐豪身板挺拔，表情刚毅，没有一丁点的不知所措。他环顾四周，俄顷，微笑着说："都看着我干什么，快吃饭，吃饱了，继续干活！"

刹那间，所有人脸上的阴霾一扫而光，十万豪情在心中荡漾。

导师对事业的执着、对使命的忠诚、坚韧不拔的意志，让李东记忆终生，他说："当时我心想，这一定是我人生无法企及的高度。他遭遇这么大的打击，依然如此坚毅！"

"归零"发现，这次发射失利，罪魁祸首是火箭上的一个电子元器件偶发失效。这个几元钱的元器件，硬生生将一发几亿元的火箭和一颗价值昂贵的卫星毁掉了。

火箭发射前，龙乐豪曾经非常清醒地说，这发火箭"打成了了不得，打不成不得了"。这是长征三号乙第一次发射，第一次发射不是搭载试验载荷，而是直接搭载一颗国际先进的卫星。打成了将创造一个奇迹，极大提高中国航天人的自信，提升中国航天的形象。但若是打不成，不仅仅是经济上的损失，还势必造成非常糟糕的国际影响。

李东说，火箭从点火到发射，打低轨卫星，经历的时间一般不到600秒，打高轨卫星不到半小时。火箭和其他交通工具不一样，它不具备维修性。火箭飞得太快了，几分钟时间里，地面根本无法对其进行干预，不可能半途给它发信号，进行纠正。其实，任何一发火箭发射失败，其缘由往往在多年前就已经埋下伏笔了。假如5年前，某个工人在加工一件齿轮时，一刀切下去，差了几毫米；或者在8年前，某位设计师设计的一个电容不合理，便已经留下故障的隐患。

李东第一次切身感受到航天行业的高难度和高风险。

2006年，中国新一代运载火箭长征五号经过近20年的前期论证正式立项，李东被任命为长征五号火箭的设计师。那一年，他39岁。

李东踌躇满志，压力和使命感油然而生。他喜欢古诗词，每当重要时刻或获得重大成果，总禁不住要以词抒怀。只是这一天，李东没有留下词作，他想得更多的是作为一名总设计师，该如何去回答祖国和人民布置的这份"考卷"。或许，他想等到长征五号火箭大功告成的那一天，再来个"诗情勃发"。

作为新一代运载火箭中第一个立项研制的型号，长征五号火箭是真正的跨代研制项目。

大型运载火箭强大的运力是进行深空无人和有人探测的需求。从数据上可以直观地看出，长征五号火箭能够使我国运载火箭的规模实现从中型到大型的跨越，运载能力达到或超过国外主流大型火箭。长征五号启动研制不是以发射某个特定载荷为目标，而是为了全面提升中国进入空间的能力。从增强进入空间的能力角度出发，这是中国航天发展现实而迫切的需求，而长征五号的发展思路和技术发展路径也是具有中国特色且符合我国实际的。

长征五号火箭以大幅提升我国自主进入空间能力为出发点，以解决我国航天发展现实需求为立足点，按照"通用化、系列化、组合化"和"无毒、无污染、低成本、高可靠、适应性强、安全性好"的设计思路，目的是构建新一代系列化运载火箭。

长征五号火箭具备三个方面的技术特点：

一是新一代火箭系列由三个模块加上现有技术组成，这三个模块分别是5米模块、3.35米模块和2.25米模块；

二是通过模块间的组合，像搭积木一样形成一个庞大的火箭新家族，可以按不同卫星发射的需求，进行多种搭配，完全能够满足未来30年国内外市场对火箭的需求；

三是系列化、通用化、组合化的"三化"设计原则从整体上减少研制成本，规模化、集约化生产大大降低生产费用，地面设备的简化既减少发射场人员、降低发射成本，又提高履约能力。

长征五号火箭从设计、仿真、制造到地面各种试验都变了。毫不夸张地说，长征五号火箭的研制是在一张白纸上一笔笔画出来的，因为不管是它的"心脏"——发动机，还是整体布局，都是全新的。

研制长征五号火箭，总指挥王珏和总设计师李东肩负两个责任，第一个是国家的硬任务，一定要把运载能力翻一番，从8吨提到20吨，从高轨道5吨提到10吨；第二个是要把上一代长征火箭的一些短板、技术问题解决掉。后者有相当一部分是他们自己压给自己的。

李东告诉我："在整个研制过程中，对于总师来说，有两个约束是非常痛苦的。第一个是时间约束，比如说，一件事情正常情况下给我一年时间干，我可以干得很好。但是现在要求半年必须做出来，还要控制风险，就会觉得很难受、很焦虑。遥二出了问题，后面的神舟、探火都等着发射，能不着急吗？就如同人家演员精心准备了三年，排出了一台戏，现在演员妆都化好了，开场锣鼓也敲响了，就等着我们把戏台给搭起来。我们的戏台没搭好，或者说是搭起来的戏台垮了，怎么向演员交代？怎么向观众交代？嫦娥五号原定2017年发射，后来只好推迟到了2020年。推迟这两年多，探测器在地面的状态要不断经过测试，包括它上面的一些器件是有一定寿命的，一些器件的寿命可能到临界点了，得去检测，得去评估，这是要承担一定风险的。另一个约束就是火箭的重量。重量，对于火箭总师来说，犹如紧箍咒。同样的事情如果没有重量约束很容易做好，但有了重量约束做起来就非常难。因为火箭自身重一千克，意味着将来发射的卫星载荷要减少一千克。

研制初期，整个团队像是在漆黑的夜色里摸索着寻找光明的出口，不知道路在哪里，脚步零乱，还常常碰壁……

这是一个极其艰难、磨人的过程。它不是说埋头苦干几年，忽然一抬头天就亮了。而是不断有进展，又不断被否定；又有进展，又被否定……他们像一群登山者，爬了半天眼看到顶了，到了顶上一看，高峰还在前方呢。登山者大汗淋漓、气喘吁吁，爬了一座又一座山，就是到达不到顶峰……如果没有坚定的信念和过人的毅力，早就半途而废了。

李东还记得型号遇到的第一个大挫折——二级的液氢储箱结构未能通过静力试验。这个结构通不过，其他试验无法进行，将严重影响整个任务的进度周期。团队情绪沮丧，李东给院党委书记梁小虹发了一条短信，报告说静力试验没有通过，可能是这几年遇到的最大挫折了。梁小虹鼓励他们要挺住，坚持住，静下心来把问题解决。他又提醒说，这绝对不会是长征五号最后一次挫折，或者是最后一道难题，大家应该有这种思想准备。

在长征五号火箭工程预研、方案研制、初样研制阶段，型号队伍全面突破了以12项重大技术为代表的240余项关键技术难题，其中多项为世界性难题，掌握了一批具有自主知识产权的新技术，新技术比例高达92.5%，远超新型火箭新技术比例不得超过30%的国际通行标准。当然，如此之高的新技术比例也意味着极大的风险。

长征五号火箭为何要选择如此之多的新技术？李东解释说："航天界遵循新技术比例不超过30%这条铁律，是因为这个行业或这个产品本身固有的难度和风险。要保证整个研制风险可控，有必要固化和保证一定的成熟度，在这基础上迭代一部分。否则，整个工程风险太大。但长征五号有它的特殊性，其主要原因是在已有的火箭上'拷贝'或挖潜都造不出大火箭，这无疑是一种被迫的选择。"

原定2014年首飞，推迟到2015年，之后又拖延到2016年。

"长征五号火箭实现了我国运载火箭的全面升级换代。"龙乐豪说，它带动了我国新一代中型、小型运载火箭发展，构筑了我国新一代无毒、无污染运载火箭系列型谱，并为下一步发展重型火箭奠定坚实的技术基础。

长征五号遥二火箭失利，给了航天人当头一击！

然而，就像临危受命的长征五号火箭第一总指挥李明华说的那样："强者不是没有眼泪，而是含泪奔跑！"

第908天：浴火重生

"归零"！

"归零"！！

长征五号——这枚中国最大的火箭"归零"，整整用了908天！

这908天，对于长征五号火箭总指挥王珏来说，称得上是惊涛骇浪、惊心动魄……

王珏1961年出生于上海，成长于西安，1978年考入西安交通大学动力机械系，毕业分配至北京航天动力研究所（北京11所）。他先干了几年型号设计员，1986年师从我国著名火箭发动机专家朱森元读研究生。

朱森元是我国液氢液氧火箭发动机的主要开拓者之一，曾参加液体火箭发动机多项研究，完成液体火箭发动机冷却剂超临界传热计算方法和管内流动沸腾换热临界热量计算方法，为液体火箭发动机传热计算和冷却方案设计提供了计算方法和设计原则，1995年当选为中国科学院院士。

朱森元说自己一生就遵循一句话：祖国哪里需要，我就去哪里！

王珏还记得研究生的第一堂课是导师带着自己去所陈列室参观。

北京航天动力研究所始建于1958年，是我国液体火箭动力事业发源地，承担着我国航天运载器的"心脏"——液体火箭发动机的研究设计工作。

陈列室里摆放着各种发动机样机，朱森元为王珏一一介绍它们，并分享了在研制过程中所经历的种种艰辛。

在一台长征三号火箭发动机样机前，朱森元禁不住停下了步子……

1970年东方红一号卫星上天后，国家将研制通信卫星及运载火箭的任务提上议程。运载火箭被命名为长征三号，由一院牵头负责研制。长征三号是一枚三级液体运载火箭，一、二子级使用常规发动机，第三子级使用低温高能液氢液氧发动机。

以液氢液氧为推进剂的发动机称为氢氧发动机，当时属于世界级课题。时任一院院长张镰斧，果断地把在"文化大革命"中发配到北大荒军垦农场的朱森元调回北京，委以氢氧火箭发动机研究室副主任设计师的重任，由他牵头攻关。他和同事王之任、刘传儒凝聚众多科技人员和工人师傅的智慧才干，先后攻克了涡轮泵轴承强度、液氢泄漏起火、次同步共振、缩火等数十个科技难关。

朱森元告诉王珏，液氢在常温下会迅速挥发成气态氢，气态氢在空气中达到一定比例就会引起爆炸。明知现场加注液氢的危险，已经是第七机械工业部副部长的张镰斧，却搬张小板凳，在操作现场一坐就是三小时。他用自己的行动为操作人员壮胆：如果真出问题，我张镰斧首当其冲。

1984年1月29日，长征三号火箭首次发射，由于三子级发动机高空第二次启动出了问题，卫星没能进入预定轨道。找到排除故障对策后，全院上下24小时连轴运转，先后进行了5次发动机试车，10次点火。3月26日，改装好的发动机件完工，空运至西昌。4月8日，长征三号火箭托举着试验通信卫星，准确进入地球静止轨道。这标志着我国运载火箭技术和卫星通信技术跨入世界先进行列。

朱森元说："一型火箭发动机研制，不能以三年、五年作为计算单位，而是要以十年、二十年来计算的。"

片刻，朱森元又感慨道："有人甚至为之付出半生、一生心血！"

王珏真正理解这句话的含义，是在二三十年之后……

在北京11所，王珏从普通设计员干起，1992年出任发动机室主任，1995年任副所长，2003年任所长。

发动机被称为火箭的"心脏"。长征五号火箭飞行靠12台发动机提供推力，点火时，8台液氧煤油发动机为4个助推器提供动力，2台YF-77发动机为芯一级提供动力，10台发动机同步点火，火箭飞行170秒后，4个助推器分离，由2台YF-77发动机继续工作，为火箭提供动力。

火箭发动机成功与否，动力系统至关重要。长征五号火箭于2006年立项，而YF-77发动机比它早4年，在2001年12月已经立项了。

研发火箭发动机，犹如攀登珠穆朗玛峰。国外有专家放言：中国人即便设计出来了，也不可能将它制造出来。

YF-77发动机采用液氢液氧作为推进剂，燃烧产物为洁净度达99.99%的纯净水，具有绿色、环保、零碳排放等优点，是世界上排放种类最少、最绿色环保的发动机，是当今世界航天发射的主流技术。氢氧动力，通常被称为"冰火两重天"，推进剂液氢与液氧温度分别在零下253摄氏度、零下183摄氏度。发动机工作之前，需利用液氢和液氧将发动机各类部件的温度预冷，保证推进剂在发动机内部的稳定输送。发动机点火后，从静止状态瞬间变为高转速，从低温立即转为高温，最高温度达到3000摄氏度。在这样的高温高压富氧环境里，普通材料瞬间就会被烧成一堆废渣，所以它用了许多新材料，燃烧部分用的是高温合金。

2006年底，YF-77发动机已成功进行19次试车，但在进行第三台发动机YF-7705试车时遭遇"滑铁卢"——试车在进行由额定混合比向低混合比转变时，却发生推力室面板故障。采取相应措施后，2007年11月进行YF-7707试车，关机时又发生面板故障。这种国内外罕见的故障现象成了久攻不下的技术难题，引起了各级领导高度重视和关注。经研制队伍技术攻关，再次采取措施后，2008年5月进行YF-7709试车，关机时面板依然发生故障。危如累卵，间不容发，北京11所研制队伍破釜沉舟、背水一战，终于在2008年11月进行的YF-7710试车时，打赢了推力室面板攻坚战。

作为这支队伍"领头羊"的王珏,深有感触:"面板问题攻关过程是痛苦的,代价是巨大的,但它锤炼了我们的研制队伍,提升了团队的能力。"

在推力室面板攻坚战中立下功劳的 YF-7710 发动机,一路披荆斩棘、勇往直前,先后试车十余次,在氢氧发动机研制史上树立了新的丰碑。

长征五号遥二火箭失利,给了王珏当头一棒。作为火箭发动机领域里一名资深专家,长征五号火箭总指挥王珏深知"归零"意味着什么。身体壮硕的王珏,虽然没有"一夜白发",却像生了一场重病,一下子憔悴了五岁。

长征五号遥二火箭失利,把拥有"金牌动力美誉"的液体动力推向了风口浪尖。芯一级大推力氢氧火箭发动机出现的故障,让发动机研制队伍承受了巨大的压力。

长征五号负责发动机的副总师王维彬,是北京 11 所发动机专家,分管 YF-77 发动机研制工作。王维彬大学毕业后入职 11 所,与发动机产品日夜相伴。从 1995 年应用于大型运载火箭的液氧煤油发动机和液氢液氧发动机正式进入工程预研阶段,到 2016 年长征五号首飞,一代人从青春年少熬成了白发丛生。他与王珏这对几十年的老搭档,风雨同舟,心心相印。

王维彬说:"百思不得其解,简直是'不可思议'……经过了地面大大小小几十次试车考核,没有出现过类似问题啊!"

王珏说:"'彩排'从未出过差错,恰恰在正式'演出'时掉链子了?"

"我从大学毕业一进所，就被发动机'折磨'着，干到快退休了，还在受'折磨'？"

"或许这就是我们这一代航天人的命运。我们不断在攀登高峰，想实现中国航天一次大的跨越，然而，幸运之神迟迟不愿光临……"

王珏和王维彬心里都清楚，幸运之神不可能翩然而至，但命运绳索永远掌握在自己手里。

"归零"非常不顺，王维彬身体状况也频频报警：血压升高，痛风发作，双腿一度只能一瘸一拐地挪向会议室。永远处于出差状态，常常是早上六七时乘航班离开北京，当天夜里搭乘"红眼航班"回来。吃两颗安眠药，睡几个小时，第二天又出现在发动机试验现场。

他的妻子吴平也在北京11所工作。有一天半夜，王维彬拖着沉重的步子回到家里。

吴平终于忍不住了：

"我不会拉你后腿，但干什么事都应该有个度。"

"你真不要命啦，'遥二'出事，你的血压早晚也要崩溃！"

没想到的是，平日里好脾气的王维彬也变得急躁了："你不知道有多少事等着我去处理！""你不知道我心里有多烦！你就不能耐心点儿吗？"

话刚说出口，他忽然间意识到，像他现在这种状态，整天黑着脸，进家门说不上几句话，一门心思想的就是"归零""归零""归零"，即便妻子是神仙也会失去耐心。

他抱歉地对妻子说:"哎呀,我现在的状态是有些问题……"

2017年10月2日,YF-77发动机故障定位工作完成。经过半年的改进,2018年4月,长征五号火箭完成"归零"评审。其间,YF-77发动机连续经历了十余次试车考核,均获得成功。

2018年初秋,长征五号遥三火箭总装工作进入尾声,火箭即将出厂。

2018年11月30日,位于北京云岗的试车台传来令人震惊的消息。

YF-77一台发动机在进行试车时再次出现故障——故障的参数与长征五号遥二火箭十分相似。

盯着参数,王珏的双眉即刻蹙紧了。他知道这台故障发动机的同批次产品已经有两台安装在即将出厂的长征五号遥三火箭上。

王维彬看着参数也不说话,直觉告诉他,这说明过去为长征五号遥二火箭开的"药方"没有开准,它的"病因"压根儿没有找到。

绝不能带着隐患上天!王珏和李东立即将情况上报集团公司,建议暂停发射计划,火箭重新"归零"。

此时,火箭装配工作已经完成了80%,位于火箭尾段的发动机又被重新卸了下来。

距离2019年的发射窗口只剩下半年时间了。

所有的工作又回到了原点。

YF-77发动机副总设计师何昆，1999年从北京航空航天大学宇航学院发动机专业毕业后，进入北京11所。YF-77发动机立项，他从设计员做起，一直做到副总设计师。

何昆说："遇到这种情况没有什么捷径可行，只有老老实实从头开始。于是，我们又开展了一系列烦琐的理论计算，对发动机的结构进行强化，确保发动机在火箭高温、强震动的恶劣飞行工况时，能够保持状态。"

随后，发动机又经历了两次试车考核，参数全部正常。大家长长舒了口气，似乎已经站在高山之巅，即将迎接东方那轮冉冉升起的红日。

2019年4月4日。

试验合格的发动机，将全部安装上箭。

此时，北京11所设计了一款分辨率更高、专门针对长征五号火箭发动机的分析软件。

晚上10时，王维彬接到一个电话，一位年轻设计师通过分析软件，捕捉到涡轮泵一个"异常"现象。这好比换了一个更高倍数的放大镜，让原来看不到的隐患显现了。

正在外地出差的王珏匆忙赶回北京。他有些不敢相信："难道是我们的设计方案先天不足？"

连续失败，让大家开始反思——何为最优？力学、热学环境的制约、生产工艺的变化等，这些一直在变。当时认为最好的方案，现在是不是又出现了新的问题？

涡轮泵设计部主任金志磊也开始对最初的设计方案——一

个他曾引以为傲的方案生疑:"也许我们并没有考虑周全。"

在通常情况下,火箭发动机需要一个硕大的涡轮泵来向燃烧室内压入燃料,其重量通常要占到火箭发动机的一半以上。在满足火箭总体方案的条件下,设计师给涡轮泵进行了最优设计——尽量把涡轮泵设计得又轻又小。

"为了追求性能,设计得太优,可靠性反而降低了。"问题恰恰出在这里。金志磊恍然大悟。

同样的YF-77发动机,同样的涡轮泵,为什么长征五号火箭首飞前,发动机试车时长累计3万秒,却没出现问题?黄克松等设计师的理解是:"这是一个很小概率的事件,但偏偏在遥二身上暴露。"在失利后的前两次"归零"中,设计师延长了试车时间,加严了环境工况,问题再次暴露。

绝不带疑点和隐患上天,是中国航天的一条铁律。

长征五号火箭副总指挥曲以广对王珏说:"看似偶然,偶然之中定有必然。"

王珏说:"'敌人'非常狡猾。它藏在暗处,虎视眈眈,不知道什么时候就咬你一口!"

王维彬带领技术人员,采用新手段对所有批次的发动机一一进行检测,结果发现在同一个位置,多台发动机有微小的裂纹。

分析越细越深入,越逼近真相。王维彬说:"这等于我们之前吃的所有药都是无效的,或者说是治标不治本,没有祛除病根。"

王珏、李东着急上火。他们陷入两难境地:一方面是亟待破解的"发动机之困";另一方面,又是无法更改的发射窗口。

有一天,开完分析会,已是半夜,一轮弯月朦朦胧胧。

大家深一脚浅一脚地往小区走。

杨慧忽然问身旁的王珏:"王总,咱们11所研发氢氧发动机的团队是不是国内最强的?"

"当然是的。"

"还有比我们更强的吗?"

王珏反问:"你是什么意思?"

"我是说如有更强的,为什么不让他们来帮助咱们?"

由于YF-77发动机一再受挫,身材瘦小的杨慧快要崩溃了。

王珏坚定地说:"这件事如果干不成,全世界都会质疑:中国有没有能力干大型低温运载火箭?所以,我们必须干成。我们不能止步于此,必须靠自己的智慧和力量,将长征五号托举升空!"

十年饮冰,不凉热血!

此时,心急如焚的,还有航天一院党委书记李明华。

一院是长征五号火箭的研制责任单位,长征五号火箭迟迟不能交付,上上下下都将目光投向一院,各种压力迎面而来。

6月24日,李明华临危受命,被任命为长征五号遥三火箭的第一总指挥。

李明华是位身经百战的老航天人,曾担任过三种型号火箭的总指挥,2018年出任航天一院党委书记兼副院长。在他的记忆中，这是中国航天第二次启动"第一总指挥"的模式。历史似有巧合之处，两次"第一总指挥"都是他来担任。

李明华把自己的工作总结为"把方向、出方法、调资源"，当务之急，他急需带领团队找到解决问题的方法。他说："如同打仗一样，现在部队陷入敌阵，必须奋起拼搏，突出重围。"

当日，李明华把王珏、李东等核心骨干叫到他的办公室，开"诸葛亮会"。

思路换了一种又一种，办法想了一个又一个。

最后一致的意见是"改"：发射窗口无法变动，"大改"来不及，只能"小改"。通过结构设计优化来提高发动机的可靠性，并将发动机的性能再上升一个数量级。

紧接着，又召开一次新的出征动员会。

几百人的会议，人人神色严峻，整体气氛肃然。

李明华慷慨激昂，发出了壮士断腕、破釜沉舟般的号令：

"大家知道背水一战的意思吗？现在我们面临的就是背水一战！只有前进，没有后路；前进者生，后退者死！"

"现在我们离成功只有一步之遥了，然而这'一步'，如同登天，需要我们竭尽全力！"

"这个决定是我做的，出了问题我负责；谁不按照这个决定去做，他负责！"

一位年轻的博士设计师告诉我："那天的动员会用热血沸腾、激情澎湃、人人眼里都放着光来形容，一点也不为过。航天队伍有时候很像军队，这就是战前动员令，你必须为之冲锋陷阵，哪怕前面是刀山火海！"

此刻，距离发射窗口，时间不足5个月。

还有多道工序需要完成——

尽快通过发动机结构设计优化；

将发动机运至天津，上箭装配、检测；

将火箭"打包运输"……

原先负责长征五号质量工作的杨慧，此时转为长征五号的计划调动。一想到工程进度，杨慧便感到后背一阵阵发热。她告诉我："那些日子，没日没夜，脑子里每时每刻想的就是进度、进度！"为了确保长征五号遥三火箭任务的时间进度，团队的管理精确到小时，把每道工作的责任，都落实到每个人身上。

杨慧说："人的潜力是无穷尽的，平时或许都潜伏着，到了关键时刻，一旦被激活，便会产生几倍、几十倍的能量。比如发动机上的一种螺栓，按照正常的加工进度，需要3个月的周期。但在那个非常时期，3天拿货！设计师几乎是拿着刚下线的产品，就迅速地送到总装厂房。'大国工匠'高凤林师傅早已等候在一旁。焊接一气呵成，完美无比！"

这同时又是一场联合大攻关、全国大协作。中国科学院、国防科技大学、清华大学、北京大学等科研单位和高等院校，航天科技集团、航天科工集团、航天航空相关的研究院（所），加在一起20多家单位的数百名专家学者参与进来，共同开展"归零"分析，联合进行课题研究。他们先后组织了百余次故障分析会及专题会。最多一次，25位院士和5位大学教授作为特邀专家来到现场，听取发动机研制工作情况，提出意见建议，系统内的近60位领导专家也参与到交流讨论中。

在长征五号火箭的研制过程中，航天科技集团5个研究院、43个部厂所、1.6万多人承担了相关工作，全国冶金、化工、电子、交通运输等行业900余家单位参与了相关配套研制工作。在文昌、天津、上海、西安，在全国各地，我国航天制造都因新一代运载火箭的研制发生了转变。长征五号火箭的研制，充分体现出我国各行业大力协同、密切配合、攻坚克难的精神。

杨慧非常感慨："看着那些白发苍苍的院士走进会议室，聚精会神，建言献策，心里真是热乎乎的，这就是举国之力的体现啊！"

我问杨慧："您的能量是不是也被激活了？"

杨慧嫣然一笑："那是必须的，与长征五号一起成长嘛！"

片刻，杨慧说："那些日子，我常常是一两个月都见不到孩子一面。也不想，不，应该是说没时间想……"

蓦地，我发现，这位年轻母亲的眼眶湿润了……

2019年7月，研制团队完成了对YF-77发动机的结构改进，并完成了十几次大型地面试验。

7月31日，改进后的YF-77发动机，再次被送上了试车台。

"开始！"随着指挥员一声口令，一阵轰鸣，一股淡蓝色的烈焰喷薄而出，大地为之震动。

成功了！

908天"归零"！

908天卧薪尝胆！

908天凤凰涅槃！

908天！龙乐豪说，在长征火箭的历史上，没有这么长时间的"归零"。长征五号遥二火箭的失利，是因为在极其复杂的热环境相互作用下，发动机某一部件组件出现失效——这个问题隐蔽得非常深，大多数情况下不出现，然而一旦出现，就会造成"灾难性的结果"。这次"归零"，终于将这个"魔鬼"逮住，尽管耗时长，历经磨难，但科研意义重大。

9月26日，第一台YF-77发动机如期上箭装配。

10月6日，第二台YF-77发动机上箭装配。

10月16日，芯一级箭体恢复至运输状态。

10月22日，装有长征五号的两艘远望号从天津港出发。

望着重新归来的长征五号，海南文昌万里柳林露出了笑容。南中国海强劲的海风，为长征五号助威鼓劲。

2019年12月27日，在历经908天炼狱般的磨砺后，长征五号遥三火箭成功发射，实现了"王者归来"，气壮山河！

那一刻，承受了许多难以想象的压力、付出了常人难以想象的艰辛的航天人，流下了激动的泪水。

"五星红旗迎风飘扬，胜利歌声多么响亮……"上万名从全国各地赶来观看"胖五"发射盛况的观众，举着国旗，笑呀，跳呀，人潮与海潮相连，歌声与欢呼声交织。

李东辗转反侧,赋词抒怀:

青玉案·再出发

怎堪回首说断箭,泪满面,肝肠断。

风雨寒暑十三年,一夕霜过,江东父老,愧疚无颜见。

枕戈饮胆九百天,万般磨砺难尽言。

今夜可敢片刻闲?硝烟才散,举眸广寒,何日月又圆?

第六章
神奇的环绕器

"用我们的双手点亮更多的星星!"

白玉兰最先报告春天的信息。

当它那高雅、洁净的花朵热烈绽放时,一阵阵春风便拂面而来,黄浦江也变得热闹了。

2020年3月,新冠肺炎疫情愈演愈烈,丝毫没有减弱的趋势——一场科研团队特殊的"北上",即将艰难地开始。

天问一号环绕器是由上海航天技术研究院(八院)负责研制的,但很多整器联合测试项目必须在北京五院总装厂房完成。在正样研制的最后阶段,环绕器研制团队试验队120多人,必须进京参加整器测试。

此时,该团队已经在上海隔离了14天。然而,按北京防疫规定,他们进京后,还得隔离14天,这将严重影响整器出厂计划节点。

天问一号探测器副总指挥兼环绕器总指挥张玉花给孙泽洲打电话,愁得不行:"孙总,你说怎么办?我们已经在上海隔离了14天,去北京再隔离14天,人都被隔离糊涂了,还搞什么测试?"

孙泽洲放下电话,立即报告张荣桥:"荣桥总,环绕器试验队在上海已经隔离了两周,来北京还得再隔离两周,要不您帮助联系沟通一下!"

电话停顿了一两分钟。

张荣桥像是突发灵感:"既然上海的队伍已经隔离了两周,我们能不能采用专车点对点运送,试验队员从上海出发全程不下车,全程封闭式管控,确保与外界隔离,直接送到试验场,这不就行了?"

"这个办法好!"孙泽洲立即表示赞同。

张荣桥又说:"我们说行还不行,得要防疫部门认可才算数。"

放下电话,张荣桥马上安排人员去有关部门协调。

防疫、交通和公安部门听说事关火星探测,特事特办,批准放行。

张玉花接到通知,立即带领试验队员,一大早从上海出发,沿着京沪高速一路向北。

试验队员个个"全副武装",穿着防护服,戴着防护面罩。

一路急驶,车队经过南京、徐州、济南……

平日里川流不息、车水马龙的京沪高速公路,此时却是冷冷清清。

试验队员的早餐、中餐,在车上简单吃点点心将就了。到了加油站,需要去洗手间的,必须穿鞋套下车,上车时再换鞋套。

车队驶至天津高速收费站时,被几位"全副武装"的路政人员拦住了:没有特别通行证,一律不得进京。

解释了半天，对方不予通融。

张玉花只好打电话给张荣桥。

"'花总'，在哪呢？"张荣桥问。因为姓张的总指挥、总设计师、副总指挥好几位，平时大伙儿都称张玉花"花总"。

"大事不妙，在京津塘高速进京收费站，被拦住了。"

"不是说好了吗？怎么又被拦住了？别急别急！"说"别急别急"的张荣桥此时比谁都急。

航天科技集团立即与北京、天津有关部门协调，一番周折，路政人员终于同意放行。

车队继续向北京进发。

张玉花已经记不清在这条路上跑了多少个来回，但记住了这条路上的每一处服务区、每一个收费站。

此时，高速路两旁农田里的小麦已经返青。那一片片像缎子般嫩绿的麦田，漫无边际。

张玉花凝望着不时从高速路两旁掠过的村庄，恨不得一步跨入五院的总装厂房大门……

作为一名航天人，张玉花感到欣慰，甚至有几分自豪的是，她参与了"神舟""探月""探火"三大航天工程。

张玉花在一期《这十年·追光者》电视节目中，曾直抒胸臆：

这10年，中国航天的脚步，正在迈向更深邃的太空。此时此刻，38万千米外的月球上，玉兔二号正在休眠，它即将自主唤醒，迎来第48个月昼的工作，而在亿万千米外的深空，天问一号环绕器正绕着火星探测。探月和探火就是我这10年里参与的两件大事。2013年12月15日，在北京飞控中心，我亲眼看着玉兔号踏上月球，留下一道美丽的车辙，当时觉得就像我自己真的踩上了月球。作为玉兔号月球车的研制者，这是我10年来第一个最骄傲的时刻。我们中国人，第一次在月球上留下了印记。往后的10年间，我又亲历了中国航天更多骄傲的第一次：第一次到月球背面巡视探测，第一次从月球采回月壤，第一次"打卡"火星，第一次收到在火星上的"自拍"……所有的这些第一次，都是我们航天人奋斗的成果。不久的将来，中国的空间站，我们的"天宫"，将全面建成，中国人将第一次拥有属于自己的宇宙家园。我相信中国航天人将继续创造更多的第一次，就像我在人民大会堂亲耳听到习近平总书记所说的那样：伟大的事业都始于梦想，基于创新，成于实干。中国的深空探测将走得更远、更踏实。

1968年中秋节，张玉花出生于浙江湖州一个普通的农户家庭。父母给她取了个小名——秋月。张玉花从小学习刻苦，成绩好，初中时一人担任了数理化三科的课代表。初中毕业时，她很想考中专（卫生学校），将来当名护士。没想到卫校没考上，却考上了省重点湖州二中。家境清贫，父亲不太愿意让她读普高。姑父说，全村就她一个女孩子考上，怎么也得让她去读。高中住校，她每周回趟家，带上一周吃的大米到学校换饭票，菜金每天只有5分钱。她用自己的勤奋,换来了优异的成绩,1986年收到国防科技大学电子技术系录取通知书时,她正在挑泥巴挣钱,贴补家用。4年苦读,1990年毕业后,她被分配到八院805所。

那时候航天行业不景气,任务少,工资低,一些人坚守不住,便跳槽去了外企或者民企。张玉花却很有定力,觉得干什么都得先把事情做好。一路走来,她从设计员、工程师,做到研究员、总指挥。

张玉花是八院第一位女指挥。1999—2007年,她作为805所载人航天行政管理负责人,带队顺利完成了神舟一号至神舟七号飞船的靶场试验和发射任务。

她把自己参与设计产品比作种树:"一个型号从设计到最终使用,就像种子一样,你要用心去浇灌它,让它从小苗长成一棵大树。"同事们认为张玉花是一名合格的"园丁",她却说自己是位"不合格"的母亲。她在上海、北京和发射场之间频繁出差,工作没日没夜,实在无暇照顾女儿,以至于在很长一段时间里,女儿差不多忘了她这位妈妈。

"我们曾经碰到很多困难,遇见许多技术方案难题、产品问题,还有不可控的突发事件。比如玉兔号在行进时走了114.8米,再也不走了。当时在飞控中心,着急啊,我恨不得飞上月球,帮玉兔包扎'伤口'。忽然,有同事说:'花总,你怎么说话没声音了?'我发现自己一着急,瞬间失声了,夜里,满嘴长泡……"

2015年嫦娥四号立项,张玉花作为嫦娥四号探测器系统副总指挥兼副总师,带领队伍进行产品研制、试验等各项工作。玉兔二号实现了人类首次月球背面软着陆与巡视探测。

嫦娥五号从月球采样返回时,张玉花笑着说:"终于可以睡个踏实觉了。"

嫦娥五号探测器,从方案论证到初样完成,张玉花和团队不仅克服了人力资源和条件保障短缺的困难,还在产品贮存和延寿中历经磨炼。

嫦娥五号轨道器自身干重1吨多,头顶3.7吨的着陆上升组合体,体内装有3吨推进剂和300多千克的返回器。在38万千米的月球轨道进行首次无人交会对接、首次样品转移等一系列高难度动作,可操作的时间窗口只有21秒:1秒捕获,10秒校正,10秒锁紧。张玉花曾经感慨地说:"回头想想遇到的那些困难,当时觉得难以实现这些关键技术突破,好像是忽然间在眼前耸立起一座巍峨大山,凭我们的体力是根本登不上去的。都不知道是怎么拼搏奋力的,最终我们还是站在了山顶上。"

载人、揽月、探火……中国航天人深空探测的脚步一直在向更高的目标迈进。星辰浩瀚,张玉花激情满怀:"用我们的双手点亮更多的星星!"

火星探测立项时,张玉花对火星环绕器副总设计师朱庆华说:"嫦娥三号登月成功后,习总书记在人民大会堂接见我们。当时我们穿了一套跟月表一样灰色的西服,结果淹没在人群中,总书记可能没看到我。现在我想好了,等到探火成功时,一定要穿一件火红色的衣服去人民大会堂,让总书记一眼就能看到我、记住我。我们大家一起努力,我相信这个愿望一定能实现!"

十年磨一剑

"两总制"是我国航天科技创新发展过程中不断积累总结凝练出的科研攻关模式,是中国航天系统独特的管理制度,即在统一的领导下,以总指挥为中心的行政指挥线与以总设计师系统为核心的技术指挥线实现有效的合作。总指挥和总设计师合称为型号"两总"。

从2010年我国开展深空探测规划论证至2020年7月成功发射天问一号火星探测器,历时十载。八院从按上级机关要求开展任务论证开始,到承担环绕器抓总研制任务,可谓"十年磨一剑"。

研制初期,天问一号环绕器研制团队人员平均年龄不到30岁。

这些年轻人热情极高、干劲很足,然而冷静下来一想:哎哟喂,环绕器长什么模样谁都不知道。

根据天问一号火星探测任务要求,环绕器承载了5项任务:在长达约7个月的转移飞行中,将着陆巡视器从地球运送至火星;抵达火星后进行刹车制动,实现火星引力捕获成为人造火星卫星;开展预选着陆区科学探测,为着陆火星提供数据,建立器器分离条件并释放着陆巡视器；为着陆火星及火星车火面探测建立与地球之间的中继通信；进入遥感使命轨道，开展火星全球遥感探测。简言之，火星环绕器必须具备三大功能：飞行器、通信器、探测器。

如何设计一个不仅能用而且好用的环绕器，作为总体技术负责人的朱新波副总师，带领总体设计团队开展了方案攻关。

朱新波是山东嘉祥人，2001年从东南大学机械工程系毕业后，进入上海卫星工程研究所，参与了我国气象、遥感等领域多颗卫星的研制。在多个卫星型号研制过程中，他深感仍须加强自身能力，积极学习，遂利用业余时间攻读了软件工程硕士、导航制导与控制博士。

神舟飞船上马，带动了"航天热"，朱新波获得了一个又一个平台。

在任务论证初期，为了做好火星环绕器设计，朱新波组织开展详细的调研。随着调研的深入，团队发现国外已成功实施的每一个火星环绕器都长得不尽相同，虽有差异但万变不离其宗，均需要解决轨控、能源、通信、探测四个方面的问题。经过深入的技术调研与方案论证，团队初步拿出解决这四个方面问题的方案。

一是轨控。为了抵达火星，环绕器需要进行刹车，将速度降低到可以被火星引力捕获的状态。为了提供充足的刹车减速动力，研制团队选择了探月工程中研制的大推力发动机，并配置了四个大容积贮箱的燃料。

二是能源。太阳能是航天领域中广泛应用的能源，目前全部火星环绕器均采用该能源形式。为了保证在环火轨道上有充足的能源供给，环绕器需配置不小于14平方米的太阳能电池阵，这相当于一间卧室的面积。研制团队采用了双翼的形式，每一翼面积约7平方米。这种策略可以有效减小太阳能帆板收拢起来的包络尺寸。

三是通信。火星与地球距离最近时约5600万千米、最远时可达4亿千米。环绕器在环绕火星飞行时，需具备在4亿千米处与地球双向通信的能力。通信天线口径需要大，而且要对地球指向准。火星环绕器配置的2.5米口径定向天线就是完成这两项功能的设备。

四是探测。抵达火星只是过程，获取科学数据才是目标。不同科学目标需要配置不同的有效载荷。为了实现天问一号全球遥感探测任务，环绕器配置了7台有效载荷，包括局部高清成像的高分辨率相机、大范围成像的中分辨率相机、可进行火壤成分探测的矿物光谱仪、可穿透地下的次表层探测雷达、小巧灵敏的火星离子与中性粒子分析仪和火星磁场探测仪。这些设备对于安装方式提出了不同的要求。

这些错综复杂的设备均需要合理安装在火星环绕器上。此外，由于天问一号采用一次任务实现"绕、着、巡"三大目标，环绕器需要背着重达一吨多的着陆巡视器，这给环绕器构型设计带来巨大的挑战。

朱新波告诉我："火星环绕器的构型设计过程如同搭建房子

一样，需要一点点合理地垒起来。四边形构型是航天器常用的形状，但它对于火星环绕器来说不适用了。"

经过一段时间的调研和论证，研制团队对火星环绕器设计状态有了进一步认识。朱新波将大家召集到一起。

"咱们论证了一个多月，说说自己的想法。这间'房子'应该搭成什么样？"朱新波说。

"谁先抛砖引玉？"还没待大家开口，朱新波指名道姓，"徐亮，你老爸是搞建筑的，小时候你没少跟着老爸在建筑工地上跑，盖房子你熟。你先说说你心目中环绕器这间'房子'是什么模样？"

负责构型布局的徐亮，是一个性格活泼、思维活跃的小伙子。他说："朱总，咱们的环绕器比建房子的约束要复杂得多。房子地基框定后，地面往上的空间管够。可是环绕器，需要承载着陆巡视器集中载荷，布置平台必不可少的各分系统设备，还要满足长征五号整流罩的内包络。有这些条件限制，我看只能采取顶部承载着陆巡视器的方式。同时，考虑到发射质心高度的约束，要尽可能地降低发射时的力学响应，势必要降低探测器的质心，环绕器就得做成相对矮胖的构型。而且为了不超出整流罩的内部空间，环绕器必须做好瘦身工作，两个大翅膀（太阳能帆板）、一个大锅盖（通信天线）、一台大发动机，都得装好、藏好，四边形构型肯定是不够用了。"

"从现在的约束来看，确实只能采用两器串联的方式。谢攀负责轨控任务分析，说说你的想法。"

"两器串联的话，发动机最适合装在环绕器底面，下探到运载对接框的内部空间，这样既可以保证发动机喷口不受遮挡，又不增加环绕器的质心高度。四个大贮箱嘛，同样安装在这个底面，也将一部分伸进到运载对接框里，进一步控制质心高度。不过，这个面上基本放不下其他设备了。"好脾气的谢攀笑着说。

环绕器总体主任设计师牛俊坡认为："为了保证质心在中间，两组太阳能帆板需要对称放置，各占一个侧面。定向天线尺寸大，需要在轨展开，得预留好两维驱动的空间，避免干涉，这样才能在整个飞行任务期间有效指向地球。"

"是的，高分辨率相机、中分辨率相机、矿物光谱分析仪的视轴要指向同一个方向，且三台设备的视场之内均不能被遮挡，得用一个固定的安装面。这个安装面需要避开两个太阳能帆板和大天线。次表层探测雷达有四组天线，需要在轨后展开，得保证空间无干涉。"负责载荷接口协调的张鬼接着说。

"环绕器直接与长征五号进行机械连接，安装接口尺寸是固定的，咱这么多的大部件，必须得尽量收拢包络。"负责结构设计的王建炜补充道。

集思广益，相互启发，大家都是有备而来。

朱新波非常满意："着陆巡视器占了一个面，在环绕器顶部，两组太阳能帆板各占一个侧面，对称布置；定向天线独占一个侧面，需要伸出去，确保两轴转动；相机类有效载荷需要占一个侧面，确保视场无干涉；发动机和贮箱放在底部。这么说来，头上脚下、四个侧面都被占据了，展开状态下简直跟哪吒一样三头六臂。内部承力筒自身尺寸不小，限制了大部件的安装空间，两组太阳能帆板收拢起来还好说，但定向天线收拢后装在哪、怎么装是个难题。大家再想想看，有没有什么好的办法？"

一番思索后，王建炜忽然来了灵感："既然四边形安装面积小，可以参照蜂窝结构，这是比较典型的空间形状，表面积相比四边形大很多。这样可以有效地增加安装空间，而且六个面的空间指向也更丰富，可以大大减少支架等次结构。要不咱们试试六边形结构？"

"六面柱体构型！"朱新波两眼一亮，"建炜的提议很好，侧面多几个，可用空间会多不少，各个侧面尺寸可以视具体情况设计成不同大小。天线收拢尺寸比太阳翼的大，可以把天线的安装面做得更大一点。虽然不是等六边形，但同样可以做成对称的外形。俊坡、徐亮，你们跟建炜再研究研究。上次见到花总，我答应尽快向她汇报环绕器的构型。咱们再努把力，有啥问题及时沟通。"

研制团队围绕这个方案开展了详细的设计和分析，逐渐形成了"外部六面柱体＋中心承力锥筒"的火星环绕器构型方案。解决了环绕器集中承载着陆巡视器、布置大口径天线、安装光学载荷等多种需求的难题。但论证团队遇到了新的问题，定向天线与着陆巡视器"打架"了。

"按照最新的设计状态布局下来，定向天线收拢安装后，与着陆器边缘空间干涉了。"徐亮解释说。

朱新波问："把着陆器再往上架高点，不行吗？"

王建炜告诉他，为了保证整器状态的力学特性，着陆巡视器再往上架高的话，就需要额外增加支撑结构。分析下来，环绕器就超重了。

各项指标都得满足，才是合格的设计。朱新波又将总体、测控数传、天线等分系统负责人召集在了一起。

面对工程设计约束的限制，要么对其他设备进行减重，要么对天线进行调整。对其他部件进行减重，牵涉面大，还得大动干戈。每个产品都是精心设计的，减谁不减谁是问题，而且能不能减下来也不保证。复杂问题简单化，看来只有走第二条路。这个难题交给了定向天线负责人李春晖。看着大家期望的目光，李春晖皱眉思考了片刻，答应了下来，表示自己尽力试一把。

回到单位，李春晖把天线团队的设计师、专家们请到一起，说明了情况。

有人说："环绕器上有那么多器部件，让他们减减重不就行了，我们干吗非得自找苦吃？"

李春晖笑着说："难题留给自己，方便让给别人。航天大协作从来没有斤斤计较。"

经过多轮次的迭代与优化，天线团队将定向天线进行上下两侧切边处理。这样既保证了天线的性能，又保证了安装接口不变，还有效化解了天线与着陆巡视器的干涉问题，降低了系统干重，一举多得。

解决了干涉问题，结合天线的优化设计结果，环绕器研制团队继续进行了构型布局的详细设计与优化。各类设备由里到外一点点地铺设、安装,逐步搭建成了"外部六面柱体+中心承力锥筒"的环绕器构型。

在年底的总结会上,张玉花满意地说:"拿出这个实用且又神奇的环绕器,说明咱们这支队伍有朝气、能创新。大家为环绕器的研制开了个好头!"

火星捕获

天问一号实现火星探测需要五个步骤。第一步:逃离地球;第二步:飞往火星;第三步:火星捕获;第四步:着陆火星;第五步:科学探测。

五个步骤加起来组成了天问一号火星探测全部飞行过程。在每个步骤中,火星环绕器或直接或间接承担着极为重要且艰巨的任务。

第一步:逃离地球,由长征五号运载火箭实施。长征五号运载火箭点火加速至第二宇宙速度,将天问一号火星探测器送入地球逃逸轨道。火星环绕器直接承受着运载火箭发动机点火产生的恶劣振动环境,通过自身的承力结构让振动衰减,从而为着陆巡视器提供舒适的居住环境。

第二步:飞往火星,由火星环绕器直接实施。与长征五号运载火箭分离后，环绕器要独立完成飞行状态建立、轨道中途修正、深空机动等重要动作，经历202天的跋涉才能与火星交汇。

第三步：火星捕获，就是天问一号火星探测的首个工程目标——"绕"。它是任务中最为关键的环节之一，也是后续"着""巡"两个工程目标的基础，由环绕器直接实施。在与火星交汇期间，环绕器需自主实施"太空刹车"，通过主发动机持续点火约15分钟，将自身速度降低至可以被火星引力捕获，成为环火星飞行的人造卫星。

第四步：着陆火星，是天问一号火星探测的第二个工程目标——"着"。它包含以下环节：火星环绕器实施降轨点火进入着陆轨道、火星环绕器释放着陆巡视器、火星环绕器实施升轨点火回到环火轨道、着陆巡视器自主着陆至火星表面、环绕器对着陆过程进行中继通信。这一步，火星环绕器需要自主完成五次姿态机动、两次轨控点火、一次两器分离动作，过程复杂。

第五步：科学探测，是天问一号火星探测第三个工程目标——"巡"。包含火星车对火星表面实施巡视探测、环绕器对火星实施全球遥感探测。在火星车巡视期间，环绕器架起了火星车与地球之间的通信桥梁，将火星车的探测数据传输至地面。同时，火星环绕器通过携带的有效载荷，对火星实施多维度的全球遥感探测。

上述五步实施过程，动作繁多，需要火星环绕器、着陆巡视器中多个设备协同完成。将这五步及背后的众多动作细化到可操作性层面的工作，称为编制飞行程序。飞行程序就像是天问一号探测器的《使用说明书》或《驾驶手册》。编制合理可行的飞行程序，需要深刻理解天问一号探测任务，掌握火星探测器各种设备的使用规则，对承担这项工作的设计师提出极高的要求。

2018年8月，火星环绕器通过了转正样阶段评审，意味着环绕器总体、分系统、单机设备的设计状态均已定型，正式进入最终生产研制阶段。与此同时，火星环绕器的飞行程序编写工作也正式开始。研制团队经过综合考量，将这副重担交给30岁的杜洋。

1988年出生的农家弟子杜洋，2013年从南京理工大学获得硕士学位。在选择工作时，恰逢我国第一个无人登月探测器嫦娥三号在月面成功实施软着陆。五星红旗在地外天体第一次留影，杜洋热血沸腾，他似乎听到了来自太空的召唤，毫不犹豫地入职八院。正赶上火星环绕器的论证和研制，他承担工程测量任务设计，并分管有效载荷分系统。

后来杜洋才听说，选他负责火星环绕器飞行程序设计，领导是看中他做事一丝不苟，善于学习，逻辑思维强，而且还有沟通、协调能力，这些都是飞行程序设计师需要的特质。

火星捕获是火星环绕器在轨执行的一个最重要的动作，也是天问一号火星探测任务的一道难关。这一难关突破，才会有后续的着陆火星和火面巡视。研制队伍将这一动作形象地称为"太空刹车"。

这脚"太空刹车"，踩早了到不了火星，踩晚了就"飞"走了，天问一号的所有一切，都将成为无用功。正因为"太空刹车"如此重要，火星捕获制动环节的飞行程序必须滴水不漏、万无一失。为了实现这个目标，杜洋将"安全"理念充分融入飞行程序设计中，提出了关键操作主备份操作策略，即设置"备份"的操作策略。

"太空刹车"涉及火星环绕器包含GNC、测控、推进、电源、综合电子在内的全部关键分系统。在这一动作中，最为核心的是GNC分系统。当运载火箭将探测器送入初始轨道后，火星环绕器的姿态控制、轨道机动全部由GNC分系统负责执行。

在编写飞行程序的时候，杜洋发现GNC分系统配置了星敏感器、导航敏感器、陀螺、动量轮等产品，而且每类产品都配置多台。为搞清楚个中缘由及各产品的使用策略，杜洋联系上了GNC分系统主任设计师聂钦博。

1986年出生的聂钦博，2012年从南京航空航天大学硕士研究生毕业后，比杜洋早一年入职八院。聂钦博对航天事业充满憧憬，他说从事航天工作，自己有一种如鱼得水之感。2018年，聂钦博被任命为环绕器GNC分系统主任设计师。

承担飞行程序设计之前，杜洋参加的型号综合会议较少，与聂钦博见面不超过三次。聂钦博给他的印象是认真执着，甚至还有点较真。杜洋拨通了聂钦博电话，一番交谈，得知聂钦博在GNC分系统设计中同样采用了"备份"以提升安全性，两人不谋而合。

杜洋说："火星捕获可以说是对咱GNC分系统最为关键的考验，这个环节涉及的动作流程和功能，必须要在在轨飞行中得到充分验证，才能进一步保证火星捕获的成功。"

聂钦博答道："你说得很对。站在GNC的角度，各种姿态控制模式、大角度姿态机动、发动机轨控流程、发动机在轨性能标定必须提前验证。"

"从器箭分离开始到飞行状态建立，基本上验证了环绕器的各类姿态控制模式。地火转移过程中，设计了两次发动机轨控，一次是第一次中途修正，一次是深空机动。通过这几个动作是不是就能达到你说的验证目的？"

"你说得对。入轨初期的操作验证了GNC的两种姿态控制模式，即喷气姿态控制、动量轮姿态控制。两次轨控各有侧重，综合起来为火星捕获做好先期验证。"

杜洋又问："那是不是已经覆盖了最大的姿态机动能力？万一火星捕获中，需要进行大角度姿态机动，例如180度转身，能保证吗？"

聂钦博说："从设计上看，GNC分系统没问题。当然，如果能结合在轨工作事件进行大角度姿态机动能力测试，那就再好不过了。对了，光学自主导航也需要在轨测试一下，这是咱环绕器新突破的技术，也是我国首次。"

杜洋说："根据测试需求匹配度分析，光学自主导航可以在飞离地球初期、抵近火星两个阶段进行测试。抵近火星前，目前没有太多飞行任务安排，应该可以保证测试，麻烦的是飞离地球初期。根据我的分析，入轨后环绕器常态飞行姿态下，光学导航敏感器是没法指向地球的。如果真要做的话，环绕器需要做一个约150度的姿态机动。这样的话，倒是一个测试大角度姿态机动的好机会。"

"太棒了，这样可以一举两得。不过我担心，会有老总不同意，毕竟是入轨初期。"聂钦博略带担心。

杜洋说："入轨初期必须要谨慎。但是，咱这个验证一箭双雕。如果拍摄的图像比较理想，还能用于任务宣传，那就是一箭三雕。对了，GNC分系统采用单机备份策略，是不是设计了一堆故障诊断与恢复策略？"

"那可是庆华副总师带着我们GNC团队一点一滴设计凝聚成的心血，就是为了确保任务一次成功。"

朱庆华是河北邯郸人，本科毕业后在八院攻读硕士学位，2005年进入上海航天控制技术研究所工作。后来，他又去哈尔滨工业大学读了博士。火星探测任务启动后，朱庆华牵头承担GNC分系统设计工作，并于2016年被任命为火星环绕器GNC副总设计师。面对我国行星探测领域的首次重大任务，朱庆华带领团队开展技术攻关，设计并研制了高可靠且表现优异的环绕器GNC分系统。

朱庆华专门叮嘱杜洋："火星的飞行和捕获制动程序想写得靠谱，必须充分消化GNC分系统的使用方案。"

"太空刹车"难度极大，风险极高。火星环绕器需要依次执行平台安全状态设置、建立刹车点火姿态、控制发动机点火约15分钟、恢复常态飞行姿态、恢复平台常态等操作。在这一系列操作中，环绕器的姿态、通信、能源都在不停地变化着。为了保证火星环绕器运行正常，能源、通信、控制三者缺一不可，而且三者相互协同、相互影响。能源没了，环绕器就没电了，各种设备无法工作；通信没了，地面不知道环绕器的状态，也无法对环绕器进行指令控制，环绕器就成了断线的风筝；控制没了，不知道环绕器的姿态指向哪里，太阳能帆板无法对日、天线无法对地，能源和通信也就无法保证。

受限于天体运行规律，在执行火星捕获的过程中，火星挡在环绕器与地球之间，环绕器失去与地面的联系，"太空刹车"只能依靠环绕器独立自主地实施。同时，由于火星本体遮挡，环绕器进入火星阴影区域，无法接收到太阳光照射，意味着环绕器无法通过太阳能进行充电。

如果这个过程出现意外情况，该"保大"还是"保小"？杜洋在编写"太空刹车"飞行程序时，苦苦思索，难以抉择。

火星捕获制动期间没有光照，太阳能帆板无法发电。为了解决能源供应问题，环绕器配置了大容量蓄电池。蓄电池设计师为了保证产品安全，设计了过放保护功能。这个功能的作用是在蓄电池电量快放空前，自动断开对外供电开关。因为一旦电量完全放空，蓄电池就可能会永久性损坏。如果在天上发生这种事，由于无法像空间站那样可以通过航天员进行更换，基本等同于蓄电池彻底报废。后续一旦光照不足，环绕器就会因掉电而无法工作。

在"太空刹车"过程中是否一定要开启蓄电池过放保护功能？杜洋向电源分系统主任设计师金波咨询。金波告诉他，这个保护功能必须开启。"留得青山在，不怕没柴烧"，蓄电池如果"玩"完了，环绕器的很多功能也就完了。而且在其他航天任务中，都保证该功能处于开启状态。

火星捕获制动只有一次，一旦出现闪失，后续的着陆火星、火面巡视将化为泡影。为了保证"太空刹车"万无一失，必须关闭蓄电池过放保护功能，以减少额外的风险。

兹事体大！朱新波将牛俊坡、金波、谢攀及其他总体设计师招呼到一起。在牛俊坡说明了情况后，金波从能源安全的角度坚定地表达了必须保护蓄电池的意见。其他几位设计师也表达了各自的看法，但意见不一。

朱新波说："火星捕获制动过程复杂，需要经历长时间阴影。按照正常设计，蓄电池不会出现过放的情况。但这个阶段，器地通信中断，如果出现单机故障，产生大电流消耗，必然会存在过放的风险。虽然各单机也设置了相应的保护措施，但为了保证火星捕获任务，还是得关闭过放保护功能。"

朱新波说到这里，看了金波一眼，金波面露难色。

牛俊坡接过话茬："朱总说得在理。话说回来，蓄电池对于环绕器后续任务同样重要。是不是可以做一些优化，尽量减少火星捕获过程中的电量消耗，增加安全余量。谢攀，这个过程中还有些啥可以关闭的呢？"

谢攀说："GNC的单机必须开着，以确保控制功能正常。可以关闭掉有效载荷、工程测量分系统的单机，但有效载荷温控供电得留着，以防单机冻坏了。对了，在这个过程里，器地通信中断，是不是可以关闭测控设备？"

王民建立刻表示："通信不能关！到时候不光咱们，大总师他们也都焦急地等待环绕器传回信息。行放从入轨开机后就一直没关机过，虽然我对产品有信心，但如果这个关键过程中出现什么问题，那我就成为千古罪人了。"

"我只是建议一下。"谢攀解释道。

牛俊坡听完大家意见，像是受到启发："我有个建议，可以利用温度的延迟效应，通过间歇性断开温控供电，来降低电量消耗。"

朱新波说："这个建议具有可操作性。有效载荷是不是做过摸底试验？"

杜洋马上说："已经做过相应的验证摸底试验，在温度平衡状态下断开温控供电，可以坚持1小时左右。"

最后，大家意见逐渐统一："保控制、留通信、降功耗，每一步都必须可靠！"

牛俊坡走到了金波身边。

"金总，能源安全重要，但火星捕获机会就一次。电源分系统经过这么多年的积累和沉淀，产品质量绝对靠谱。有了今天这些策略，安全余量更大了。再说其他分系统的产品也都是千锤百炼研制出来的，火星捕获过程中肯定不会出问题的。"

金波说："既然大家意见统一了，我服从大局。同时，一定把事情做好。"

"请你放心，总体这一块，我肯定把今天的各项策略都落实好。嫦娥进行月球捕获时,是不是也有类似情况?"

"月球捕获基本上是实时监控,没那么复杂,也没那么大风险。"金波像是忽然想起来,"对了,那年嫦娥四号成功抵达月球后,花总还请我们试验队队员吃了顿烤全羊。"

牛俊坡说:"只要完成火星任务,烤全羊,那是必须的……"

"地火生命线"

天问一号发射后,离地球最远距离高达数亿千米。人们不禁要问:如此之远的天问一号探测器将如何控制和监测?

同时,数亿千米外的火星车在火面巡视时,又是如何控制与监测的?

这一切都将依靠天问一号的"地火生命线"——火星环绕器测控数传分系统来完成。测控数传分系统作为火星环绕器最重要的分系统之一,涵盖了测控、数传、UHF频段中继、X频段中继、天线等多个子系统,不仅要保证与地球的"通话",还要保证环火过程中与火星车进行"通话",发挥"上通火、下达地"的作用。

2017年5月,32岁的王民建出任环绕器测控数传主任设计师。他既感到兴奋和自豪,又觉得"压力山大"。王民建说,搞航天的，谁不知道天问一号是国之重器，青春能为它出力，机会难得。然而，探火对于我们来说，毕竟是第一次，探火之路绝不会平坦。

研制之初，国内深空探测器通信领域处于空白。王民建告诉我，有一套科普读物《十万个为什么》，当时，他们测控数传分系统团队也有"十万个为什么"解不开，面临着一系列难题：如何对微弱信号进行捕获？如何在大动态的链路变化范围内实现稳定的可靠使用？如何在对地通信全过程中保证天线覆盖地球？如何解决最远高达22分钟单向时延的故障自主处理和恢复？如何在尽量小的重量下实现测控和数传的全部功能？如何最大效率地利用10分钟，对火星车中继弧段尽可能多地传输数据？如何保障环绕器和火星车自主地进行双向中继通信？

过去我国航天探测器最大通信距离是月球轨道，约40万千米。地火超过地月1000倍距离的通信系统设计，不仅要解决超远距离带来的空间衰减问题，还要解决探测器在数亿千米的飞行过程中，器地距离和日器地矢量变化大、经历多次轨道调整、深空机动、制动捕获等大动态调整所带来的通信覆盖难题。

在环绕器副总设计师朱新波、测控数传专业出身的总体主任设计师牛俊坡、测控老专家曹志宇以及星务管理志专家张旭光等指导下，王民建和团队成员朱金岳、何春黎等设计了一套以深空应答机和高增益收发天线为核心的超高灵敏度、高可靠器地测控数传一体化通信系统。高灵敏度深空应答机负责接收指令和转发遥测数传信号，能够在茫茫宇宙中捕获跟踪极弱的有用信号，正确解析出地面的每一条指令。

尽管这些表述的专业性太强，我还是记住了两个专业名词：高增益收发天线和高灵敏度深空应答机。

有人将其称为最强的"顺风耳"和"千里眼"。

高增益收发天线是火星探测远距离高速通信的关键设备，它的反射面口径越大，增益越高，通信距离就越远。

受限于探测器外形包络尺寸，按照常规设计方法，大约只能设计直径1米的反射面天线。1米天线可实现的指标与任务需求差距甚远，无法满足通信需求。采用其他可收展的网状天线，同样存在安装空间不够的难题；并且在实现相同的天线增益指标时，需要更大更复杂的展开系统，可靠性方面同样存在较大风险。

王民建找到朱新波，拉上结构主任设计师王建炜，天线分系统李春晖、张顺波、刘伟栋、赵明宣以及牛俊坡、李金岳、徐亮等人。大家聚在一起，从一场"智慧风暴"到分头发力，最终形成了展开式两维驱动定向天线的方案。通过与探测器系统结构共形设计，在有限的空间范围内，配置兼具展开锁定、二维指向功能的大口径高增益指向的通信天线，完美解决了天线的需求及布局难题，同时还优化了系统总重量。

解决了安装布局问题，又一道难题接踵而来。

大天线在轨期间将会经历零下180摄氏度的极端低温。有专家提出天线副反射面和支撑杆连接区域附近，由于应用材料不同，热膨胀系数不一样，因此在极端温度环境下，会产生过大热应力，有可能带来风险隐患。

为了排除潜在隐患，必须通过实验验证天线是否符合在极端温度下正常工作的条件。

考虑到热环境温度计算误差以及设计余量因素，天线在地面需要开展零下195摄氏度的低温验证试验。一轮调研下来，针对大口径反射面天线，国内当时最好的试验条件，仅能完成大约零下150摄氏度的低温试验验证，存在将近50摄氏度的差距。唯一的办法只有直接泡液氮，然而，直接泡液氮，又去何处找那么大个能装得下大天线的容器？

这时，张顺波出了一个点子："整体做不了，为什么不能做局部试验？天线的副反射面本身尺寸较小，与之连接的支撑杆连接部位尺寸相对也不大。热应力影响比较大的位置，主要是副反射面和支撑杆连接位置。我们可以想办法只验证关键部位。"

对呀，分而解之，化大为小！

团队找到一处开阔的厂房，打开大门，让空气流动畅通。又准备了一只比副反射面大的铝合金容器，将天线倒转悬空放置在容器上方，使副反射面浸入容器内。试验开始，零下196摄氏度的液氮倒入容器。由于剧烈的温差，液氮挥发厉害，空气中弥漫着白色烟雾状气体。慢慢地，容器和副反射面温度快速降到与液氮接近的温度，白色烟雾逐渐消失。

土法上马的液氮试验，验证了天线的低温适应能力，确保产品安全可靠。

大口径可两维驱动天线，让环绕器拥有了"顺风耳"。通过精准的两维指向控制，天线能够实时对准数亿千米外的地球，尽可能多地收集信号能量并传递给应答机。大口径天线还有"聚音成束"功能，将环绕器在火星看到的、感知到的信息传到地球。

环绕器上配置的国内首台灵敏度极高的深空应答机，具备"听声辨位"本领，能在噪声中准确捕捉到微弱的有用信号，正确解析并执行地面指令。

如此高的灵敏度，除了独特的技术、算法之外，工艺、调试经验也与常规的应答机完全不同。研制过程中团队一直是"摸着石头过河"，边摸索，边攻关，一路坎坷，费尽心思，有的零部件甚至经过数十次的技术更改和问题"归零"。大家始终记着张荣桥总师的一句话："只要火箭不点火，技术完善不停止。"在正样研制的关键阶段，两台落焊后的应答机在算法上陆续发现了一些瑕疵。虽然对于整个功能来说没有影响，但团队在总师系统的带领下，趁着热试验改装的空隙，组织人马完成了应答机算法的改进。

为了确保高灵敏度深空应答机性能指标的可靠性，李金岳带着测控设计师何春黎、王艳玲、徐锡超以及综测设计师刘镒等团队成员，携带着深空应答机鉴定件产品，跨越千山万水，在国内的各个深空站、应用站之间进行各项对接试验。从2017年初样阶段开始，先后与远望5号、远望7号、上海天文台佘山站、国家天文台密云站、云南天文台、新疆天文台南山观测站、佳木斯深空站、喀什深空站、国家天文台武清站、欧空局（ESA）库鲁航天发射中心等地面站开展了对接测试工作。正样阶段，他们东到上海的佘山脚下、西到喀什的茫茫戈壁、北到佳木斯的深山老林、南到昆明的凤凰山上，历时90余天，辗转八地，奔赴数万千米，进行对接。在对接中及时发现环绕器和地面站各自的设计缺陷，不断加以改进和优化。

火星探测测控站需要全球布站，我国深空站主要集中在国内，国外仅有南美深空站。为了提高天问一号整个飞行过程的可靠性，同时开展深空探测国际合作，2019年6月，朱新波副总师率领王民建、张旭光、王森、李金岳等环绕器设计师，协同测控系统、飞控系统以及其他单位相关设计师，赴德国达姆施塔特的欧洲太空营运中心（ESOC）开展测控系统对接试验，验证火星环绕器测控与ESA测控系统接口的匹配性、遥控数据和遥测数据处理的正确性。

达姆施塔特距离法兰克福27千米，被称为德国的"科技城"。

试验队抵达欧洲太空营运中心当天，试验队员顾不上长途飞行的疲惫，立马分为两组，一组进行设备展开和自检，另一组和ESA技术人员进行试验项目对接。从6月25日一直持续到7月11日，双方技术人员开展了持续十几天对接试验。为了确保技术指标理解的一致性和合理性，双方针对各项技术指标进行了深入研讨和仔细测试，确保所有接口一致。

顺利完成了主份对接后，大家关上设备，长长地松了口气。

张旭光忽然问："唉，我们来德国几天了？"

"你是日子过糊涂了，还是真不知道？"

张旭光说:"波总,你答应我们的一件事还没兑现呢?"

"哦——"朱新波问,"我答应过你们什么事?"

"在浦东机场候机时,你说:'德国啤酒闻名世界,到了德国,我请客,让你们好好品尝品尝德国啤酒。'我们来了都十多天了,到现在连德国啤酒的泡沫都没见到。"

朱新波一拍脑袋:"哎呀,这一忙,真把这件事给忘记了。马上兑现,现在出发,喝啤酒去。"

夕阳西下。朱新波带领大家来到街心公园,只见四处繁花似锦,耳旁不时传来悠扬的琴声。

朱新波为每人点了一大扎冰啤,还有烤鸡、沙拉和面包。

朱新波举起酒杯,说:"弟兄们,我先干三杯酒吧。首先,为火星探测干一杯,这是我国的第一次深空探测,意义非凡……不过,德国的酒杯也太大了。干,我是干不了的,喝一大口吧!"

"按德国人的要求,一大口也得有个标准啊?"

"那就五分之一杯吧。"

"为咱们的火星探测,干!"

"干!"

"第二杯呢……"朱新波又端起酒杯。

这时,王民建手机铃声响了,他不得不放下酒杯,用眼神向朱新波示意了一下,走到一旁。

朱新波说:"这第二杯,为咱们的环绕器干杯!这是我院第一次接这么重要的活儿,值得庆贺……"

话音刚落,电磁兼容负责人李金岳的手机铃声也响了,他也用眼神向朱新波"请假",走到一旁。

等他俩打完电话回来,朱新波不乐意了:"什么重要的电话,一定是家里那位打来的吧?这样是要罚酒的。"

王民建赶忙解释:"北京的测试程序有所调整,有些指令需要跟我核实一下。"

李金岳也说:"'波总',虽然我们身在异国,可国内的活照样得关心,三天两头电话追过来。"

朱新波又端起酒杯:"第三杯酒嘛,得为我们这个小团队干一杯了。来了半个月,大家没日没夜地干活,精神可嘉……"

话还没有说完,朱新波自己的手机铃声响了。他刚说了句"怎么这时候来电话,这不添乱吗",一见来电显示是"花总",便轻声对大家说,"安静,'花总'查岗来了。"

电话那头,张玉花问:"干吗呢,新波?"

朱新波如实相告:"'花总',和兄弟们正在喝德国啤酒呢。"

张玉花急了:"你们都去一周了,也没有见你电话,还有心情喝啤酒,别把我一帮主任设计师带丢了啊!?"

朱新波连忙解释:"是这样的,'花总',出来前,我答应请弟兄们喝德国啤酒,可是因为忙,都十来天了,我还没有兑现。今天,手头的活儿有个小结,我便带大家出来了。"

电话那头,张玉花不言语了。片刻,她说:"喝,应该喝,应该好好犒劳犒劳大家。这些日子,大家辛苦!这样哦,新波,今天你们喝酒我请客,让大家放开肚子喝,多少钱,告诉我,我马上转给你。"

朱新波笑了："'花总'，有您这句话，足矣！啤酒弟兄们还是喝得起的，哪需要您掏钱。我们一定把活儿干漂亮，争取早日回国。"

中国试验队对技术指标的高标准追求和严慎细实的工作态度，获得了ESA团队的赞赏。两支国际深空探测顶尖团队在半个多月的协同工作中，互相交流，互相学习，建立了深厚的友谊。

火星探测项目，任务繁重，技术顶尖。几年下来，团队里的年轻人感受最深的一是出差，二是加班。王民建算了算这几年的出差时间：2019年189天、2020年249天、2021年195天……

天问一号环绕器在上海的八院研制，天问一号探测器总体在北京五院研制，有一段时间为了协调各种技术状态，京沪"一日游"成为上海团队的常态。他们清晨乘早班飞机赶到北京，夜里搭最晚的航班回到上海，经常深夜回上海后还不能回家，直接去单位更新材料或者去厂房进行电测试。有一回，由于航班延误，朱新波和王民建从北京抵达上海已经是凌晨2点，赶上厂房电测试有个异常问题需要解决，两人立即奔赴厂房测试间，与大家一起排查分析，等把问题解决了，出门一看，朝霞满天。王民建用力地抬起沉重的眼皮，问朱新波："还回家吗？"朱新波一脸疲惫地说："还不够路上折腾呢，直接去办公室吧。"

王民建记得2019年12月31日，在五院完成2019年的最后一项检测任务，已经是夜里21时26分。他随手在五院的大门口拍了一张供配电主任设计师陈明花和综电主任设计师张旭光喜笑颜开的照片，不由得有几分感慨，附上照片发了一条朋友圈："幸福啊，2019年终于不用加班了，设计师们都开始喜笑颜开啦！"

让王民建内疚的是，他愧对双胞胎儿子大毛和小毛。大毛从小一直黏着爸爸睡，可参与火星项目后，王民建每天早出晚归，一个星期、一个月不回家是常事，大毛夜里再也不找爸爸了。2020年天问一号发射时，王民建叮嘱妻子带着即将上小学的大毛和小毛去往文昌航天发射场，看天问一号发射。长征五号携带天问一号如长龙直插云端，在龙楼镇海边和游客一起观看火箭发射的双胞胎兄弟欢呼雀跃，自豪地对周围的小朋友们说："天问一号是我爸爸造的！"

这是一支清一色由"80后"设计师组成的团队，朝气蓬勃，任劳任怨。任务最紧张的这几年，也是他们家庭负担最重的时段。他们的孩子或是出生不久，或是正处于幼儿园、小学阶段。2016年立项之初，牛俊坡经常出差，他那身为医生的妻子工作同样繁重，但她还是竭尽全力支持牛俊坡的工作。在李金岳女儿上小学一年级时，过敏体质使她成为医院的"常客"，而家中的老人又生病住院，妻子既要管孩子，还得照顾老人，实在忙不过来，有段时间只能辞去工作。张旭光的孩子2020年中考，频繁出差让他无法辅导孩子。总装、集成和测试（AIT）主任设计师徐亮的妻子，因为徐亮无法接送孩子，只好向单位申请居家办公一年。还有同事因为工作过于繁忙，连与女朋友约会的时间都挤不出来……

天问一号发射当夜，王民建拖着疲惫的身子，次日凌晨2点多躺在酒店床上，怀着激动的心情发了一条朋友圈："终于可以躺下，从凌晨发射前11小时盯着遥测曲线。升空后现场好多人情不自禁眼眶微红，这几年真是太难了，付出的心血旁人难以体会。刚从110天的文昌（航天）发射场中'解放'出来，又进入漫长的北京飞控生活。发射成功只是数亿千米远征的第一步，后续长达7个多月的飞行，那才是真正的考验。"

环绕器升空之前，团队已经做了充分的准备。最初从整个系统的工作模式、系统组成图、各单机模块的故障出发，早期梳理多个方面，经过多次迭代，反复推敲、不断收敛，故障预案收敛到后期的无数条，几乎每个设计师对测控的故障都做到有的放矢，遇到问题能立马判断。

2021年1月29日中午，应答机B在经过阿根廷时出现了失锁现象，此时探测器在深空已经飞行了将近半年。

"失锁"，是上行遥控通道出现"肠梗阻"。

孙泽洲第一时间组织整个型号队伍总师、副总师以及测控主任设计师，对故障进行分析和处理。

王民建快速画出"故障树"。

所有的处理流程并行走起来，团队很快找到了故障的症结，完成了处理程序的编写、审核和批准，上报飞控中心。此时，探测器距离地球约1.7亿千米，来去时延20分钟。指令发上去后，大约10分钟到达探测器；探测器的遥测10分钟后才能传回地面。指控大厅里，大家都用焦灼的目光盯着自己的遥测界面。

"……12分……13分……"

王民建侧脸悄悄望了一眼孙泽洲，只见他两眼盯视着前方的大屏幕,神色淡定。

王民建不由得想:或许这正是身经百战的战将与士兵的区别?

大屏幕上的电子钟秒针指向20分钟时,界面上"应答机B载波锁定状态"由0变为1。

"好了!"不知是谁最先轻声喊了起来。

孙泽洲带头鼓掌,所有人的脸上都露出了笑容。

事后对问题进行排查,应答机B异常失锁的问题能及时地处理掉,完全得益于平时故障预案的推理和演练。在发射场探测器加注完成后,孙泽洲还带着张玉花、王献忠、朱新波、王民建等对测控的工作模式和故障反复地进行推演,每个部位、每台单机、每根电缆出现问题后的处理措施都反复地进行推敲。哪种处理方式最好,哪种处理方法最快,做到了心中有数,有的放矢。

前程漫漫,任重道远……

第七章
放飞"风筝"的人

家　书

2020年12月9日，在茫茫天际，天问一号发回了首封"家书"。飞控中心的"娘家人"，读着这封"天外来信"，喜不自禁……

首封"家书"

家乡的亲人们和嫦娥五号妹妹：

离家139天，我仍在"奔火"旅途中，目前一切均好，勿念。

出发以来，我做了三次轨道修正和一次深空机动，现在已飞行了快3.5亿千米了，对地距离约9295万千米，对火距离约1400万千米。目前我以约17.4千米每秒的对地速度奔跑，还要再跑一个多月，预计在春节前后被火星捕获。

十分抱歉，我没有及时和亲人们联系，是觉得男儿要先建功立业，才有资本向亲人们汇报。现在想想确实如嫦娥妹妹提醒的那样，离家越远，和家人的相互牵挂就会越深。以后我会经常给亲人们报告情况的，如果有朋友也和我一样在外闯荡，希望你们也时不时多给家人报个平安。

我不善言辞，信也写得平淡，只愿嫦娥妹妹平安回家，愿亲

火星，我们来了

人们快乐幸福地告别这不寻常的一年，2021年更加充满希望和力量！

天问一号
2020年12月9日

  作为中国首次火星探测任务测控系统总设计师的李海涛，明知道这封"家书"是几位玩酷的航天小伙子策划并代笔的，但他依然有一种"烽火连三月，家书抵万金"的感觉，激动不已。

  "测控"，又是一个新名词！

  李海涛告诉我："所谓'测控'，字面意思，就是测量和控制。测量，包括两方面。一是要测量航天器的位置，要知道它飞到哪儿了，往哪个方向飞，是不是按照我们的预定计划在飞行。二是遥测，'遥'就是遥远的意思，'测'就是通过航天器上的一些传感器探测到它的一些参数，比如说电流、电压、温度等，把这些数据传下来。控，就是控制，指的是航天器必须按照地面要求来做动作。打个比方，就像放风筝，地面测控系统和飞控中心就是放风筝的人，只是我们使用的不是风筝线，而是电磁波。航天器飞得再高再远，始终在我们的控制之中。"

  "火星离地球约4亿千米，你们手中的这根'线'真够长的。"我说，"而且风筝的那根线还始终不能断。"

  李海涛说："4亿千米有多长，大家可能想象不出来。这么说吧，我们拿无线电信号的电磁波的速度和光速来比较。电磁波的速度是每秒30万千米，也就是说，'滴答'一声，电磁波信号已经跑了30万千米。"

"你们发一个信号给火星探测器，需要多长时间？"

"2亿千米大约是11分钟，4亿千米就是22分钟。"

我说："去火星比我们以前任何一个航天器飞得都远。"

李海涛说："对，地球和月球之间信号传递一秒多一点儿就收到了。火星测控时延问题，可以说是火星探测面临的一个巨大的挑战。"

航天器飞行控制工作，是航天任务中一个至关重要的环节。对于业外人来说，看到的往往是航天工程的高光时刻，像火箭成功发射、卫星成功入轨、探测器成功着陆等。但运载火箭发射升空并将航天器送入预定轨道，后续全部飞行过程和科学探测工作都要靠飞行控制来完成。有些深空飞控任务要持续数年甚至数十年，所以航天专家常常会说"成功在飞控，关键在飞控"。

李海涛的父亲曾经是一名军人，受父亲影响，从小他就是个军事迷。《航空知识》《兵器知识》《世界军事》等杂志是他的最爱。记得上高一时，央视推出了一部从国外引进的关于火星探测的科普片。那是他第一次看到人类拍摄的火星这个神秘天体的影像：塔尔西斯火山群、维多利亚陨石坑、海拉斯盆地……苍凉、凄美的火星风光，给予他强烈的冲击、极大的震撼，为他以后从事航天领域工作，埋下了一颗种子。

1996年，李海涛大学毕业，进入北京跟踪与通信技术研究所。

2000年他在读研究生时，互联网在校园里刚刚兴起，李海涛当时买不起电脑，就买校园网络卡，借同学的电脑上网。互联网打开了他的眼界，也让他看到了我国与国外的差距，学到了许多新知识和新技术。

2002年研究生毕业，李海涛回到原单位，对国外测控技术的学习也一直没有间断。2004年嫦娥工程立项，他参与了嫦娥一号任务测控系统总体设计。

李海涛还记得参加工作不久，师傅带他做一个观察星星的标校软件。做好软件后，用软件控制微光电视的镜头去看星星。观察了好几个晚上，得到的数据解出来的结果都不对。他压力很大，整夜整夜地去测，总是算不对。他对自己的算法和设定的程序表示怀疑，一个一个去查，用师傅提供的一些算法程序去比对，还是没发现问题出在什么地方。一天夜里，他将几天观察的所有数据都调出来，粘贴在电脑屏幕上，看着看着，突然发现一个规律，当镜头仰角大于45度时，数据会突然变大。他下意识地用手柄抬高了镜头，发现仰角大于45度时，镜头中的影像就会有一个跳变。

李海涛很兴奋，终于找到了症结。他把生产微光电视镜头单位的一位技术负责人请来，告诉他，镜头有细微的松动。那位技术负责人说："不可能，我们的胶封非常严密，不可能松动。"谁也说服不了谁。李海涛想了想，说："我们做实验证实一下。"由于白天无法通过观测天上的星星来验证镜头的问题，他就拿来一根激光笔，固定在镜头前面。这样一来，尽管激光笔发出的光不能够在镜头里成像，但在显示屏幕上还是能够看到一个模糊的大光斑。李海涛对那位技术负责人说："如果镜头的仰角超过45度，光斑动了，那就说明你的镜头有问题。"果然，随着镜头仰角的慢慢抬高，在一过45度的瞬间，光斑便一闪。技术负责人不言语了，打开镜头一看，胶的确抹少了，干燥后收缩，出现一个细小的缝隙，镜头便出现了微微的松动。一点很小的缝隙，却影响了数据的准确性。

这次经历，对李海涛是一个警示：事关测控，差之毫厘，失之千里。须慎之又慎！

慎之又慎，经过12年的历练，李海涛成为测控系统的领军人物。2016年，他被任命为嫦娥四号测控系统总设计师和首次火星探测任务测控系统总设计师。

测控一直贯穿于航天工程全过程。航天工程将测控分成两类：一类叫近地空间；一类叫深空，就是月球及月球以远的空间。

李海涛告诉我："我国深空测控系统的建设，是伴随着探月工程一步一步发展起来的。当时大家达成了共识，我们以后要想走得更远，实施更多的月球和深空探测任务，必须要有自己的深空测控系统。我们的深空站建设，是在嫦娥一号任务取得圆满成功之后开始启动的，一个在黑龙江佳木斯，一个在新疆喀什，最大天线口径是66米。这套设备跟踪最远距离可达47亿千米。"

2009年4月，国家正式启动探月工程三期论证工作。根据当时论证的结果，由于落月时间和月面工作时间直接决定了上升器和轨道器实现月球轨道交会对接的可行性，因此从落月制动到完成月面采样，再到月面起飞一共只有3天左右的时间。如果只依靠为探月工程二期建设的国内喀什深空站和佳木斯深空站，实际可用的测控时间只有30小时左右，探测器无法完成月面着陆和采样任务。综合全球覆盖性的分析和地缘环境考虑，李海涛提出在南美洲的智利或阿根廷选址建设我国第三个深空站的建议。虽然当时论证尚未结束，但为确保立项后的研制建设进度，有关部门决定提前启动南美深空站选址工作。

李海涛作为选址工作技术负责人，刚开始以为这件事不会太复杂，无非是多看点资料，多跑些地方。没想到，这一选就选了两年半。

地面深空站要求地形接近四周高、中间低的碗状，电磁环境干净，地面基础牢固，水、电、路及通信等接入方便，技术保障条件良好。有一次去阿根廷门多萨省马拉圭市一深山里考察选址，阿根廷方特地为他们安排了当地航空俱乐部的一架单引擎螺旋桨小飞机。登上飞机，李海涛吓了一跳，这架飞机又老又旧，舱门上的锁居然是一个插销。飞机在低空中盘旋，为了让他们对地形看得更清楚，飞行员不断地调整飞机的飞行高度和姿态，时而向左倾斜侧飞，时而向右倾斜，就像一只断了线的风筝，上下颠簸。胃被颠得"翻江倒海"，他们硬是咬牙坚持下来。

选址工作组六下南美洲，历尽艰辛，最后选定了阿根廷内乌肯省萨帕拉市以北的站址。阿根廷深空站落成，不仅助了嫦娥工程一臂之力，在天问一号工程中，同样发挥了重要作用。

李海涛告诉我："长征五号运载火箭和天问一号探测器分离

后，大约4分钟，测控便收到了天问一号的下行信号，随即按照它的程序，向天问一号发送了无线电信号，形成了对天问一号的第一声'问候'。接着，便是等待，等待太阳能帆板展开，这是非常关键的一步。探测器蓄电池存储的电是有限的，如果超过时间，太阳能帆板展不开，探测器将会'冻死'。在阿根廷深空站跟踪之后，我们很快通过遥测信息判断，太阳能帆板已经展开。这便有了文昌航天发射场大厅里指挥长宣布：天问一号发射取得圆满成功！有了阿根廷这个深空站，我国形成了一个由佳木斯、喀什和阿根廷三个深空站组成的完整的深空测控网，从原来60%左右的覆盖，达到了90%以上的覆盖。我们测控系统这些'放风筝'的人，手下有了这三员'站将'，便能控制天问一号这只'风筝'，沿着我们设定的方向，越飞越远，一直飞到火星……"

首次火星探测任务，是测控系统第一个真正意义上的深空测控任务。李海涛作为测控系统总师，深感肩上担子和责任的重大。在工程初始阶段，为了提升地面测控接收能力，作为课题负责人，他以连续开展长达10年技术攻关的深空天线组阵技术所取得的成果为依据，提出了在喀什深空站建设我国第一个深空测控天线阵系统的方案。这一方案不但可以解决火星探测远距离的测控问题，还可以实现多个任务的灵活支持，为未来我国深空测控网的发展奠定了基础。

2021年2月15日，大年初四，天问一号又发来一封家书，此时，遥遥4亿千米，它已抵达火星上空，并成功被火星捕获。

征途漫漫，无边无际。它如同一叶孤舟，在茫茫大海中找不到方向；有时又仿佛掉进无底深渊，四周如漆似墨。临近绝望之时，传来了北京航天飞行控制中心"金手指"的指令，一条条无形的指令，如同一根根无形的"金线"，将它与祖国连接在一起。祖国母亲的声音，驱散了它心中的寂寞，勇气倍增。

天问一号在辽阔的深空，给亲人们拜了晚年！它在家书中说，也代表中国，给火星拜晚年！

看完"家书"，李海涛禁不住心头一热：这"小精灵"懂得感恩！

在没有路标，漫无边际，也失去东南西北方位概念的浩瀚宇宙里，天问一号其实并不孤独，因为从它发射开始，深空测控系统便时时刻刻为它"保驾护航"。冷了？热了？路是不是走偏了？该不该休息了？在测控团队的眼中，天问一号比自己的孩子还"宝贝"。

上亿千米的测控距离所带来的信号延迟，是测控系统面临的新问题，这与之前的嫦娥探月任务是完全不同的。李海涛作为测控系统总师，带领测控总体团队，详细分析了这种遥远距离的测控细节，团队的骨干王宏和陈少伍，在借鉴国外火星探测任务测控经验的基础上，结合我国深空测控设备的实际性能和任务的实际情况，精心设计了地面测控的捕获跟踪流程，确保地面深空站每个测控弧段的捕获跟踪都能顺利实施。特别是针对发射段阿根廷站35米口径大天线第一个弧段的捕获预案和环绕火星后的捕获跟踪流程，都经过反复的迭代和研究，是最终确定下来的最优方案。

在初期的飞控预案研讨期间，张荣桥总师提出了一个问题，火星车着陆火星表面后，如果其自身携带的定向天线由于姿态不好，不能准确指向地球，地面收不到遥测信息，是否还有能尽早判断出着陆成功的办法？李海涛受国际深空探测任务无线电科学探测技术的启发，大胆提出了利用地面深空测控设备采集火星车发射信号的频谱，通过准确估计信号的频率来判断是否是我们的火星车成功发送的信号。只要能够判断出是我们自己的火星车发射的信号，就说明已经着陆成功，并展开了对地通信的定向天线。为此，测控系统专门在喀什深空站和佳木斯深空站分别配置了一台信号采集和频率估计设备，作为备份手段。

有一次，李海涛去北京一所中学参加一场火星科普活动。他为同学们讲解了火星探测的意义、天问一号的科技含量，特别是测控系统在整个任务中所发挥的重要作用。

在提问环节，一名学生问李海涛："李叔叔好！我们平时看电视时，凡是与航天有关的，都是火箭成功发射、卫星或是飞船成功上天，几乎没听说过测控系统。今天听了您的一番演讲，才知道测控系统是这么重要。我的问题是：这些战斗、工作在测控战线上的叔叔阿姨们，是怎么甘当无名英雄的？"

李海涛眼睛一亮："这位同学的问题提得好。测控系统是航天工程的重要组成部分，但它往往身居幕后。我的同事们，长期兢兢业业、默默无闻地为航天事业奋斗、奉献，心怀梦想，脚踏实地，他们已经习惯于做无名英雄、幕后英雄。"

李海涛给同学们讲了一个故事：

王淦昌是我国著名的物理学家。1941年，他在《关于探测中微子的一个建议》的论文中，通过轻原子核俘获K壳层电子释放中微子时产生的反冲中微子的创造性实验方法，在物理界产生重大影响。

1956年，王淦昌作为中国代表，奉命赴苏联杜布纳联合原子核研究所任研究员，主攻基本粒子，他领导的三人小组发现了国际公认的重要成果——"反西格马负超子"。其间，恰逢国内遭遇自然灾害，他将自己省吃俭用节约下来的14万卢布，托大使馆转交国内。

1960年，王淦昌回国，倾心于基本粒子研究。

1961年，第二机械工业部副部长刘杰约见王淦昌："组织上想让你做一件重要的事情，请你参加领导原子弹的研制工作。帝国主义要卡我们，中国人要争这口气！"

王淦昌感到有些突然，他望着刘杰，静静地听着。蓦地，他站起来，毫不犹豫地说："我愿以身许国！"

3天后，王淦昌到中国第一个核武器研制基地报到，担任副院长，主管核武器爆轰物理试验。从此，王淦昌改名"王京"。

1961—1978年，在世界物理学界各种学术交流活动中，再也看不到王淦昌的踪影；在物理界学术刊物中，王淦昌的名字也消失了。

王淦昌的夫人也不知道丈夫从事什么工作，人在哪里。她只知道一个"信箱"代号，家里靠这个"信箱"与他保持联系。

王淦昌长年累月在北京、青海、罗布泊之间奔波着,妻子只觉得他的背慢慢驼了,白发一年比一年多。

1978年,"王京"才改回原名王淦昌。当他重新叫王淦昌后,连他自己都不习惯了,多次签名签成了"王京"。

礼堂里,鸦雀无声。学生们陷入了沉思之中。

李海涛说:"老一辈科学家的风范和精神,至今一直在后代中影响着、传承着,测控系统有一句口号是:干惊天动地事,做隐姓埋名人。"

礼堂里爆发出一阵雷鸣般的掌声……

家乡的亲人们:

报喜、报喜啦!

你们今天已经看到我成功实现火星表面软着陆,稳稳地落在火星乌托邦平原南部的着陆区的照片了。这是个极其陌生的地方,四野荒芜,举目无亲。然而此刻,我的心情激动无比。

"登火"成功的意义,你们比我更清楚。

接着,马上就要开展巡视探测,有好多活等着我去干。我一定不负亲人们的厚望。

天问一号
2021年5月20日

这封"家书"让测控团队每一个成员心潮澎湃。

记得2021年5月15日7时18分,天问一号探测器成功着陆于火星乌托邦平原南部的那一刻，飞控中心指挥大厅响起了经久不息的掌声，大家眼含热泪，相拥祝贺。

5月22日10时40分，祝融号火星车安全驶离着陆平台，并向前行驶了0.522米，我国首次火星探测任务取得圆满成功。

此时的李海涛没有流泪，他说自己感觉更多的是一种释然，整个人瞬间放松了下来。因为，在他的心中，只有到了这一刻，测控系统所有难点和风险点才算都过去了。确保着陆的舱器两器分离的指令发送成功了，地面深空站第一时间接收到了火星车返回着陆成功的信息，频谱监视设备也先一步估计出了火星车发回信号的频率。一直悬着的心终于放下了，后续的测控任务将进入按部就班的阶段，风险相比着陆之前已经大大降低。接下来，测控系统的核心任务是配合探测器开展各项科学探测活动，为科学家们尽可能多地获取科学探测数据和影像。

当首张火星表面照片出现在眼前时，李海涛有些不敢相信似的久久凝视了几十秒，他的思绪仿佛回到了高中时代，回到了在电视上第一次看到国外火星探测器拍摄的火星表面照片的情境。30年过去了，作为一名中国航天人，能够亲身参与中国首次火星探测任务，并为之贡献自己的一份力量，一种自豪感油然而生。

瞭望长空，无边无际。李海涛已经在思考下一步深空测控网如何支持后续行星探测工程的发展和规划了……

第七章 放飞"风筝"的人

无线"风筝"

2020年7月23日。

飞控中心大厅灯光明亮，荧屏闪烁，紧张有序。

正前方的巨幅屏幕两侧显示着发射塔架的实时画面，地面人员正在紧张有序地撤离。

火星探测任务飞控总师崔晓峰坐在指挥席前，神色专注，胸有成竹。

"30分钟准备！"12时11分，传出总调度指令。

"1分钟准备！"12时40分，总调度口令再次传来。

"10、9、8、7……点火！"

大屏幕上长征五号遥四火箭点火升空，烈焰熊熊，震天动地。

"发现目标！"

"遥测正常、跟踪正常！"

大屏幕上根据实时数据模拟的三维动画，也在不断地动态更新。

"助推器分离！"

"抛整流罩！"

"器箭分离！"

调度口令一个个传来，各项动作准确、顺利。

此后，领航天问一号的接力棒交到了飞控中心。

在指挥大厅旁的第二指挥厅里，轨道专家谢剑锋正带领团队，飞快地计算着探测器的入轨参数。这是接力棒的"第一棒"，也是至关重要的一棒。探测器是否入轨成功，这一棒跑得是否顺利，都取决于他们的计算结果。

13时17分，探测器准确进入预定轨道。

5分钟后，总调度的声音再次传来："太阳能帆板展开，工况正常！"

大厅里响起一片掌声。

从这一刻起，天问一号将在飞控中心科技团队的护航下，开启漫漫火星之旅。

崔晓峰在接受央视记者采访时，介绍说：飞控中心接下来的任务就是对火星探测器的整个飞行直至着陆后的全过程进行控制。在探测器奔向火星的过程中，飞控团队既是它的引路人，又是它的守护者，直到它平安顺利地降落在火星上，并开始火面巡视探测。说起来简单，做起来难度巨大。

难度一：火星探测路途遥远，信号渐行渐弱。地球与火星最远距离超过4亿千米，带来的直接结果是最长40多分钟的信号往返延迟，以及非常低的传输码速率，进行跟踪控制、信息处理、状态判断，相对以往任务是一种全新的挑战。

难度二：超远距离"命中"火星，需要超级精准的导航护航。按照规划好的飞行路线，在整个"奔火"过程中，团队要对探测器进行多次精确的轨道调整，保证能够准确到达火星；而后要进行精确的减速控制，保证被火星捕获实现绕飞；最后，还要进行精确的落火控制，实现火星大气进入、下降直至成功登陆火星。

难度三：探测器飞行近7个月到达火星，之后绕火勘查3个月，落火后巡视探测至少3个月，并要实现2年的火星全球遥感。飞控团队将在如此长时间跨度里全程守护，确保探测器安全健康，并且不容半点差错地完成每一个控制动作，整个过程无论对任务的实施还是人员的身心都是前所未有的考验。

我是在北京西北郊的飞控中心采访崔晓峰的。

飞控中心是我国载人航天、探月工程和深空探测任务的指挥调度、飞行控制、分析计算、数据处理和信息交换中心，是测控系统的重要组成部分，是整个飞行任务的"神经中枢"。自1996年3月成立以来，飞控中心先后圆满完成了载人航天工程4次无人飞行、7次载人飞行、4次交会对接以及空间实验室任务；探月工程嫦娥一号、嫦娥二号绕月探测和嫦娥三号软着陆巡视勘查、嫦娥四号月球背面软着陆和巡视勘查、嫦娥五号软着陆和采样返回任务、我国首次自主火星探测任务，以及我国空间站组装、建造和长期运行控制等工作。

崔晓峰中等个头，戴眼镜，穿着一件淡蓝色的航天工作服，显得干练且又带着几分斯文。

崔晓峰先带我参观了指挥大厅。因为不是任务期，此时的指挥大厅有些清静和空旷。一排排操作台整齐划一地排列着，像一队队等待出征的士兵，昂首挺胸，士气高涨。

我问崔晓峰："天问一号发射的时候，你坐在哪个位置？"

崔晓峰把我带到倒数第二排的一个位置旁。

"当总调度下达'5、4、3、2、1……点火'的指令时，你是一种什么状态？紧张？激动？心跳一定加速吧？"

"紧张激动都是有的，心跳还算正常，毕竟已经磨炼很多次。"崔晓峰笑着说，"要说心跳加快有两次，一次是首发神舟一号任务，那是自己第一次执行任务；另一次是首发神舟五号任务，是送航天员杨利伟第一次上太空。"

在三楼的中厅，前方的大屏幕上，显示出天问一号各种实时参数。

我问："现在每天仍在监视着天问一号的状态吗？"

"对。这个厅叫'长管厅'，就是长期管理太空中正在工作的航天器。"崔晓峰说，"目前在管的有天问一号，还有嫦娥四号。祝融号和玉兔二号至今还在工作着，不仅要监视它们的状态，还要随时给它们发出各种指令。"

"你们就是在这里'放风筝'的？"

"对。而且不止一只'风筝'。"

"线呢？我没看见线啊！"我故意说道。

"我们放的是无线'风筝'。"崔晓峰笑着回答。

为放好这只无线"风筝"，崔晓峰准备了20多年。

崔晓峰1989年高中毕业，保送西安交通大学教改实验班，

1993年保送本校研究生，主修计算机网络。1996年，怀揣着热门专业硕士文凭和省、校两级优秀毕业生证书的他，对当时风起云涌，又是自己专业所长的互联网创业却不感兴趣，高薪外企、出国深造更不在考虑之列。相反，无意间听说中国即将实施载人航天工程，他热血沸腾。在学校里见不到相关部门来招聘，寒假里他干脆自己跑到北京打听消息，硬是凭着一股勇气和信念，找到并闯进了刚刚组建的飞控中心。用他自己的话说是"自投罗网"，从此开始了至今20多年的飞控生涯。

当时载人航天工程刚起步不久，首发神舟一号任务进入紧锣密鼓的准备阶段，所有参加任务的人都摩拳擦掌，但同时又倍感压力山大。崔晓峰记得大家最常说的一句话："载人航天，人命关天！"刚到工作岗位不久的一天，中心主任把他叫到办公室，一对一地给他上了一堂课。主任画了一黑板的原理图，仔细讲解了对他所在岗位的要求。中心最高领导这个非同寻常的举动，让崔晓峰深深感到整个任务的重要程度和背负着的期望。

中心上下最重也是压力最大的工作，就是要从无到有地开发出一套用于完成载人航天飞行控制的软件系统，用它去完成三年之后即将上天的首发"神舟"无人飞船任务。

"没有一行代码，从零开始！"

我不知道这是一个什么概念。

崔晓峰解释说：航天飞控的核心工作包括轨道计算、遥测处理、遥控发令等，从本质上都是信息处理，都需要依靠计算机软件运行实现。硬件设备可以购买，飞控软件则必须完全自主研制。飞控中心白手起家，没有一行现成的代码可以继承，更何况载人航天对我国又是第一次。

当时的领衔者是经验丰富的测控专家，但这套系统的要求比他们以往熟悉的卫星测控软件要高得多；参与者的主力军清一色是像崔晓峰这样刚刚毕业的20多岁的年轻人，他们是编写代码的好手，但是对航天的了解如同"小学生"一样，连一次卫星测控的真实体验都没有过。无数次问题胶着、无数次集体排错、无数次陷入困境、无数次柳暗花明，每一小步的进展都能让所有人高兴得像过节。艰难创业，中心的第一代飞控软件终于玉汝于成，它不但不负众望地成功完成了载人航天首发神舟一号任务，并且一鼓作气圆满完成神舟二号、神舟三号、神舟四号，直至神舟五号首次载人飞行任务，为飞控中心和我国的载人航天事业立下了卓著功勋。

1999年11月20日，神舟一号发射成功，这是我国载人航天工程发射的第一艘飞船。有了神舟一号垫底，后面的节奏加快了。

到了神舟五号时，崔晓峰已经是飞控中心软件室副主任了。

神舟五号将是我国第一艘载人航天飞船，真正是"人命关天"，上上下下高度重视，压力比诸神舟一号又陡然倍增。

2003年10月15日9时，神舟五号飞船搭载航天员杨利伟在酒泉卫星发射中心发射升空，在轨飞行14圈，历时21小时23分钟，顺利完成各项预定操作任务后，其返回舱于10月16日6时23分返回内蒙古主着陆场。

神舟五号任务圆满成功，标志着中国成为世界上第三个独立掌握载人航天技术的国家，实现了中华民族千年飞天的梦想，是中华民族智慧和精神的高度凝聚，是中国航天事业在21世纪的一座新的里程碑。

崔晓峰说："神舟五号发射在上午9时，发射的那一刻，所有人确实都非常紧张。10分钟后，飞船进入预定轨道。要是一般任务，这时就可以松一口气了。但载人任务不行，只有等航天员平安返回，才是最后成功。神舟五号在太空转了14圈，我们也紧紧盯了14圈。最后开始实施轨道舱与返回舱分离，那一刻气氛紧张到了极点。飞船每一次姿态调整，每一次大小控制，从大厅里的调度岗位下达口令，到机房里的软件岗位按动键盘发出指令，都如千钧之重。可以说航天员的生命安全、整个任务的成败，就维系在我们亲手开发的每一行代码、亲手发出的每一条指令上，那个时候，每个人都能无比深刻地感受到什么叫责任重如天！"

紧接着，转战嫦娥工程。中心的软件系统也开启了从一代到二代的大升级。

二代软件是飞控中心在圆满完成历次无人飞行和首次载人飞行任务后，面对后续的载人航天工程需要，以及新启动的探月工程任务，实施的一次重大系统升级换代。这时候，当年初出茅庐的开发者们已经是经验丰富的"航天老兵"，没有人比他们对航天飞控软件的理解更深刻，加之他们原本深厚的软件研发功底，使得二代软件从架构设计到开发实现都如水到渠成。相比"摸着石头过河"的一代软件，二代软件实现了系统的整体重塑，结构、功能、性能全面跃升，并在中心首次实现载人航天与探月工程两大系列任务的同时支持。这套系统接手已经成功服役十年的一代软件，成为中心完成任务新的主力军，为中心又一个十年左右的各项重要任务的圆满完成提供了坚实平台。

从"嫦一"到"嫦四"，是提升，更是跨越！2007年，嫦娥一号实现我国首次月球环绕探测。2010年，嫦娥二号再次完成月球环绕探测，并于2011年在地面的控制下飞离月球，进入拉格朗日L2点环绕轨道，2012年更是受控飞往小行星转移轨道，完成对小行星图塔蒂斯的国际首次近距离光学探测。2013年，嫦娥三号实现了我国首次月球软着陆，携带的玉兔号月球车按计划在月球上进行了为期3个月的巡视探测。2018年，发射嫦娥四号则是在探月工程历次任务的基础上，迎来了一个新的更大的挑战：人类首次在月球背面着落探测器，并实现巡视探测。

轨道专家谢剑锋告诉我："'嫦四'的落脚点定在月背的冯·卡门撞击坑，为了能准确在冯·卡门撞击坑内的平坦地带着陆，确保'嫦四'既不会掉进坑里，也不会被山体遮挡，中心团队对其预定着陆点附近的地形进行了深入分析，制定了各种可能情况下的应急处置方案，还专门提出了月球背面天际线测量计算方案，制定了判断通信遮挡情况的联合解决方案。这一系列完备、周密的方案，为'嫦四'降落冯·卡门撞击坑铺平了道路。"

"嫦娥"抱"玉兔"，翩然落月宫。

从成功登陆到两器分离，再到互拍成像，在充满未知和风险的月背之上，玉兔二号行走的每一步都如同"钢丝上的舞蹈"，必须准之又准、慎之又慎。

玉兔车的驾驶员们，更是倾心呵护，不敢有丝毫的疏忽。玉兔二号至今还在月之背面这一人类"禁区"工作着，成长为如今月面工作时间最长的"劳模"。

2015年，崔晓峰被任命为火星探测任务飞控总设计师。与此同时，中心的软件系统也开启了迈向三代的又一次攻坚之战。

三代软件是飞控中心在圆满完成首次航天员出舱、首次交会对接，以及嫦娥一号至三号任务后，面对后续的深空探测任务、空间站任务，以及未来的载人登月等任务，启动的又一次重大系统升级换代。三代软件将要承载的新任务，在体量、难度、复杂度上，都不能与以往任务同日而语。三代软件还要更换原有的操作系统平台，全面运行在全新的国产化操作系统上，这又是一次前所未有的挑战。2015年前后，崔晓峰受命带领课题组进行三代软件的预研，他提出，新系统的目标绝不能仅仅停留在可以完成任务的水平，而是必须实现全方位的超越。他把对新系统的要求归纳为"三高三易"：高性能、高可靠、高可用；易构建、易验证、易使用，简单通俗地说就是绝对强大、绝对可靠、绝对好用。

预研工作在课题组集智攻关的努力下顺利完成，13项体系架构关键设计绘制出了三代软件的骨架和面貌，设计理念还在同期另一个重要的短期研制项目上得到了成功应用和出色展现。但是，当进入三代软件建设的最后一步——大面积开发实现阶段时，大家发现最大的困难来了，因为三代软件瞄准的是2020年的火星任务首用，继而是2021年的空间站任务全面使用。但是在这之前最宝贵的研制周期中，有2016年神舟十一号、天宫二号，2017年天舟一号，2018—2019年嫦娥四号，同时还要准备2020年底的嫦娥五号，空前密集的任务实施和备战，使三代软件的研制时间和人力被挤压到了极限。这样大规模的系统、全新的平台，且不说开发，仅仅测试验证都绝不是一蹴而就的事情。更何况如果按照二代软件的成功经验，新的系统完成研制后，应当先作为备用系统参加一次任务，经受考验后再作为主用系统正式启用，但是形势所迫，三代软件已经没有这样的"保险"机会。

形势严峻，许多同事包括有些领导，对三代软件能否担纲火星重任有所顾虑，同时也担心"赶工"出来的系统不能满足"万无一失"的质量标准，有人甚至提出了"把目标推一推，用二代软件上火星"的建议。在这个最艰难的时候，崔晓峰的态度很坚决："三代软件一定能上，也必须要上！""一定能上"源自他对前期工作和这支再熟悉不过的开发队伍的信心。"必须要上"则是来自他对形势的研判：如果火星任务退回二代，原本三代开发的有限时间还要用在二代的适应性改造上，这样等火星任务之后，三代软件的研制仍然摆脱不了紧张局面，接踵而来的空间站任务将要再次面临"三代能不能上"的严峻拷问。即使能上，仍将是一个没经过考验的系统。反之，如果在火星任务前力保完成三代，则三代系统在火星任务首用，就等于也是为空间站任务闯开了先路、争取了主动，为"人命关天"的载人航天贡献了最有力的支撑。这真是如同打仗，越是最吃紧的局部战场，越是决定整个战役成败的关键，顶住了就是全盘皆活，退一步就是全面挨打！

飞控中心最后作出了不改变原先规划，瞄准三代软件上火星的决策。这也意味着当时既是火星型号负责人，又是软件团队负责人的崔晓峰得要承受两面加压，也就是说，从型号的压力传导给软件的压力，对他而言就是自己给自己的压力。但是压力不怕，过硬的团队就是他最大的底气。2019年，软件团队瞄准火星任务研制三代软件，同时还要在原有的二代软件上准备嫦娥五号任务，两条战线铺开，开发、测试、集成，像两条24小时不停机的高速运转生产线。那段时间，作为软件室主抓火星任务的副主任刘晓辉，带领研发团队，每天从早到晚"泡"在机房里，不但要按计划完成各项开发任务，还要严格落实各项质量要求，按节点进行全面的检查验证和审查。虽然是全新的系统，但目标是要像久经考验的老系统一样绝对可靠。负责遥测软件的唐卿，一边忙开发，一边不断分析联试数据，本来就瘦弱的身子熬得快成纸片。崔晓峰每次看到都是既感动又为他捏把汗，反复提醒他注意身体，千方百计为他减压、减负。

2020年新冠肺炎疫情暴发，此时距离火星发射只剩下几个月。新系统初次登台就肩负如此重大的任务，并且作为主用系统，这在飞控中心还是第一次。全新的任务、全新的平台、全新的系统，面临一道道难关坎节：型号团队还在提出新的需求，软件团队一时理解不透，理解了又遇到实现技术上的障碍。轨道专业对软件平台不断有特殊的要求，让平台的设计者们不断面临超预期的难题……

崔晓峰带领团队一起分析需求、化解问题、推敲设计。需求一旦厘清，此路不通可走第二条，一招不行可以变招，在这些经验丰富的工程师看来，办法总比困难多。特殊形势需要特殊策略，崔晓峰坚信制胜的关键在于把握好轻重缓急的关系，不断协调型号和软件两支团队，该抓住的牢牢抓住，该舍弃的坚决舍弃，确保系统对任务的支持精准到位。就这样，一块块"硬骨头"被啃掉，一项项关键功能火速入列，不知不觉间，全新的三代系统破茧成蝶，信心满满地做好了迎接它无比重要的火星首飞的准备。之后的事实证明，三代软件不仅实现了在最短的时间内建成上线，而且全程稳定出色地完成了火星探测从发射直至所有既定目标圆满成功，以及后续长期运行管理的全部飞控任务。飞控中心软件系统从火星任务起头、空间站任务接续，正式跨入了又一个新的时代。

2020年3月10日，我国首次火星探测任务在飞控中心进行无线联试。这是火星任务控制中心与火星探测器正样的唯一一次地面联合演练。

火星探测任务无线联试相当于模拟未来航天任务的整个过程，包括哪个阶段要发送什么指令、实施什么控制，航天器要做什么动作等，对任务全程进行演练和测试。

联试要在各个系统的研制工作基本完成后进行才有意义。如果进行得过早，各系统状态可能还没有完全确定；过晚，又会直接影响发射前的各项任务进程。

此次无线联试采用真实的飞控系统以及真实的航天器，所有重大关键过程全部按照1∶1演练，尽可能做到完全真实。

张荣桥高度重视，亲自坐镇指挥。

上午9时整，联试开始。

"各号注意，我是北京，联试开始。"

"长城！"

"长城明白！"

"北辰！"

"北辰明白！"

……

张荣桥侧脸问飞控中心火星任务总指挥乔宗涛："这位姑娘有些面生？"

"她叫鲍硕，是'90后'。怎么，荣桥总是不是担心她胜任不了？"

"你们选的人，我怎么会怀疑？再说，给年轻人压担子是我们的传统。"张荣桥连忙说。

联试时间有限，怎么把整个任务覆盖进去，把这么多复杂的工作压缩到很短的时间里完成，是张荣桥这位联试"出卷人"必须面对的一个问题。

张荣桥说："现在我们是要做减法，而不是做加法。选取最具典型性、代表性的内容进行测试，那些可以通过其他方式验证的内容一律简化。同时通过时间压缩等特殊手段，实现全过程覆盖。"

如果是在战场上，总设计师就是一名总指挥，兵分几路，进攻坚守，全在于他一声令下。

但这一声令下，绝不是主观臆断，而是听取各方面意见后所作出的一种决策。张荣桥记得钱学森老前辈对航天项目总设计师和总体设计部的关系有过精辟的论述：

干我们这一行，一得之见多得很，有道理，可不见得全面。但在我们这儿有一条，最后是总设计师拍板。由总设计师听了各种意见之后，经过分析平衡，最后拍板。总设计师也不是一个人，他还有一个总体设计部，还有一个大班子，用现在的话说就是系统工程的班子。他们运用系统工程，衡量各种因素，选择最优方案。总设计师听了各方面的专家意见，又看了总体设计部的报告，最后下决心拍板。拍了板，谁再有意见也不算数了。

联试取得成功。但联试成功并不等于任务成功，大家仍然不敢掉以轻心。特别是飞控中心的那些"放风筝的人"，毕竟这是他们第一次放飞一只去往地球之外另一颗行星的"风筝"。从地球到火星迢迢数亿千米，控制探测器通过这么遥远的距离，从地面准确无误地飞向火星，到底难在哪里呢？

飞控中心轨道专家张宇告诉我说："火星探测器的飞行是太

阳系中的行星际转移运动,不仅距离长,而且由于两颗行星的动态位置关系以及探测器所受到的复杂引力和摄动力影响,这个飞行路线就需要精心设计并且在飞行过程中精确调整。"实际上,在长达半年多的漫漫征途中,地面要根据不断测量和计算得到探测器的精确轨道,对其进行4—5次微小控制量的轨道修正和1次大控制量的轨道机动。失之毫厘,谬以千里。这正是放飞这只"风筝"的超高要求,同时也是张宇这些轨道专家们精测妙算、大显身手的机遇。

"那么,一旦如此准确地飞到火星,是不是'风筝'就算放飞成功了?"我又问张宇。

"这只是万里长征的第一步。"张宇说,"飞到火星之后,紧接着的近火制动,也就是控制探测器减速从而被火星引力场捕获,进入环绕火星的飞行轨道,就是一道更加艰巨的挑战!"

"近火制动"又被通俗地称为"太空刹车"。这个"刹车"的要求实在是太苛刻了:时间必须不早不晚,力量必须不大不小,并且只有一次机会,失败了要么一头栽向火星,并最终撞毁在火星表面,要么和火星擦肩而过,飞向茫茫太空。

我以为这已经是难之又难,没想到张宇又告诉我:"这次近火制动还有一个更特别的困难,近火制动控制的后半程是在火星背面完成的,也就是说由于火星的遮挡,地面无法收到探测器在这一半过程中发回地球的信号。而等到探测器飞出遮挡,地面能够重新收到信号的时候,制动控制早就已经结束了。这意味着如果制动过程中有异常,我们能够获知和处置的时机将滞后许多。"

张宇说得非常专业，我听得一知半解。

"当然，针对这个特殊的困难，我们会制定特殊的对策。飞控工作就是不但要确保刹车精准，一次成功，还要确保一旦出现异常，依靠精心制定的完善对策，克服不利的条件，第一时间完成必要的处置，让这只面临危险的'风筝'重新回到我们的掌控之中！"张宇信心满满。

尽管"奔火"和"捕获"是从未有过的挑战，但孙泽洲考虑更多的，还是"落火"，即探测器进入火星大气到降落的那个"黑色几分钟"，在这么短的时间内需要完成减速以及各种调整。由于地火距离太远，信号传输时延，这些动作无法实时控制，只能提前设定编排程序，预先把指令发给探测器，在实施降落时由探测器自主控制。而这些指令数据能否保证百分之百发送成功，就成了决定落火成败的关键一举！

张荣桥问李海涛："咱们的测控站，特别是海外测控站，在面临疫情等困难的情况下，能否保证落火前至关重要阶段的测控支持，保证跟踪、接收、发令绝对可靠？"

李海涛早已带领测控总体和测控站的团队反复分析各个环节的风险，计算可靠性。他信心十足地回答："测控站一定能够完成他们所承担的任务！"

张荣桥又问崔晓峰："飞控中心能不能在那个关键时段，确保把所有的上行指令和注入数据，丝毫不差地发到测站直至送上探测器？"

崔晓峰同样胸有成竹："中心的所有实施方案和计算程序都

经过反复验证，我们不但有百分百的信心把落火所需的全部指令和数据，准确无误地送上天；还有百分百的信心，把落火全过程的所有状态，准确无误地第一时间处理呈现出来！"

后来的任务过程确实见证了测控系统和飞控中心的诺言：5月14日，也就是从落火前几天开始，连续十多个小时里，从飞控中心生成和发出多达几百帧的控制指令和数据，密度之高、强度之大创造了一个纪录，并且所有数据一次做对，丝毫不差。远在海外的测控站则是从始至终紧跟目标，全部数据上下行严密无误。地面有力支撑先行，随后是探测器的精彩自主表演，一场落火演练完美完成。

结束采访时，我与崔晓峰闲聊，聊到了张荣桥总设计师。

"荣桥总极有全局把控能力，作为总师，他是我们这部'交响乐'的指挥，他用自己的智慧和才华，组织乐手们，奏出了一部华彩的乐章！"

"知道荣桥总的爱好吗？"

"我们在一起，说的就是工作的事，其他没时间聊。不过，我想荣桥总一定是一位很有情趣的人。"

"他喜欢做菜。"

"这个知道。"崔晓峰说："在《开讲啦》那期节目中看到的。"

我又说："他还喜欢开手动挡的车。"

崔晓峰脱口而出："什么？他有这个爱好？"

这下，轮到我愕然了："怎么？你也喜欢开手动挡的车？"

崔晓峰点了点头。

"为什么？"

崔晓峰说："享受真正的驾驶的乐趣啊！"

这些高智商的设计师们，为什么都喜欢开手动挡的车？

他们看重结果，同时也在尽情地享受千辛万苦的过程！

寻找"天问"

哦，还记得张荣桥总师参加的那期《开讲啦》节目吗？

栏目组同时请来三位青年参与其中。那位名叫"王千羽"的年轻女士，介绍说她儿子的名字叫"天问"，孩子的爸爸是开火星车的。

当时，我脑子里蹦出一个念头，得去找找这位小"天问"，他们一家肯定有故事。

于是，我便向张荣桥打听那位小"天问"的父亲。

张荣桥"卡壳"了："唉，这我还真不知道，当时嘉宾都是电视台节目组请的……对了，你可以去问问鲍硕啊，她们一起做节目，也许她知道。"

我问鲍硕，她说："小'天问'父亲叫韩绍金，也在我们飞控中心，您采访过他啊！"

"韩绍金?"我想起来了,是采访过韩绍金,火星车操控主管。

我立马拨通了韩绍金的电话:"绍金啊,上次采访,你还有一个重要情况没告诉我……"

韩绍金愣了一下,说:"好像说得差不多了啊,黄老师,没漏了什么重要情况呀。"

"你儿子叫什么名字?"

"'天问'。"

"当时,你没有告诉我啊。"

"这个也要说吗?"

"我很想听听这件事。"

于是,韩绍金便一五一十地讲了起来:

谁说航天年轻人古板、不浪漫,韩绍金与妻子王千羽是在一场自发组团旅游活动中认识的。绿水青山,花香鸟语,加上漂流激发起的激情,两人情趣相投,一见钟情。

2016年,两人结婚。2020年8月,夫妇俩将迎来自己的孩子。

为即将出生的孩子取一个可心的名字,小两口一直商议着。女孩叫"惜羽",全票通过。如果要是儿子呢?想了好几个,都不是很满意。

7月12日夜,王千羽莫名其妙地发起了高烧,被紧急送往医院。而那几天,韩绍金正在飞控中心驾驶着玉兔二号,忙得不可开交。当他赶到医院时,妻子还是高烧不退。医生对他说:"赶紧拿主意吧，我们准备'剖'出来了，否则会把孩子'烧'糊涂的。"小两口同意了。

在孩子出生时，名字还没想好呢。7月23日，天问一号成功发射。

王千羽烧退了，忽然来了灵感，儿子就叫"天问"吧。

天问！

天问！！

我问韩绍金："为什么一下就选中了'天问'？"

韩绍金说："'天问'这个名字好啊，媳妇一说，我立马就同意了。想想看，我国首次火星探测任务都用了天问一号这个名称，'天问'，朗朗上口，既有历史感、文学感，还有一种科幻感……我们的孩子借了天问一号的光了。"

停了片刻，韩绍金又说："也是赶巧了，孩子出生不久，天问一号就发射成功了。我爱人单位是一家商业航天公司，我们都是为航天在工作。可以说，这几年来，一直在寻找'天问'，寻找两个'天问'，现在应该是两个'天问'都找到了。"

电话那头传来了韩绍金爽朗的笑声。

寻找"天问"？

寻找"天问"！

2014年8月从上海交通大学研究生毕业，韩绍金入职飞控中心总体室，立即参与了载人返回舱型号任务。

嫦娥四号转为长期运行后，韩绍金成为玉兔二号驾驶员。

迢迢38万千米，韩绍金他们是怎么驾驶玉兔车的？

飞控中心与月球车相隔那么远，对月球车周围环境了解也只能通过下传的少量图像来实现。怎么保证驾驶员们发出的动作指令是正确的、动作序列是合理的？万一在动作执行过程中断电了或是通信链路被遮挡了，遇见这样不按照原先设定的"剧本"走的情况怎么办？不用担心，因为月球车在飞控中心有一个"最强大脑"——遥操作任务规划系统，每一个动作指令都是经过它精确计算和规划得出的。

飞控中心的仿真专家，还在地面数字驾驶训练场里，精心打造了一只"虚拟兔"。专家们在"虚拟兔"模型内部建立了一套语言系统，这样就可以让"虚拟兔"和月面上的嫦娥二号一样，执行驾驶员的指令行动。

为了方便驾驶，飞控中心的软件专家专门开发了一套手控驾驶系统，它的模型像是普通汽车的驾驶台，有方向盘能控制月球车的行进方向，有加速手柄能控制汽车的运动速度。这样驾驶月球车就能像开普通汽车一样，由控制人员手把方向盘操控六轮驱动的月球车。这个系统还有一个亮点——在操控台上设计了一个宽大的屏幕，操控人员可以用第一视角实时观察月面的三维场景，从而使得在月球上"开车"变成现实。

为防万一，在地面试验场还有一辆训练用的"虚拟兔"，就是玉兔二号的孪生兄弟——月球车。如果驾驶员感到不放心，在指令发出之前，还可以在试验场先预演一次，确认指令没有问题再执行。

我饶有兴趣地对韩绍金说："给我们讲几个驾驶月球车有趣

的故事吧。"

"有趣的故事多了去。"韩绍金想了想，说，"先说一个在月球上种棉花的趣事吧。'嫦娥'登月，科学家准备了多项科研任务，其中一项是将地球生物搬上月球。月球环境具有真空、低重力、强辐射、极端低温等特点，因此要求动植物能耐高温、抗冻，而且能够抗辐射和抗干扰。生物科普试验载荷共搭载了6种生物：棉花种子、油菜种子、马铃薯种子、拟南芥种子、酵母菌和果蝇卵。科学家之所以选择这6种生物，是因为这6种生物构成一个含有生产者、消费者和分解者的微型生态系统。植物产生氧气，并作为食物供其他生物消费。作为消费者的果蝇和分解者的酵母菌，通过消耗氧气产生二氧化碳，供植物进行光合作用。酵母菌可以通过分解植物和果蝇废弃物而生长，并能作为果蝇的食物。"

2019年1月3日23时18分40秒，嫦娥四号落月后的12.88小时，飞控中心控制生物科普试验载荷加电。30分钟后，成功放水，6种生物进入月面生长发育模式。科普载荷内部压力约1个大气压，温度10—35摄氏度，可满足生物基本生长需求。

韩绍金说："经历了24小时的焦急等待，1月4日21时43分，在主相机视场内出现了一颗种子萌芽！当时，整个飞控大厅都沸腾了。经专家确认，生物科普试验载荷内棉花种子已经发育为胚根。在阳光照耀下，一天天，幼芽慢慢长大。有国外网友惊叹道：'中国人把丝绸之路延伸到了月球！'"

嫦娥四号不断传回试验照片，显示载荷内植物生长良好。这是经受住月球极端环境考验后，人类第一次在月面上做生物生长试验。它为人类将来建立月球基地提供了研究基础和经验，具有重要的借鉴意义。

我说："种棉花和驾驶月球车好像没什么关系吧？"

韩绍金笑着说："好，给您讲一个与驾驶月球车有关系的故事。您知道，2013年，由于发生故障，玉兔号只行走了114.8米。这是我们这些月球驾驶员心中一道挥之不去的阴影。2019年2月10日是玉兔二号抵达月背的第39天，晚上9时，玉兔二号顺利找到'休眠区'，准备接收'休眠'指令。遥测数据显示，玉兔二号在第二个月昼期间行驶了70.3米，累计里程达到114.5米，距离114.8米只剩下0.3米了……这个数字，让驾驶员们精神一振，尽管连日操作，他们精疲力竭，仍然一致要求：继续往前走，今天就打破玉兔一号的纪录。然而，此时的玉兔二号已进入准备'休眠'姿态，继续往前走，万一找不到'休眠'点，那就麻烦了。前进，还是止步？大家请求延长测控跟踪时间，利用'休眠'前的时间再走几步。请示很快得到批准，驾驶员们摩拳擦掌，迭代计算，复合验证，片刻间完成控制的各项准备工作。紧接着，驾驶员向玉兔二号发出移动指令……2月11日凌晨2时20分，玉兔二号再次顺利向前移动了5.5米，两个月昼累计行驶120米。"

超越114.8米，这是玉兔二号的重大突破，更是中国探月工程中的一个里程碑。自此，玉兔二号前进的每一步都在刷新着历史纪录。

韩绍金忽然问我："黄老师，您开车吗？"

"现在还开着呢。"

韩绍金说:"您享受过在地面开车的愉悦,但您没尝试过开月球车的那种感觉。您想想看,坐在手控驾驶系统前,握着特制的方向盘,左右转向,这时候您所掌控的'车子',远在38万千米外的月面呢,那是一种什么感觉?"

我说:"一定是奇妙无穷吧?"

韩绍金开起了玩笑:"的确很爽。要不,您也来我们这里学学开月球车?"

我说:"那是求之不得,不过,我可能10年都拿不到驾驶本。"

"开火星车和开月球车一样吗?"我又问。

"基本原理差不多,但实际上不一样,完全不一样。"韩绍金说,"您去采访火星车遥操作团队张辉他们,他们会告诉您切身感受。"

嫦娥四号进入长管模式后,天问一号横空出世!

飞控中心负责火星车遥操作的型号副总师于天一,像每次领受新任务一样,激动而又充满着期待。然而这一次,在激动与期待之中,他又有一种为梦奔跑之感。

2002年,于天一大学毕业后,进入飞控中心软件室工作。当时,中心开发创建的第一代软件系统已经基本成型,保证了神舟一号至神舟四号任务的顺利进行。整个团队正在紧张进行神舟五号任务的软件研发。

2003年10月15日，杨利伟肩负着祖国和人民的重托出征。"10、9、8……"当指挥员倒计时的口令传来时，杨利伟情不自禁地举起右手，向祖国和人民敬了一个庄严的军礼。

此时，在飞控中心指挥大厅的于天一，望着大屏幕，禁不住热泪盈眶。

此后不久，航天英雄杨利伟来到飞控中心，在与测控团队座谈时，他说："许多人不知道你们的工作，你们是幕后英雄。我要特别感谢测控团队，通过你们的'金手指'发出的一道道指令，让我顺利完成了任务！"

那时候，于天一还是个入职不久的"新兵"，更称不上是"金手指"。接着，他便参与了玉兔号和玉兔二号的测控研发和操作。

玉兔号受挫，让遥操作团队耿耿于怀。后来，飞控中心组织进行玉兔号行驶过程数据复盘。专家们通过对玉兔号在月球上每一步足迹特别是最后几步的行走过程做了细致分析研究，形成结论性意见：一是光照对月面感知影响较大，二是大曲率移动风险较高，三是月面复杂路面上要能进也要能退。

作为玉兔号驾驶员，于天一认为这些看似简单的原则，正是在充满风险的月面驾驶必须要注意的。通过这次玉兔号遥操作复盘，专家们制定了月面安全驾驶的9条原则。这些安全驾驶原则，对驾驶员来说至关重要，必须作为基本原则长期坚持。

玉兔二号成功登陆月背，是一场新的挑战，它行走的每一步都如同在钢丝上跳舞，必须准之又准，慎之又慎。驾驶员须臾不敢掉以轻心。

2019年7月28日，玉兔二号完成了月昼上午的最后行走，停在了两个撞击坑中间。20时30分，驾驶员开始检查玉兔二号的工况，准备下午工作。

随着照片下传，大家发现玉兔二号不远处有一个新撞击坑。因为月球背面到处都是撞击坑，大家没有特别关注。忽然，一张全景照片吸引住了大家的目光，那个新撞击坑的中心，有一小堆闪着神秘光泽的胶状物质，其形状、质地都与周围月壤明显不同。"这是什么东西？"大家议论着，却没人能说出个所以然来。

虽已半夜，驾驶员还是立即向型号总师汇报，又联系刚刚离去的探月科学家团队。科学家闻讯非常兴奋，恨不得明天就进行探测。考虑到月午已近，大家决定先对神秘物质进行彩色成像，为月昼下午的决策收集资料。

第二天，驾驶员对撞击坑神秘物质实施彩色成像，一堆形态特别、混合了深黑色和白色亮斑状神秘物质处于撞击坑中央，在阳光的照耀下散发着清冷的光泽。它是什么？来自哪里？科学家一时也无法判定。

月午后，玉兔二号对当前点用红外成像光谱仪进行了探测。随后，驾驶员控制玉兔二号向坑边行进了1.96米，对撞击坑外缘的溅射物进行了红外探测；又退回原点，用避障相机拍摄行走的车辙，判断碎石的松软程度……玉兔二号在一天里移动了3步，创造了转入月面长期运行以来单日移动次数新纪录。

8月7日17时49分，玉兔二号进入休眠模式。

月夜期间，科学家团队设计了对照试验，选定三个点要求进行科学探测。

于天一带领飞控中心遥操作团队，对撞击坑深度和溅射物分布进行测量，发现撞击坑深度超过30厘米。驾驶员判断如果玉兔二号进去了，极有可能被卡住底盘而无法上去，然而探测物质正好位于坑的正中央。按照科学家给的坐标，想要使红外成像光谱仪的视场覆盖该物质，玉兔二号前轮肯定要悬空进入坑里。

8月24日至9月6日，是玉兔二号在月背度过的第9个月昼。

上午，驾驶员经过再次精心计算和精准控制，让玉兔二号对准探测点。第一步走了28秒，玉兔二号前轮距离撞击坑只有几十厘米。驾驶员继续小心翼翼控制着玉兔二号一点一点往前移，车轮已经抵达撞击坑边缘。此时，红外成像光谱仪的视场已经覆盖了探测物的边缘，已经有物质进入了红外成像光谱仪的探测范围。

科学家对上午取得的探测数据进行分析，发现物质自身的阴影较多，未能分析出物质成分。他们认为再往前走10厘米，应该能拿到有价值的数据。

月午结束后，玉兔二号加速下午的探测之旅。小心谨慎往前走了10厘米，没有达到预期效果。科学家要求再前行15厘米。

驾驶员在确保安全的前提下，操作玉兔二号又往前走了15厘米，探测物质进入探测区域。然而，传回的图像效果依然不理想。

科学家们出乎意料地提出再往前走2—4厘米。

驾驶员们一致表示反对。

双方进行激烈的争论：科学家们力陈此次探测的重要意义，或许一个巨大的发现就在眼前；驾驶员们却担忧车轮已经探进坑了，继续前行，车轮的中心将压到坑的边缘，谁也无法预测这个坑能不能受力。

似乎从玉兔二号着陆月背的那天，这种矛盾就开始显现了。科学家希望月球车多跑一些地方，特别是那些未知区域。而飞控团队却不得不考虑车的安全，科研必须在安全前提下进行。

乔宗涛将驾驶员们召集到一起，大家经过反复计算后，反复核对状态，确认能够保证玉兔二号安全，最终决定再移动一次。于天一的手将编好的指令发出，小心翼翼地"驾驶"着玉兔二号又向前移动了3厘米。

遥测数据表明，俯仰角和滚动角都在朝着有利于探测的方向变化，控制实施精准，没有出现滑坡。1小时后，探测结果传回来了，在红外成像光谱仪的视场中有一块探测物质，探测结果满足了科学家们的要求。

玉兔二号每前进一步，都是航天人在挑战自我，在向浩瀚宇宙致敬。

而这一厘米、一厘米的前进过程，练就了于天一等一批驾驶员的"金手指"。

于天一告诉我："几年前，执行玉兔号任务时，我刚刚从'驾校'毕业就上路了。开的是中国人造的第一辆'车'，路况复杂，车况不完美，驾驶员也没经验；到了玉兔二号任务，积累了一定的经验教训，车开得顺溜多了。到现在，三年多了，'车'

还在跑着……"

从月球车到火星车，是一种跨越。

克服了无数的问题和挑战，飞控中心和整个测控团队将手中的那根"风筝"线牢牢地掌控着……

第八章
寻找那把"钥匙"

到火星去

我去国家天文台采访我国首次火星探测任务工程副总设计师李春来、我国首次火星探测任务地面应用系统总设计师刘建军那天,有一个小插曲。

火星探测地面应用系统设在北四环的国家天文台月球与深空探测研究部。晚了怕堵车,起了个大早,清晨六点半我就从家里出发。刚刚下过一场难得的小雨,路面车少,空气清新。

天很蓝,几朵白云像棉花似的一动不动。车少路顺,40分钟后,我抵达国家天文台。在附近停车场停好车,我的手机铃声响了。电话是刘建军打来的,说刚刚接到通知,昨晚台里发现一名疑似新冠肺炎密接者,今天管控部分院所科室,不允许外人进入大楼。哎呀呀,怎么这么不顺,我的心不由得一沉。刘建军说:"黄老师,实在抱歉,让您大老远白跑了一趟。"我说:"跑一趟倒无所谓,我是觉得约你们两位总师太不容易了。"我停顿了一下,"要不,您再想想什么办法,看能不能通融一下。"刘建军迟疑了片刻,说:"那好,我再去协调,黄老师,您就在停车场待着,千万别随意走动啊,这一带可能有些'危险',别到时候给您手机来一个'弹窗'哦。"

防疫期间，人人见"弹窗"而色变。"弹窗"意味着你将寸步难行。

过了大约半小时，刘建军来电话了："问题没那么严重，黄老师，您可以进来了！"

走进刘建军的办公室，最醒目的是墙上挂着的那张火星地形图。灰色调，图面标满火星地名。前两年采访探月专家，他们办公室里也都挂着月球地形图。

一见面，刘建军就说："黄老师，给您添麻烦了。"

"都是疫情闹的。"我说，"两年前，我采访欧阳自远院士，也遇到差不多情况，看来，国家天文台门槛很高，想进来挺难的。"

"您采访过欧阳自远院士？"

"是啊。当时我在写《仰望星空：共和国功勋孙家栋》，里面写到探月工程，需要采访欧阳院士。"

"那还真有些巧了。按辈分排的话，我应该叫欧阳院士师爷了。"

我好奇地问："此话怎说？"

"我读硕士时的导师是李春来老师，我读博士时的导师是欧阳自远院士，而欧阳老师又曾经是李春来老师的研究生导师，这样一来，欧阳院士自然应该是我的师爷。"

"还真是。你们三代师生都在为航天做贡献啊！"我问，"您对欧阳院士，应该非常了解吧？"

刘建军说："只能说了解，非常了解谈不上。"

"考考您：知道'欧阳自远'这个名字的来历吗？"

"听说过，好像是欧阳老师出生时，母亲难产，两天后，他才来到人间。此时，他的舅舅正在隔壁房间里念书，刚念到《论语》里'有朋自远方来'一句，便传来了小外甥的啼哭声。他舅舅说：'这孩子一定是从很远的地方来的，就叫自远吧。'"

"答对了，完全正确。"我转而又问，"知道我采访欧阳院士时，提的第一个问题是什么吗？"

刘建军摇了摇头。

"我提的第一个问题是：'欧阳院士：现在我们国家还不富裕，花那么多钱去探月，还不如给老百姓多发点工资。这种说法有道理吗？'"

刘建军问："欧阳老师怎么回答？"

"他问我：'您这个问题是怎么来的？'"

我如实回答："从网上'扒'来的。"

"欧阳老师回答了吗？"

"欧阳院士笑着说：'等您将关于孙家栋院士的这本书写完，答案自然也就有了。'"

刘建军也笑了。

我立即严肃地说："刘总师，今天我想问您的第一个问题是：人类为什么要去探测火星？"

刘建军也模仿着欧阳自远的口气："您这个问题是怎么来的？"

我说："从网上'扒'来的。"

刘建军笑着说："这个问题是大家提得最多的一个问题。我大概说一下有关情况。20世纪80年代后，随着电子计算机、芯片、集成电路、通信行业快速发展，社会生产力大大提高。另一方面，自然界与人类的冲突，随着地球人口暴增而变得日趋激烈，特别是环境污染、能源危机、粮食危机频频发生。人类再一次将目光投向地球之外的宇宙空间。综合各种因素和所具备的条件，火星依然是太阳系甚至整个宇宙中，人类最应该迈出的下一步。

"吸引人类前往火星，科学家首先想到的是地球和火星有很多相似之处。比如说自转轴倾角，火星25.3度左右，地球23.5度；有四季变化，昼夜变化24小时左右；都有大气圈，火星500—700帕，地球10万帕。主要是火星有很多的科学问题，比如：火星上有没有生命？火星过去是否有过生命？火星上有没有水？过去是否有水？水是如何分布的，有什么特点？火星是如何演化的？火星为什么北半球低洼，南半球地势高？火星物质组成如何？内部结构是什么样的？火星上有没有适宜生命存在的环境？人类在火星上如何生存？可不可以移民火星？等等。正是对这些问题的好奇，吸引人类不断地前往火星，去一探究竟。"

我有些迫不及待地问："火星上有生命存在的可能吗？那张'人脸'照片可靠吗？"

刘建军笑了："黄老师也听说过'人脸'照片？"

我说："我见过这张照片。"

"人脸"照片是1976年美国登陆火星的维京1号轨道器拍摄

于塞东尼亚区的一张火星照片，人们惊讶地发现，照片上火星表面出现了一张"人脸"，这就是著名的"火星脸"。这张"脸"看上去五官清晰，有眼睛、鼻子、嘴巴。尽管这张"人脸"很快被维京1号轨道器后续拍摄的照片证明是错觉，后续的火星探测器更是把所谓"人脸"360度无死角全部拍遍，科学家解释这不过是阳光照到小山或岩石上展现的光影效果而已。但是，火星迷们并不买账，有人甚至认为苏联火星3号着陆器的失败，是因为"火星人"干扰破坏。维京计划结束后，因为资金和技术所限，世界火星探测活动进入低潮，有人却解读为"地球人被火星人警告后再也不敢涉足火星"。

不过，这种"阴谋论"反而激发了人们对火星的兴趣和关注。

刘建军说："火星是否存在生命？一般从三个方面研究：一是现今火星上有没有生命。1976年，维京号做了三项生物科学试验，气体交换、碳同位素示踪和热分解释放试验，都未发现当今火星上存在生命活动。好奇号和火星快车发现了甲烷（CH_4，最简单的碳氢化合物，地球上90%—95%的甲烷都是生物成因的），但当前火星有限的探测数据还无法揭示大气中微量的甲烷是生物成因还是非生物成因。二是过去有没有生命。1996年在火星陨石（ALH84001）中发现了疑似微细菌化石的特征，但大部分科学家认为这些"微化石"或是样品分析时人为因素造成的，或是地球风化过程造成的，无法确定古代火星生物活动的证据；火星陨石和岩石中发现有机质，也只能表明原始生命成分一直存在，但并不一定意味着火星上存在过生命。三是寻找火星生命活动的宜居环境。其中最重要就是水的探测，现在火星上有没有水？水以什么形式存在？水分布在哪里？火星古环境下存在水的证据有哪些？这方面已经取得了大量研究成果，比如河网、冲积扇、三角洲、古河床等地貌，以及含水矿物的证据，表明火星曾经拥有广泛的水环境。现今火星上的水则主要以水冰的形式分布在南北极区，火星表面并没有发现活动的水体，水体埋藏的部位、深度和分布有待深入探测。总之，现今的火星低温、低压、缺水、强紫外线和氧化性的土壤条件，极其不适合类似地球的生命形式。但也不排除极端环境下火山热液环境、撞击坑热液环境等地方存在生命的可能性。未来探测火星现在或过去是否存在生命的突破点在于：一是能不能在火星上找到生物成因的有机物，比如生物成因的甲烷；二是能不能在沉积岩中发现火星古生物化石。直接找到火星过去存在过生命的证据……"

片刻，刘建军又说："黄老师，我们去火星探测，其实是在寻找一把'钥匙'。"

"哦？寻找一把'钥匙'，一把什么样的'钥匙'？"

刘建军目光炯炯："一把关于人类解答自身存在的'钥匙'。"

我突然明白了，原来他们是在寻找这把"钥匙"！

刘建军觉得我还有很多问题要问，便说："黄老师，我先带您去看看火星和祝融号。"

我开玩笑说："那得先解决交通问题呀！"

"您跟我来吧。"

刘建军带我来到地面应用系统运行控制与科学操作中心大厅（以下简称运控中心）。像飞控中心大厅一样，这里也有一面巨大的电子屏幕。此时是"北京时间2022年09月01日　09∶15∶57"。展示在大屏幕上的是火星全景图。

刘建军用激光笔一一为我介绍奥林匹斯山、塔尔西斯山、马里内里斯峡谷、水手大峡谷、海拉斯盆地、维多利亚陨石坑、辛梅里安高原、乌托邦平原……

激光笔的亮光停在一个红点上，刘建军说："这儿就是我们祝融号的着陆区。"

我的心不由得一动，虽然迢迢几亿千米，然而，我觉得祝融号此时似乎就在眼前。

我问刘建军："祝融号目前情况怎样？"

"现在是火星的冬季，5月开始，它已经进入休眠期了。"

"到了火星后，祝融号表现怎样？"

"很棒！已经圆满地完成了我们设计的科学目标。等到今年冬天，也就是火星的春天，它被唤醒后，还要继续工作。"

我们的话题又回到火星科学考察上。

刘建军告诉我：人类开展火星探测活动，已获得的成果表明，火星过去曾有足够的内部热能、地质构造活动强烈、具有全球性内禀磁场、岩浆—火山作用活跃，形成太阳系最高的火山山峰——奥林匹斯山和太阳系最长的峡谷——水手大峡谷；火星曾有比现在浓密得多的大气层，表面存在过液态水，火星表面观测到干涸的水系、湖泊和海洋盆地，火星有过适宜生命繁衍的环境，并可能孕育过生命；火星存在小天体撞击形成的巨大撞击坑和洪水冲刷的痕迹。

现今火星表面是干旱、寒冷的世界，没有液态水，大气成分以二氧化碳为主，大气稀薄，小于1%大气压，尘暴肆虐；全球性内禀磁场已消失，成为区域性的多极子弱磁场；构造和岩浆活动已基本停息，水体可能转入地下；火星的演化历史基本清晰，火星是一颗老年期的行星。

这些成果大大促进了太阳系起源与演化、外地生命信息探寻、比较行星学等深空探测重大科学问题的研究，进一步激发了人类深入探测火星，甚至是开展载人探测的热情。

我国行星科学研制基础薄弱、力量分散，为了主动培育行星学科，有序组织工程科学研究，充分调动国内科学家的积极性，在工程研制阶段，于2019年成立了由46人组成的科学目标先期研究核心团队。团队分形貌与地质结构、表面物质成分、次表层结构、表面物理场、空间环境5个研究组，每个组由相关领域科学家和相应载荷设计师共同组成，组织开展先期研究。工程总体公开向国内外招募相关领域科学家，组建首次火星探测任务科学研究团队，共计有61家单位194名科学家报名参加，并提交自己的研究设想。

刘建军介绍了我国首次火星探测任务的科学目标：

一是研究火星形貌和地质构造特征。探索火星全球地形地貌特征，获取典型地区的高精度形貌数据，开展火星地质构造成因和演化研究。

二是研究火星表面土壤特征和水冰分布。探测火星土壤种类、风化沉积特征和全球分布，搜寻水冰信息，开展火星土壤剖面分层结构研究。

三是研究火星表面物质组成。识别火星表面岩石类型，探查火星表面次生矿物，开展表面矿物组成分析。

四是研究火星大气电离层和表面气候与环境特征。探测火星空间环境及火星表面气温、气压、风场，开展火星的电离层结构和表面天气季节性变化规律研究。

五是研究火星物理场和内部结构。探测火星磁场特性。开展火星早期地质演化历史及火星内部质量分布和重力场研究。

这样的介绍严谨、准确、明了。只是过于"科学"，不够"文学"。

这也是我在采访航天科学家时常常会碰到的问题，科学家偏于理性，而作家喜欢感性。

"科学"如何用"文学"来表述，对于作家来说，是一种挑战，需要下功夫去破解，去融合……

探　秘

1988年，邓小平同志在会见外宾时提出"科学技术是第一生产力"的重要论断。

这一年，李春来考上了中国科学院地球化学所（以下简称中科院地化所）所长欧阳自远的研究生。

1965年，李春来出身湖南省会同县朗江乡东城村一户书香门第，爷爷办过私塾，父亲是大学生，母亲是中学教师。东城村居然还有一所中学，李春来小学和中学都是在村里读的，高中才到县里上。1981年考大学，中南矿冶学院矿产普查与勘探专业在湖南招60名学生。父亲说"招的人多，肯定比较保险"。于是，他报了该校该专业，被顺利录取。

1985年毕业，李春来被分配到桂林有色总公司矿产地质研究院，参与长江中下游矿藏研究。干了3年，觉得自己知识储备不够，便报考了欧阳自远的研究生。

欧阳自远是我国天体化学最权威的科学家。天体化学是一门十分年轻的学科，是地学、天文学和空间科学三大自然科学分支的杂交产物，在20世纪40年代开始萌芽，到20世纪60年代末阿波罗登月，特别是对太阳系在认识的广度和深度及资料的积累上有了飞跃发展，天体化学才脱颖而出。

陨石，是宇宙馈赠给地球的礼物，蕴藏着丰富的信息。陨石，也是宇宙馈赠给欧阳自远的礼物。欧阳自远的科学之路起步于陨石研究，南丹陨石、内蒙古陨石、吉林陨石、南极陨石、玻璃陨石……特别是1976年那场吉林陨石雨，成为中国陨石研究的里程碑事件。欧阳自远作为第一作者提交的《吉林陨石综合研究》，获1985年中科院科技进步奖一等奖。美国科学院院士安德斯对该项成果十分赞赏，认为"中国的陨石研究已经达到国际先进水平"。

李春来去中科院地化所报到，第一次见到导师欧阳自远。导师说："读我的研究生必须耐得住寂寞，因为每天都得与石头打交道。"

李春来似懂非懂。

"这些石头准确说是陨石，可别小看这些'天外来客'啊！"

欧阳自远给李春来讲了一件轶事：

1978年，美国总统卡特的国家安全事务助理布热津斯基访问中国，送给我们两件礼物：一面由阿波罗号带上过月球的中国国旗，一块由阿波罗号宇航员从月球上取回来的1克重的月岩。很快，这颗只有小指甲盖一半大的月岩交到了欧阳自远的手里。地化所组织全国科研人员，分门别类，从岩石学、矿物学、主量与微量元素、月岩冲击效应、微细结构、矿物晶体的表面结构诸方面，对这颗月岩做了研究，获取了大量宝贵的信息。

后来，李春来跟着导师找陨石，跑遍了大西北。他不仅切身体会到野外作业的艰辛，更是感受到前辈科学家对于事业的专注。

研究生毕业后，李春来留在中科院地化所。借用这个平台，他获得了更多关于陨石的信息和知识。

这期间，来自南极洲的一块小陨石，引起国际天体科学家极大关注，李春来也被这块"小精灵"吸引住了。

1984年圣诞节过后，一位叫罗比·斯考克的年轻科学家在南极洲的艾伦山上，发现了一块土豆状的小岩石。科考小组为它贴上 ALH84001 的标签，"ALH"表示艾伦山，"84"表示 1984 年，"001"表示这是那一年第一个发现。

ALH84001 送到休斯敦史密森尼国家自然历史博物馆。年轻馆长将这块陨石归类为最有可能来自灶神星（4Vesta）的奥长古铜无球粒陨石（Diogenite）。灶神星是火星和木星之间小行星带中的一颗较大的小行星。这块陨石上有一些富含铁的棕色碳酸盐斑块，这对灶神星来说是不寻常的，但馆长认为这可能是由于地球风化作用造成的。

几年后，有科学家在类似 ALH84001 陨石中发现残留微小的大气颗粒。它帮助人们排除了包括彗星、小行星、月球和水星在内所有没有大气的星球，而像火星这样有大气层的行星则可能是其来源。

1996 年 1 月，科学家将一小块 ALH84001 放在先进的新型扫描电子显微镜下，打开电子束，只见在一颗橙色碳酸盐小球的边缘，有一个纳米大小的细菌化石，一个真正的生命化石。

关于 ALH84001 是否存在生命迹象的研究一直在进行之中。

人类探索火星的"追星之旅"，记录了一代又一代科研人员的梦想和智慧。

美国行星科学家莎拉·斯图尔特·约翰逊说："我们感知和知识的限制是显而易见的，尤其是在极端情况下，比如我们探索太空时，很少有资料能够告诉我们，我们是谁，我们要去哪里，我们为什么在这里，以及为什么那里有某些事物而不是一无所有。"

科学探测的魅力或许正在于其不确定性，正是这种不确定性，吸引无数科学家为之孜孜不倦、终生奋斗。

李春来也成为一名火星的"追星族"。只是，当时他没有想到数年后，自己会成为中国首次火星探测任务工程副总设计师。

1993年，已是中国科学院院士的欧阳自远，通过中国空间科学学会向国家"863计划"专家组提出建议，开展月球探测工程。欧阳自远一直认为，对于给予地球演化以无穷润泽的月球的研究，不仅可以加深对早期地球历史的理解，还可以进一步加强对地球未来发展的理性分析。

李春来成为欧阳自远团队一名成员，开始我国月球探测必要性和可行性研究。两年后，第一个较完整的航天高科技课题论证报告《中国开展月球探测的必要性和可行性研究》完成。报告分析了国外月球的探测成果；探讨了我国开展月球探测的必要性，并提出任务要求；论述了我国开展月球探测已具备的条件；提出了我国开展月球探测发展阶段设想和第一阶段月球探测的科学目标，以及第一颗月球卫星总体方案设想、关键技术、研制进度和经费估算，月球探测的国际合作建议等。

《中国开展月球探测的必要性和可行性研究》报告获得"863计划"专家组通过后，中国科学院高度重视，1995年支持欧阳自远课题组转入中国开展探月发展战略与长远规划的研究。

1997年，中国科学院、国防科工委组织多方面专家，对欧阳自远团队的第二个报告《中国月球探测的发展战略与规划》进行评审与答辩，报告获得专家委员会一致同意，并通过评审。

2004年1月23日，国务院批准绕月探测工程立项，将我国第一个探月工程命名为嫦娥工程。欧阳自远出任中国绕月探测工程应用科学首席科学家，这是我国航天重大工程首次设置首席科学家一职。李春来被任命为嫦娥一号地面应用系统总设计师。

我国航天探测第一次用到"地面应用系统"这个新名词，李春来也是第一位地面应用系统的总设计师。既没有资料，更没有经验，一切从"零"开始。欧阳自远说："先干起来，边干边学嘛！"

在欧阳自远带领下，地面应用系统团队为我国首次月球探测规划了五个目标：获取月球表面三维影像，划分月球表面的基本构造和地貌单元，进行月球表面撞击坑形态、大小、分布、密度等的研究，为月球与类地行星表面年龄的划分和早期演化历史研究提供基本数据，为软着陆区选址和月球基地位置优选提供基础资料。

不少领域的专家期待探月工程延伸到自己研究的领域，不少部门极力争取要将自己研制的仪器纳入探月装置，团队只能一一解释。

有些研究领域目前在月球探测上还派不上用场，比如月球南北极磁场早就消失，没有必要去测定月球的全球性内禀磁场。月球寸草不生，绝无可能研究生物工程。有些研究领域美国、俄罗斯已经做过，我们比人家晚了40年，应尽量争取有一个更高更快的起点，不可能说别人做过的我们一点不重复，但我们最后的结果必须比已有的成果更全面、深入、先进，而且在别人尚未涉及的领域，我们也要力争去做。

因此，中国的第一颗月球卫星不会什么都装上，只配置那些具有独创性，或是比国外水平更先进的仪器，关键是要做出更高水平的研究成果。

李春来说："地面应用系统的职责还包括必须建立好数据接收系统和科学研究组织体系，当探月卫星成功入轨后，对从月球发回来的数据要接收、解码、校正、储存，生产多级高级数据，向全国或全世界发布科学探测数据，组织国内外科学家进行科学研究和编制各种图件。"

除了通过CCD立体相机获得国际上变形程度最低、位置精度最高、图像色调最一致和空间覆盖最完整的全月球影像图，成为新的月球"标准像"之外，嫦娥一号还获得数个当时领先世界的成果。

地面应用系统第一次展现出它的价值和光彩！

万众瞩目的火星探测任务立项。

李春来出任工程副总设计师；经过嫦娥工程磨砺的刘建军脱颖而出，成为地面应用系统总设计师。

任命那天快下班时，欧阳自远打电话让李春来和刘建军去他办公室。

欧阳自远把一本《火星科学概论》交给他们，说："这是我和邹永廖一起主编的一部介绍火星情况的专著，刚刚出版，拿去参考吧，或许，对你们下一步工作有点儿用。"

李春来翻了一下目录，连说："太好了，简直是及时雨啊！没想到老师提前在为我们做准备了！"

欧阳自远说："脑子不像原来那么活跃了，只能给你们打打下手。"

"院士老师给我们'打下手'，哪敢呀！"

"建军这几年提升的步子很大，"欧阳自远叮嘱道，"通过火星项目，春来，你还得好好带带他们这批年轻人。"

"没说的，"李春来说，"不过，现在的年轻人起点高，视野宽，许多事情我还经常向他们请教呢。"

航天事业如同接力跑，需要一棒一棒地传递下去。航天队伍也一直有好传统，一代又一代航天人薪火相传，让航天精神不断丰富，发扬光大。

李春来和刘建军的办公室隔门相对，一步之遥。然而，要完成火星探测任务地面应用系统的任务，他们还有漫长的路要走。

李春来身材敦实，国字脸，戴一副细边眼镜，与他的导师欧阳自远有几分相似。

我问及欧阳自远院士近况，李春来说："好着呢，每天都来台里上班，雷打不动。有时我劝他：年岁大了，多在家里休息休息。他说：几十年，习惯每天来办公室。他脑子还特别活跃，有天夜里很晚了，给我打电话，问：'春来啊，地面科学方案做得怎么样啦？你们要记住一点：一定要有新东西！'"

我又问："这次火星探测科学应用系统，创新体现在哪里？"

李春来告诉我，创新主要体现在两个方面：一是探测方式，二是科学目标。我国首次火星探测任务将同时实施环绕探测和巡视探测，这在国际上尚属首次。这种方式着眼于环绕器与火星车有效载荷之间的互动和配合，互为补充。通过两器联合探测，实现对大气、电离层、磁场等全面探测。

水冰探测是我国首次火星探测最重要的科学目标之一，将采取直接探测和间接探测相结合的方式进行：一是就位和遥感雷达直接探测。判断地下是否存在水冰，是否存在与水活动有关的沉积层等。二是火星地形的间接探测。配置高分辨率相机、中分辨率相机和地形导航相机，对水域地貌进行探测。三是火星岩石和矿物探测。配置火星表面成分探测仪，结合古湖泊、古河道、冲积洲等水相地貌，寻找碳酸盐类矿物或赤铁矿、层状硅酸盐、含水硫酸盐、高氯酸盐矿物等，探测水活动对这些矿物形成的影响，建立火星表面水环境和次生矿物种类的联系，寻找火星历史上液态水存在的环境条件。

为了完成科学探测任务，必须精心选择上星载荷。中国首次火星探测科学载荷一共用了13台仪器，其中环绕器配置7台，包括：高分辨率相机、中分辨率相机、次表层探测雷达、火星矿物光谱探测仪、火星磁强计、火星离子与中性粒子分析仪、火星能量粒子分析仪。火星车配置6台，包括导航地形相机、多光谱相机、次表层探测雷达、物质成分探测仪、磁场探测仪、气象测量仪。环绕器进行全球、综合性的探测，火星车进行重点地区的精细探测，相互补充，交叉比对。

李春来说："工程立项之初，我们提出了五个科学目标。从火星的上层到地下，分别有探测空间环境和电离层的，有探测表面物质成分、形貌地质构造和气象特征的，还有探测火星地下浅层结构的。通过这些数据，我们可以较为全面地认识火星。同时，还有一些很有特色的科学仪器：比如说环绕器和火星车上都配置了雷达，一个具有双频双极化，一个具有全极化，有可能对地下结构进行探测时获得更多的信息；还有火星车上的磁场探测仪，可以测量火星表面不同位置的磁场变化，这也是我们非常有特点的地方。物质成分探测仪可以分析火星表面的物质成分和元素含量。"

13台科学载荷，是专家们经过一次次论证，精心挑选，最后才定下来的。

13台科学载荷，在研制中也遇到了许多难以想象的困难。

2019年，五一国际劳动节刚过，刘建军和中国科学院空天信息创新研究院研究员周斌，带领戴舜、李玉喜、沈绍祥等一支13人的试验队，来到了位于甘肃省肃北蒙古族自治县境内祁连山西段的老虎沟12号冰川（Laohugou Glacier No.12），在冰川边缘安营扎寨。说是安营扎寨，其实就是在冰川脚下搭了两顶简易帐篷。

次表层探测雷达在月球车玉兔号上搭载取得重大成功，专家们决定祝融号也搭载探地雷达，对火星着陆区的浅表层结构进行探测。但祝融号探地雷达要发射更长的电磁波（线性调频信号）穿透损耗特性更强的火星土壤，新的机制需要通过验证试验来检验其能力。

科学试验经过在地球上某些特殊区域进行火星车探测雷达对地探测试验，最终评估探测雷达在火星浅层结构探测中的探测能力，包括对深度的探测能力、对分层介质的探测分辨能力、高频通道全极化对冰层识别的能力、数据处理流程和方法。

火星车探地雷达科学验证试验场地需选择具有较典型的分层地貌区域，并且需要考虑含水量、分层厚度的因素。试验队先期考察了甘肃肃北老虎沟冰川、陕北榆林黄土、甘肃玉门戈壁、内蒙古火山，最后确定在老虎沟冰川开展低频通道验证试验，在乌兰哈达火山地质公园和室内模拟土壤场地开展高频通道验证试验。

海拔4000多米的老虎沟，百里冰川末端海拔4260米，后壁海拔5483米，冰川高差达900米。远远望去，像是一片无边无际、晶莹剔透的白色玻璃幕墙。

5月，内地已是春暖花开。但此时的老虎沟依然是寒风凛冽、一片萧瑟。一半队员高山反应极其严重，脑袋胀痛，嘴唇青紫，感觉连抬眼皮都很费劲。

探地雷达试验需要三人一组，一个人操作雷达主机控制发射电磁波，另外两个人保持相同距离放置天线完成探测，这在平地上轻而易举，但在冰川上就像负重越野跑一样，试验队员每走十几米就得停下来大口大口地喘气。虽然每次验证实验后，试验队员都要缓一两天才能恢复体力，却从没有人喊苦叫累。见气氛有些沉闷，刘建军提议："咱们唱首歌吧！"于是，《我和我的祖国》

的歌声回荡在祁连山上。

一组组数据，就是在这种琐碎、枯燥、艰难中获得的。

2020年初，为了增强火星车雷达的性能，带宽被调整为最初的两倍。一切验证试验又要从头再来。重上祁连山，再赴乌兰哈达，曾经做过的试验再重复5次。

可喜的是，改进后的探地雷达获得了比之前验证实验更好的结果。

探火征程上也绽放着"紫荆花"的绚丽光彩。

火星探测任务立项后，为了更好开展探测任务中的科普工作，任务团队决定在着陆平台上增加一台落火监视相机，以获得在探测器着陆火星后火星车桅杆、太阳能帆板展开等过程和状态的图像和视频数据。基于在嫦娥探月任务中与香港理工大学容启亮教授团队建立起来的友好合作关系，这台落火监视相机的研制任务交给了容启亮教授团队。

时间紧迫。香港理工大学团队全力以赴，容教授对于相机的生产、加工和测试，更是事无巨细，参与到每一个环节。有段时间，团队成员凌晨5时抵达零下十几摄氏度的兰州、长春，来不及休息就立即进入实验室跟进试验进度。有人曾凌晨4时赶飞机参加会议，甚至一天内往返北京和香港。试验最紧张的时候，每天只能睡两三个小时。在容教授的带领下，研制人员夜以继日地工作，终于克服各种困难，保证相机按时、高质量交付，在轨获得优秀的表现。

我问刘建军："火星车上的载荷都是国产的吗？"

"百分之百国产化。"刘建军自豪地说。

"这一块为什么做得这么好？"

"火星探测立项之初，工程'两总'就提出了器部件国产化的要求，火星车的载荷也不例外。干航天的，这些年来已经形成一个共识：核心技术要不来、买不来、讨不来，必须靠自己。因此，在预研阶段，我们对火星车载荷的国产化做了部署。

"不过，去火星上'破译物质成分信息'，难度非常高，尤其设备要对抗火星昼夜高达160摄氏度的温差。探测头一直在车舱外，即使在晚上零下130摄氏度的低温下，它也要靠自己挺过去，没有足够的热源保温，而白天又要在30摄氏度的温度下工作。为此科研人员想尽各种办法，为仪器穿上'保温衣'。按照设计要求，研究人员需要开展500次循环寿命试验，但他们为了使其更好地适应'冰火两重天'的火星环境，在地面进行了多达2000次试验。承担火星表面成分探测仪任务的中国科学院上海技物所副所长舒嵘说，由于火星发射有时间窗口的限制，因此火星载荷的研制任务非常紧张，整个团队七八十人，整整两年没有放过一天假，哪怕春节也没停歇。"

我说："受制于人，永远是被动的。"

刘建军说："黄老师，您写过北斗，我们的北斗导航系统能够做到中国的北斗、世界的北斗、一流的北斗，自主创新是它的精神内核。"

"这一点我在写《中国北斗传》时，深有体会，深有感触。创新贯穿于北斗工程的全过程。面对形势逼人、挑战逼人、使命逼人，航天人始终以创新应对。"我说。

"我们这些中青年科技工作者，感受特别深的是，老一辈科学家仰望星空，脚踏实地，为我们留下了一笔丰厚的精神财富。精神财富看不见、摸不着，似乎有些虚无缥缈，但时间一长，慢慢体会到了精神财富蕴含着无穷的力量。"刘建军感慨地说。

忽然，刘建军像是发现了什么似的，说："黄老师，您不是要了解地面应用系统的情况吗，怎么说着说着，转入了精神层面的探讨？"

我也笑了："或者是它们之间有着一种必然的联系，所以，聊着聊着，两个问题便聊到一块了。"

从整体评估，中国首次火星探测任务一次完成"绕、着、巡"，是创新，但具有极大的挑战性，若能成功，意味着中国一次走完了此前苏联和美国用几十年才完成的历程。

中国工程院院士、国家航天局原局长、探月工程首任总指挥栾恩杰在接受央视记者采访时说："在国际航天的竞争中，谁也没有停下来等中国人。如果我们认识不到这一点，反而在自我欣赏、吹牛皮，还怎么搞航天强国？你知不知道美国20年后干什么？印度20年后是什么样子？我们要赶超美国的时候，是不是美国就这样原地不动？绝对不是的！"

这一切向中国航天人提出了更大的挑战！

第九章
"我是北京"

迎着强劲的海风

2020年1月26日。

庚子年大年初二。

我国首次火星探测任务即将进入发射阶段。航天人上上下下忙了几年，春节都难得休息。

谁也没有料到，一场新冠肺炎疫情，正悄悄向中国大地袭来。1月23日，武汉"封城"。

张荣桥忽然间意识到问题的严重性，立即赶到月亮大厦，与火星探测任务工程总指挥张克俭紧急磋商，快速做出决策：

第一，提前集中研制队伍。各系统主要研制单位、骨干队伍马上结束休假，1月28日前全部返京，并按规定在家隔离。确保队伍完整并按时到位。

第二，按照航天工程研制程序，在转阶段过程中需要组织一系列评审。在疫情防控不允许人员集中的情况下，通过视频、函审等方式灵活组织评审，保证各项工作按计划推进。

第三，疫情防控工作使人员和产品运输受到限制。应主动与地方政府沟通，精心制定疫情防控安全方案，在确保人员防疫安全的前提下，保证必要的人员往来和产品运输。

一手抓研制，一手抓防疫。

上百个单位数万人组成的工程研制队伍，如何做到百分之百严格落实防疫措施，百分之百严守防疫纪律，安全流动、对外隔离、身心健康，确保工作顺利推进，这是一个新的挑战！

最先摆在面前的一大难题是，探测器测试完成后，如何安全运送到文昌航天发射场。

探测器太阳能帆板收拢后长3.3米、宽3.2米、高1.85米，这么大个家伙，国内航空公司所有飞机均不满足运输条件，只有俄罗斯的安-124运输机符合条件。半年前，火星项目部与俄罗斯某航运公司签订了运输合同。

人算不如天算。按照我国防疫要求，国外机组人员入境后必须先隔离14天才可以正常开展工作。俄方承运单位一年的任务早就排满了，隔离14天，耽误不起，而且机组还担心入境后被传染。人家宁可违约，也不干这趟活。

这下真遇到了麻烦。转海运，一时半会去哪儿找船？再说，即便有船，探测器与其他货物混装，海上风浪颠簸，安全不能保证。

受环绕器试验队进京方式启发，有人建议：俄方机组入境后，也采用点对点方式，住隔离酒店，与中方人员全程隔离。中方将探测器直接送上飞机，然后直飞海南。这是一个好建议，但是否符合防控要求，还不敢确定。

张荣桥立即给相关部门打电话，自报家门，说我国首次火星探测任务遇到运输难处，希望帮助解决。

对方一听是火星探测任务，连说"去火星，可耽误不起"，让他们发个函，报上级审批。

两天后，对方来电说："上级领导批准了。你们直接去找首都机场联防办。知道你们很忙，领导就不用去了，派一位办事的同志与他们对接就行了。"

张荣桥心头一热，觉得很欣慰，不知从什么时候开始，"火星探测任务"成了一张"金名片"，走到哪里，都畅通无阻。

俄方同意我方所采取的措施。一切安排妥当，张荣桥带领试验队奔赴文昌航天发射场。

天问一号发射窗口是7月中下旬，按惯例试验队提前一个多月进场即可。但疫情肆虐，不可知因素太多，工程"两总"决定试验队提前出发。

4月5日清晨。

首都机场。

航站楼里，悬挂着的"热烈护送航天战友出征"横幅显得格外醒目。

张荣桥和试验队员们戴着口罩，只露出一双眼睛。

出征——带着几分悲壮的出征！

4月的海南，和风轻拂，满目青翠，生机盎然。

文昌航天发射场位于海南省文昌市龙楼镇，是我国四大发射场之一，首个开放性滨海航天发射基地，也是世界上为数不多的低纬度发射场。该发射场可以发射长征五号运载火箭、长征七号运载火箭、长征八号运载火箭，主要承担地球同步轨道卫星、大质量极轨卫星、大吨位空间站和深空探测卫星等航天器的发射任务。

为什么选择文昌航天发射场作为天问一号发射场？

其一，航区和落区安全。从文昌地区发射出去的火箭，射向宽泛，适应性强。此外，火箭射向的范围大多是海域，安全性能高。

其二，运载效率高。火箭发射场距离赤道越近、纬度越低，发射卫星时就可以最大限度地利用地球自转产生的离心力，使得所需要的能耗较低。文昌航天发射场位于北纬19度19分，是中国陆地纬度最低、距离赤道最近的地区。与西昌卫星发射中心相比，火箭可装载的有效载荷质量将提高5.1%—7.4%，同等质量的推进剂可使卫星在轨寿命增加2.7年；与酒泉卫星发射中心相比，卫星定点质量可以增加16.3%—18.5%，同等质量的推进剂可使卫星在轨寿命增加8.7—9.8年，这给卫星用户带来巨大的经济效益。

其三，大尺寸结构件可海运。新一代运载火箭尺寸大，陆地运输十分困难。在沿海地区建造发射场，通过海路运输，有效地解决了新一代运载火箭运输问题。

国外专家估计，文昌航天发射场建成后，中国长征系列火箭以及将来新的大推力火箭，推力将提升10%。

4月5日中午，张荣桥率领的试验队顺利抵达文昌航天发射场。

4月10日，由俄方承运的探测器将于上午抵达海口机场。

清晨，张荣桥带着两辆大货车和几辆小车前往机场接机。

刘福全和总装师傅们来了，安-124运输机抵达后，他们负责卸货。

海口机场大道两旁排列着高大挺拔的椰子树，巨大羽毛状的树叶和挂在树冠上足球大小的椰子，构成了一道南国特色的风景线。

耿言看了看手机，对张荣桥说："荣桥总，时间还早，现在我们还接不了机呢。"

"正好，先在路旁歇歇吧，透透气。"张荣桥说。

车队在路旁椰子树下停了下来。

不一会儿，孙泽洲、张玉花也赶来了。

张荣桥对孙泽洲说："泽洲啊，这次运输不容易。叮嘱大家一定要小心谨慎。"

"放心，每个细节都做了部署。"

张荣桥有点感慨："干了这么多年航天，还是第一次碰到这种特殊情况。"

张玉花说："特殊情况锻炼人，我忽然发现我们这支队伍这么有战斗力。"

张荣桥点着烟，刚吸了口。"啪——"忽然传来一声巨响，他吃了一惊，下意识地回头一看，一只大椰子从树上掉了下来，把小车前挡风玻璃砸了一个碗口大的洞。

大家围了过来，一个个眼睛都瞪大了。

司机捡起滚到路旁的椰子，心有余悸地说："哎呀，这家伙要是砸到头上，脑袋就开花了。"

孙泽洲说："起码是脑震荡。"

张玉花说："搞不好一口气就没了。"

大家七嘴八舌地议论着。

张荣桥吸着烟，不紧不慢地说："海南大街旁到处都是椰子树，但没见过海南人一边走路，一边看天。"

耿言说："这种事情的概率是几万分之一，谁知道谁是这几万分之一呢？"

有人说："不怕一万，就怕万一。"

张荣桥说："难道因为那个'万一'，就不走路了？"

有人表示赞同："对、对，没听说过海南有被椰子砸死的。"

张荣桥把这件事当花絮告诉我。

我问他："当时是不是觉得有一种不祥之兆？"

"我是坚定的唯物主义者。"张荣桥说，"没有不祥之兆的感觉。倒是觉得这个世界上，不可知的事情，什么时候都可能发生。我们搞航天的就是要跟这些不可知的因素，斗智斗勇啊。"

还有什么不可知的难题在等待着张荣桥和他的团队？

4月10日，9时整，安-124运输机准时降落在停机坪上。

双方人员都穿着白色防护服，像两支特种部队正准备执行一次特殊的任务。

刘福全师傅指挥吊车将探测器吊到大卡车上。

双方人员都很专业，探测器转运顺利完成。

分别时，俄罗斯飞行员和中方人员都伸出了大拇指，表示友谊和感谢。

5月7日，长征五号火箭从天津港运抵文昌。

事情往往是一顺百顺，一不顺便麻烦迭起。

文昌航天发射场上半年有三项发射任务：长征7A、长征5B和长征五号遥四。

长征七号火箭是我国新一代中型运载火箭的主力构型，具备一箭一星和一箭双星发射能力，地球同步转移轨道运载能力不低于7吨。3月16日21时34分，长征七号火箭发射升空，在一二级分离后约9秒出现爆燃火焰，发射失利。

长征七号发射失利，直接影响后续火箭发射。因为用的是同一个活动塔架，设备恢复需要一个多月。长征5B原定4月下旬发射，却一直推迟到5月5日才发射。

时间像一根鞭子在催促着，张荣桥着急地对发射场总指挥说："得抓紧啦，不行的话，三班倒连续干。"

总指挥说："三班倒没问题，关键是有些硬性工艺是不能缩短的，比如防护漆，一遍干透了才能刷第二遍。"

张荣桥说："我们整个队伍准备了近10年，务必在今年这个发射窗口将天问一号发出去！"

总指挥说："是的，虽然发射窗口一共有14天，但我们赶早不赶晚。"

张荣桥还是不放心："7月是海南的台风期，遇到一场台风很可能就耽误三五天。如果两个台风接连而来,怎么办?人算不如天算。所以,越往前赶我们就越主动。"

总指挥立即表态:"荣桥总,我们一起努力!"

那些日子,张荣桥几乎每天带着耿言去发射塔台转转,看看进度情况。

耿言是探月中心深空探测工程总体部部长,参与了火星探测任务的论证方案、总体设计和工程实施各项工作,是张荣桥的得力助手。

有一天傍晚,在海边散步时,张荣桥问耿言:"耿言,你说当总师压力有多大?"

耿言有点莫名其妙,看了他一眼,说:"我没当过总师,我怎么能体会当总师的压力?"

"我真想象不出来,我们的那些前辈总师,抗压能力居然那么强?就如孙家栋老前辈,当年搞东方红一号人造地球卫星,既无资料,又无技术,连最起码的条件都不具备,硬是带领大家将东方红一号送上天。后来的嫦娥工程、北斗工程,遇到难题更是'海'了去了……北斗工程上马的时候,我国和欧盟几乎同时向国际电信联盟提出导航卫星的轨道位置和频率资源的申请。孙老带着工程团队,'以跑百米的速度在跑马拉松',争分夺秒,克服千难万险,终于在国际电信联盟限定的最后两小时前,接收到北斗二号发回的导航信号,保住了卫星导航信号频率和轨位资源……"

耿言说:"我还听说2002年叶培建院士担任资源二号卫星项目的总设计师,那是我国第一颗高分辨率数字成像卫星,对我国空间遥感等技术领域具有重大建设性意义。卫星升空后顺利入轨，前两圈飞行都正常，结果到第三圈时，卫星失去了信号。当时，叶院士正乘车在吕梁山执行任务，听到消息时，他的第一反应是'希望车从山上掉下去，把自己摔死'，他觉得卫星比他的性命重要，出了问题无法交代，可见压力有多大！"

张荣桥赞许道："我们的前辈总师，都有一种精神——这种精神使得他们有了回天之力，所有的艰难险阻，都被战胜了。或许，这就叫精神的力量。精神虽然不是万能的，但精神是有力量的，精神力量是无穷的。"

这几年，我一直在创作航天题材报告文学，接触了大量航天人，他们中既有航天精英，又有一线技术人员，在探索浩瀚宇宙征途上，航天精神鼓舞着一代又一代航天人爱国创新、勇攀高峰。

曾任北斗一号、北斗二号工程副总设计师的李祖洪回忆说："在北斗起步阶段，我们受过很多刺激。比如，向某国购买产品的钱都付了，对方却突然以制裁为名不卖了，退给我们一些硬纸板。这样不讲道理的事情屡屡发生，给了我们很大的教训。"1990年，李祖洪带队去某国考察购买产品，对方严密封锁、处处防备，在位于地下的实验室里，就连上厕所都要派人跟着。李祖洪说："当时心里特别难受——我们花钱买他们的东西，他们却时时处处提防着我们。"在向另一个国家购买北斗卫星核心产品星载原子钟时，对方在合同里加了一条"如遇不可抗力，我们不负责任"，也就是说，对方随时可以卡我们的脖子。北斗人奋起直追，在太阳能帆板、原子钟等核心产品上苦下功夫、费尽心血，成功实现国产化。于是，便有了李祖洪的那段名言："这些年来，我们想站在'巨人'的肩膀上，'巨人'不让我们站，而且还卡我们、压我们。在事实面前，我们终于醒悟了过来——靠别人靠不住，只有靠自己，拼搏努力，让我们自己成为巨人，让中国成为巨人！"

中国北斗人被逼入绝境，当时国内组织3支研制队伍，卧薪尝胆，发愤图强，通过不懈努力，北斗团队成功研制了具有完全自主知识产权、满足北斗工程要求的星载原子钟产品，突破封锁，中国终于有了自主研发的星载原子钟。中国航天科技集团五院西安分院原子钟首席专家贺玉玲说："20世纪六七十年代我们有了原子弹，现在我们有了原子钟！"

北斗二号卫星系统总设计师杨慧说："北斗经历了北斗一号、北斗二号、北斗三号，我们经历了北斗的'三生三世'。为什么这么说？因为我觉得北斗无论从一号到目前的三号，灵魂没变、追求没变、目标没变、初心没改，都是为了建立我们国家的卫星导航系统。从无到有、从区域服务到全球服务，但是它一次一次地在脱胎换骨。这其中没变的重要部分，就是北斗团队那股追求卓越的认真劲儿。"

2016年，孙泽洲出任嫦娥四号探测器总设计师，他说："嫦娥三号成功了，嫦娥四号准备在月背着陆，它面临的挑战是极其严峻的，万一失败了，有人会觉得嫦娥三号的成功只是一种偶然，有人甚至在等着看笑话。这又是一场绝地反击，只许成功，不许失败。历尽艰辛，嫦娥四号首次实现航天器在月球背面软着陆和巡视探测，首次实现月球背面同地球的中继通信，这是中国人为人类探索宇宙奥秘做出的又一卓越贡献。靠什么？靠的是智慧和精神。"

博大精深的航天精神，引领着一代又一代航天人砥砺奋进、一往无前。

夜幕降临了。

不远处，巍峨耸立的发射塔，在灯光映照下熠熠生辉……

2020年7月23日。

晴空万里，海风猎猎。

长征五号遥四火箭昂首挺胸，巍然矗立。火箭顶部，象征"揽星九天"的中国行星探测标识格外醒目。

从全国各地赶来的"航天迷"，挤满文昌航天发射场不远处的龙楼镇海滩。

万众瞩目，静候天问一号升空。

"各号注意，15分钟准备！"

12时26分，随着01指挥员的口令，最后一批工作人员撤离发射塔。

"各号注意，1分钟准备！"

观礼台上，观众手持国旗，屏住呼吸，昂首翘望。

"5、4、3、2、1，点火！"

12时41分，01指挥员一声令下，火箭底部烈焰喷薄而出，震天动地的轰鸣声响彻海天。长征五号遥四火箭托举着天问一号腾空而起。

"箭器分离！"

"探测器入轨！"

"我宣布，中国首次火星探测任务发射取得圆满成功！"13时24分，发射场区指挥长宣读发射捷报，整个指挥大厅立刻沸腾了，大家欢欣鼓舞，热泪奔流，拥抱祝贺。

马不停蹄。张荣桥带领部分试验队员，赶往机场，准备搭乘专机赴飞控中心，继续下一步的工作。

张荣桥靠在座位上，微微闭着双眼，似乎在回味发射成功的喜悦，又像是在思考着什么……

蓦地，张荣桥手机铃声响了。

手机里传来急促的声音："荣桥总，刚刚测控报告：探测器姿态不稳，动量轮控制不住……"

"什么？你再说一遍。"

"探测器姿态不稳，动量轮控制不住。"

坏消息像是一盆冷水迎面泼来，张荣桥的心一震：探测器姿态不稳，很可能影响太阳能帆板对日不能获得太阳能，器上的能源很快就将用完……一种不祥之兆爬上心头，他自己都发觉表情一下子僵硬了。

车到机场，队员们快速登上飞往北京的专机。

张荣桥尽量控制住自己的情绪，怕影响队员们心情，只是将情况悄悄告诉几位主要技术骨干。

　　站在舷梯上，张荣桥回转身，朝远方投去深深的一瞥，此时，椰林起伏，海风强劲……

　　飞机上无法通信联系，张荣桥表面淡定，内心却翻江倒海。

　　孙泽洲实在憋不住，轻声对张荣桥说："奇怪了，探测器姿态怎么会不稳呢？"

　　"是啊？"

　　孙泽洲拧眉想了想："估计是动量轮控制不了，实在不行就改用喷气发动机。"

　　"不是已经有预案了吗？"张荣桥说，"到时候按预案走吧。"

　　专机降落在首都机场停机坪上，张荣桥几步跨下舷梯，上了一辆小车，快速往飞控中心赶。

　　路上的半个多小时，张荣桥觉得比从海口飞到北京的时间还长。

　　飞控中心气氛紧张。

　　13时17分25秒，器箭分离，在环绕器完成入轨状态建立动作后，牛俊坡长舒了一口气，但他没敢放松，让各岗位值班人员继续监视遥测状态。坐在视屏前的杜洋张开双臂，用力做了几个扩胸动作，长长地舒了几口气，放松一下紧张的神经。

　　杜洋已经差不多一天一夜没合眼，完成发射岗任务，他起身离开飞控大厅，叫上搭档刘镒，一起回协作楼休息。

　　刚刚躺在床上，杜洋的手机忽然响了。刚听对方说了几声，他一个鲤鱼打挺从床上坐了起来，一边穿衣一边对刘镒说："天上出了点情况,得回去一趟。"说罢出了房间,刘镒也快步跟了上去。

路上,杜洋接到聂钦博电话。

"天上出了什么情况?姿态怎么会突然失稳?"聂钦博焦急地问。

"我也是刚得到消息,正在回飞控中心的路上,说是飞控姿态控制不住,不知是不是存在外部干扰?"杜洋快速回答。

"有消息及时跟我说一声呀。"

"知道,知道。"

杜洋快步走进飞控大厅,正在岗值班的谢攀告诉杜洋,环绕器转入动量轮姿态控制后,不多久,一台动量轮转速饱和了。环绕器自主进行了几次动量轮转速卸载后,转速仍旧快速增大直至饱和。朱庆华和牛俊坡赶紧组织大家判读遥测查找原因。为了安全,飞控团队已经按照故障预案发送指令,将环绕器转换为喷气姿态控制模式,目前状态正常。

张荣桥急匆匆赶来了,在飞控中心小会议室,崔晓峰和几位测控专家已在等候。

崔晓峰说:"荣桥总,探测器状态开始好转了。"

张荣桥双眉一展,说:"只要不继续发'偏'就行,大家继续分析具体是什么原因造成的。"

经过团队努力,探测器的姿态终于恢复正常了。

然而,迢迢数亿千米的征程,迎接天问一号的将是一场疾风暴雨……

"太空刹车"

茫茫宇宙，漫无边际。

没有东西南北，没有上下左右，没有这里那里，甚至于不知道是在哪里。

天问一号在地火转移期间，完成一次深空机动、四次中途修正等飞行阶段的规定动作，还实施了地月成像、深空自拍等展示性的自选动作，正一步步向"绕、着、巡"三大目标挺进。

深情回望，拍摄地月合影。2020年7月27日，环绕器在飞离地球约120万千米处回望地球，利用光学导航敏感器对地球、月球成像，获得清晰的地月合影。在这幅黑白图像中，地球与月球一大一小，均呈新月状，在茫茫宇宙中交相辉映。

轨道修正，让天问一号飞得更准。天问一号先后完成四次中途修正，对3000牛发动机及120牛、25牛推力器的在轨性能、工作模式进行全面验证。

深空自拍，五星红旗闪耀太空。2020年10月1日，国家航天局发布天问一号探测器飞行图像，图上的五星红旗光彩夺目，呈现出鲜艳的中国红，这是我国探测器采用分离测量传感器完成首次深空自拍。

首拍火星，成功获取中国首幅近火图像。2021年2月5日，国家航天局发布了天问一号在距离火星约220万千米处，获取的首幅火星图像。本次成像采用环绕器高分辨率相机的黑白成像模式。

天问一号飞行了整整202天。

2021年2月10日（农历腊月二十九）。

天问一号将于当天晚上进行火星引力场制动捕获控制，环绕火星。

天问一号探测器能否被火星引力成功捕获，"太空刹车"能否成功，机会只有一次。

临近2021年春节，实施火星捕获的日子即将到来。火星环绕器飞控队伍原计划1月中旬抵达北京，开展火星捕获动作的准备工作。张玉花带领环绕器支持团队，提前10天进京，以保证"太空刹车"任务顺利完成。

为确保"太空刹车"一次成功，在飞行程序设计中，团队设计了"三冗余"策略。地面上注轨控指令的机会，由常规轨道机动两次，增加到三次；关键指令调整为执行三次，确保指令可靠执行。

"太空刹车"属于全系统联合，GNC的接口方最多。而每一个接口方的需求更动，对GNC都是新的状态，GNC还要考虑该状态是否对其他分系统接口有影响。越深入思考，可能性便越多；假设越多，工作量就越大。

聂钦博和他的团队夜以继日连轴转，从来没有感到这么大的压力。

一天半夜,团队的几位小伙子躺在床上,有一搭无一搭地聊着。

聂钦博说:"如果再一次让你们选择工作,你们还会选咱们这一行吗?"

有人问:"你自己呢?"

聂钦博回答:"我可能不会,准确说是不敢。"

"为什么?"

"压力太大!你想想,就说'太空刹车'这一'脚',要是踩偏了,整个火星任务就将功亏一篑。这一'脚'太关键了,压力也实在太大了。"

"同感,同感。当时要知道岗位责任这么重、压力这么大,我可能也不敢来。"

"我们大学同学聚会,听说干航天责任这么重,有人说那不把人给搞崩溃了,给再多的工资也不干。"

"咱们不仅来了,不是干得也挺欢嘛!"

聂钦博说:"这就是航天团队的魅力了,只要成为其中一员,就必须为它奉献青春力量。"

"人家也觉得挺纳闷的,干航天,钱没有他们挣得多,任务特别重,我们一个个却干得没日没夜、有滋有味。"

"其实,刚入职时一个任务接着一个任务,没完没了地加班,我也不习惯。可我们的团队就有这样的凝聚力,慢慢地,不知不觉地,就像是一滴水掉进了大江里,被团队的价值观融化了……

我自己也不知道是怎么被融化的。"

"你应该告诉他们,我们的工作是与载人航天、探月、北斗、探火连在一起的,能不激情四射?"

聂钦博说:"从这个角度说,我们是时代的幸运儿。一个人干的事情关乎国家、民族的命运和荣誉,难道还不幸福吗?当然,我们肩负重任,更应该勇于担当,敢于拼搏。'太空刹车'必须成功!"

那次的"捕获"程序会刚结束,聂钦博在路上遇见探测器总指挥赫荣伟。赫荣伟问聂钦博:"小聂啊,'太空刹车'全靠你们那一'脚'了,有信心吗?"聂钦博表示有一百个信心。"有一百个信心,当然是好事。"赫荣伟口气一转,"不过,我还是要提醒一句,一定要明白你们那一'脚'的重要性和复杂性,让自己保持高度警惕。咱们不妨假设一下,如果这次任务由于咱们的失误导致失败,那可真要成为历史的罪人了。"

赫荣伟几句话,引起聂钦博的警觉。下午,他带领团队又按照总体思路和GNC思路重新复盘了一遍,还真发现了一个小小隐患。他们立即用一个故障预案进行闭环,降低了风险。

早晨,环绕器团队一拨人进入协作楼餐厅。

王民建手里端着餐具,四下寻找:"咦,今天早餐怎么没有茶叶蛋呢?"

一旁的朱庆华说:"这不是'波总'的要求嘛。"

朱新波立即声明:"我没有那么大的权力,不让伙房上茶叶蛋。"

王民建有些纳闷：两位副总师怎么在"茶叶蛋"上打起嘴仗？忽然想起了"茶叶蛋"似乎与"完蛋"有"牵连"，禁不住"噗哧"一声笑了。

朱新波端着牛奶、面包、蔬菜坐在餐桌前，像变魔术似的，从口袋里掏出一只柿子和一只橙子摆在面前。

张玉花端着餐盘坐在他对面，不解地望着他："'波总'，你这是什么讲究？"

有人看出了"名堂"："'花总'，这也不知道？柿子、橙子，寓意心想事（柿）成（橙）啊！"

朱新波笑着说："'花总'，祝您心想事成！"

张玉花心想，面对如此巨大压力，这些年轻人心态不错啊，笑道："大家付出了这么多的心血，应该祝我们大家心想事成！"

"心想事成！"

"心想事成！"

大家一起喊了起来。

鲍硕一大早便来到飞控中心指挥大厅。

此时，大厅里几十台联网电脑屏幕闪闪烁烁。各部门、各号手已经忙开了。

在通道旁，鲍硕遇到张荣桥。

张荣桥故意"逗"她："小鲍，眼圈儿有点发黑，没休息好吧？"

鲍硕下巴一扬:"哪能呢,我已经练出站着都可以睡觉的真功夫。现在最紧张的是谁,您知道吗?"

"谁?"

这下,轮到鲍硕卖关子了:"您猜猜。"

张荣桥四下望了望,说:"好像都不紧张,都很放松啊!"

鲍硕说:"实话告诉您吧,最紧张的是'大叔'您自己!"

张荣桥瞪大眼睛:"何以见得?"

"您是大总师啊,您的责任有多大?您的担子有多重?肯定是您最紧张。"

张荣桥立马反驳:"子非鱼,安知鱼之乐?"

鲍硕一时无语,脸一红,一甩短发,说:"报告总师,我得上岗了。"

一番对话,引来一片笑声。

坐在岗位前,鲍硕意识到,接下来将是一场硬仗!

"华山,我是北京!"

"华山到!"

"林海,我是北京!"

"林海到!"

"叶河,我是北京!"

"叶河到!"

……

自从天问一号发射后,天问一号北京总调度鲍硕由于准确、果断地发出"我是北京"一条条指令,引爆网络,在2020年微博之夜,获得"微博年度影响力事件"航天榜样称号。

鲍硕告诉我,她曾就读于卢沟桥一小。鲍硕问我:"您知道卢沟桥上有多少只石狮子?"这一下把我给问住了。她一脸认真:"卢沟桥上的石狮子一共是485只。我们一小离卢沟桥很近,学校经常组织学生去卢沟桥数狮子、擦狮子,每一回数狮子、擦狮子,就是一次生动无声的爱国主义教育。"

鲍硕从小的愿望是当一名老师。2010年高考时,她报的第一个志愿是首都师范大学。没想到考了610分高分,当时第一志愿前还有一个"提前批",但招女生的专业只有北京理工大学信息对抗专业,鲍硕不知道信息对抗是干啥的,但还是勇敢地报了名,并幸运地被录取。大学毕业后,又去某工程学院读了研究生,2017年成为飞控中心一名放"风筝"的人。

鲍硕记得刚入职时,中心领导曾告诉她要向着"一年人力、两年人手、五年人才、十年人物"的目标努力。

2018年,赶上嫦娥四号发射,鲍硕被调到调度组,在深空室上行控制岗位,专门给航天器发指令。她告诉我:"第一次发了指令后,同事们的评价并不'友好',说是有点儿太'小女生'了,不够严肃。"

同事们半开玩笑半认真,鲍硕却听进去了。

嫦娥四号成功实施月球背面软着陆,玉兔二号像一位孤胆英雄,面对未知的风险与挑战,勇敢前进,努力探索。

鲍硕在激动之余,同时也意识到了责任:执行飞控任务需要技术线和指挥线的支撑。北京总调度岗位是指挥和信息的神经中枢，要推动任务按计划进行，发生异常情况要第一时间反映，组织处置和计划调整。系重任于一身，让这位"90后"年轻人有一种如临深渊、如履薄冰之感。

中心领导对调度岗位的要求是"三商"要高。"三商"指的是体商、情商和智商。鲍硕说："身体素质要好，才能扛住高强度工作；因为调度要做大量沟通工作，所以情商要高；智商就是专业水平必须强。"

天问一号立项，鲍硕被任命为北京总调度，这是飞控中心成立以来第一位女性总调度。

鲍硕开始了一个秘密的"魔鬼训练计划"。

加强体能锻炼，练长跑，先是5千米，然后10千米；先跑"半马"，最后跑完了"全马"。

减少睡眠时间，从每晚的七八个小时，先减少到四五个小时，再减少到每天只睡3小时，最后可以近30个小时不休息。

为了改掉"小女生调"，鲍硕下班后、休息日关起门来，一次次练习发口令，既要声音洪亮，又要简练准确。

为了那一声"我是北京"，鲍硕精学苦练，孜孜矻矻。

鲍硕的家就在北京。她参加工作后，父母怕分散她精力，极少给她打电话。每到周末，鲍硕给母亲发条微信"忙，这周不回家了"，母亲就回一个字"好"。她说自己没有消费欲望，连工资卡也放在家里。她从来不化妆，那次上电视节目，才第一次抹了点口红。连找对象的时间都挤不出来，张荣桥总师急了，在《开讲啦》节目中，亲自为她"征婚"。

"各号注意,我是北京,即将实施第一次近火制动控制!"

"各号注意,1小时准备!"

19时52分,发动机点火开始。

这个过程,环绕器与地面通信单向延时约11分钟,地面将在20时03分左右才能收到消息。

守在电脑前的杜洋与聂钦博,紧张地盯着屏幕上环绕器传回的信息。"转轨控模式成功!"两人相视一笑。但"太空刹车"的实施才刚刚开始。

飞控大厅里,原本安静坐着的人们,开始陆陆续续活动起来。有人凑到一起轻声交流着,有人起身到厅外舒展一下筋骨,大家都在用各种方式舒缓紧张情绪。

杜洋又翻阅了一遍早已烂熟于心的飞行程序,走到天问一号火星车总体主管设计师润冬的岗位旁。杜洋负责环绕器飞行程序,润冬负责飞控实施文件,两人从2019年便开始合作。

"冬子,是不是有些紧张?"

"能不紧张吗?你怎样?"

"跟你一样。不过,火星捕获走到现在,与预期非常吻合,我信心满满。"

"你们自己写的飞行程序,心里最有底。"

离预期的时间还有三五分钟,大家陆陆续续回到了飞控大厅。

"环绕器遥测捕获,数据送出!"

通信恢复,说明环绕器姿态正常、能源正常,金波长舒了一口气。

杜洋用略微发抖的手敲击着键盘、计算点火速度增量,计算值与理论速值完美吻合。"成了!"他两眼一亮,情不自禁轻声喊道。

"根据北京遥测数据监视判断,探测器顺利进入近火点高度400千米、远火点高度18万千米、倾角约10°的大椭圆环火轨道,成功捕获火星!"

"我是北京"播报:

"太空刹车"一次成功!

"各号注意,我是北京!天问一号第一次近火控制正常结束。后续工作按正常飞控计划实施!"

飞控大厅里掌声一片。

环绕器团队成员一个个眼含热泪……

2月12日,国家航天局发布天问一号制动捕获过程动态影像,火星大气层及表面形貌清晰可见。

2月13日晚,飞控大厅灯火通明,环绕器几位设计师校核完第二天飞行程序,正收拾东西准备下班。

牛俊坡抬头望了一眼大屏幕上的电子钟,突然问身边的谢攀:"谢博,明天是什么日子?"

"2月14号呀!"

"2月14号是什么日子?"

谢攀一拍脑袋:"哎呀,忘了情人节啦!"

"没给老婆准备礼物?"

"一直忙捕获制动，把这件大事给忘了，你呢？"

"我也是刚想起来的，哪有时间准备，惨了惨了。"牛俊坡也是一脸无奈。

自进场发射以来，将近一年的时间，不是在海南就是在北京，家里的事根本过问不了。把这个特殊的日子也忘了，几位年轻人不由得十分内疚。

"也许，我有办法让大家都不挨骂。"一旁的徐亮说，"你们看，飞控大屏幕上的捕获轨道完整的轨道图，像什么？"

大家看得一头雾水。

徐亮启发道："发挥你们的空间想象力，往右下方再旋转一点。"

"像是一颗心！"

"对，就是一颗心。哇，这可是宇宙级的浪漫呀！"

几位年轻人立马来了兴致。

"谢博，快，把STK软件打开，把这个重要的发现完善完善，礼物就有着落了，而且是独一无二的礼物。"

"黑色的深空背景，明亮的火星，再把捕获轨道用红色加粗显示……"颇有艺术细胞的杜洋提出建议。

"嗯，效果不错，就是有点单调，再把后续的环绕轨道加上去看看！"王卫华也发表了自己的看法。

"咦，环绕轨道像不像一枚戒指？轨迹颜色改用金色，效果更好。"李金岳说。

"火星就像戒指上的钻石，太漂亮了！"总体副主任设计师何振宁发出了由衷的赞叹。

"把天问一号放到2月14日13时14分52秒0毫秒,这样就完美了。"一直忙着操作STK软件的谢攀,边说边把这位"主角"放在了突出的位置上。

牛俊坡脑海中浮现出天问一号任务全过程的画面,自言自语道:"要是能配首诗就更完美了。把我们环绕器长征数亿千米捕获火星,再通过一圈圈环绕降低运火点、抵达目标轨道的过程写下来,把我们研制的环绕器对火星的捕获,比喻为对妻子、家人的爱。"

好主意!

一帮理工男围着电脑展开了"头脑风暴",你一句,我一句,一份特殊的诗配图礼物诞生了。

来自深空人的浪漫

流浪亿万星河,历经万水千山,追逐的是,
心动的终点;
抵近的那一瞬,发动机声轰鸣,如初遇你,
澎湃的心田;
站在2021年2月14日13:14这一点,你我遥望甚远;
深邃的夜空下,永不停歇的脚步,
许下了重逢的诺言。
距离的远点,英姿飒爽的侧翻,
铸就炽热的红心一片。
一圈圈环绕,希望靠你近一点,再靠近一点;

这才是最长的陪伴，终将绕成爱的情人戒，
镌刻心间；
特殊的日子，未能陪你身边，能给的
唯有深空人独有的浪漫。

看着共同完成的作品，年轻人脸上露出了灿烂的笑容。
"这个礼物不错，不花一分钱，还独一无二！"
"这是无法用金钱计算的，这里面寄托着我们多少的心血和情思！"
走在回协作楼的路上，虽然寒意袭人，大家却感到心中春风荡漾……

2月24日，天问一号探测器成功实施第三次近火制动，进入周期2个火星日的火星停泊轨道后，对预选着陆区进行详查，探测分析地形地貌、开展沙尘天气监测等工作，为着陆火星做准备……

火星，你好

2021年5月15日，天问一号迎来了最后一场"大考"——着陆。

火星着陆时间瞄准为7时18分。

飞控大厅灯光通明，各路兵马汇聚一堂。

为实现着陆巡视器准确进入火星着陆轨道，环绕器首先要携带着陆巡视器控制到着陆火星的轨道，实施两器分离后，环绕器迅速抬升轨道，而着陆巡视器则进入火星大气层。这个分离前后的控制需要7小时，环绕器作为搭载着陆巡视器的星际"专车"，按顺序完成轨道降低发动机点火和关机、两器分离姿态建立、两器分离后轨道升高发动机点火和关机等一系列动作，而这些太空芭蕾般的优美舞姿，都需要环绕器自主、准确、可靠地完成。

"这是一系列很关键的姿态控制和轨道机动，稍有不慎，探测器就可能被火星引力拉向火星表面，而由于通信时延的存在，我们并没有办法实时获知探测器的变化并对异常情况进行干预。"环绕器副总设计师朱庆华说，"可以说，两器分离的过程是对我们控制算法精度、产品工作可靠性、故障预案周密性等最严格的考验。"

实际上，明确了着陆器准备着陆后，探测器一系列机动也随之确定下来。在探测器进行第一次降轨点火的3小时前，设计师们已经在计算机上上注所有控制策略，策略中包含了对可能发生情况的应对。

分离时环绕器轨道控制精度和姿态控制精度是着陆巡视器能否进入预定着陆区的前提，这些需要依赖于敏感器、执行机构、计算机工作状态以及算法的准确性。实际过程中，探测器需要自主进行测量计算并做出判断，每个环节都必须精准无误，分秒不差。GNC方案设计师王卫华打了个比方:"这就好比在室外,距离标准篮球框1000米进行投篮,还必须事先考虑到投篮的角度、时机、投篮力度,以及篮球自身旋转运动风速和风向外部环境等种种因素的影响。"

同时,设计师也做了不同情况下的预案和对策。当环绕器通过自身的敏感器发现没有完成既定的动作时,会自主带着着陆器迅速进行轨道抬升以避免撞向火星,并在合适的时机再次选择执行两器分离的一系列动作。

升轨后的环绕器并不是大家想象中的"卸载"后一身轻松,此刻它必须肩负起对火星表面进行遥感探测的任务,同时选择恰当的时机将着陆巡视器数据"中继"传向地球。在距离地球接近3亿千米的轨道上准确指向地球,相当于要在2米开外瞄准绣花针的针孔,而且要在环绕器自身还在不断飞行运动的情况下,时刻保持住瞄准状态。

此时,飞控中心大厅前方的大屏幕上不时切换着各种不同图像和密密麻麻的数据。

"各号注意,我是北京!"

"着陆巡视器转入进入模式!"

天问一号环绕器和着陆巡视器先执行降低近火点高度的变轨,约3小时后完成两器分离,着陆巡视器以25马赫高速进入火星大气层。进入火星大气层那一刻,直至落火,被称为"黑色9分钟"。

此前,国外已实施的火星探测任务,大多在降落过程中"折载"而宣告失败。

降落过程大致分为"进入—减速—软着陆"三步，依次完成：气动减速、伞系减速、动力减速、悬停避障、缓速下降和着陆缓冲等动作。

探测器在进入火星大气层以后首先借助火星大气，进行气动减速。火星的稀薄大气与进入舱产生摩擦实现减速。巡视器被装在进入舱中，进入舱分为背罩和大底，大底是一个盾型结构，飞入大气层时，大底斜向下对抗冲击和烧蚀。同时打开配平翼，为开伞做准备。这个过程约5分钟，它克服了高温和姿态偏差，探测器下降速度也减掉了90%左右，降到每秒约460米，距离火星表面约11千米。

紧接着天问一号打开降落伞降速，随着红白色巨型降落伞展开，着陆巡视器下降变得更慢，随后进入舱大底抛开。当速度降至每秒100米以下时，着陆巡视器距离火星表面约1.2千米。此时，降落伞携带进入舱的背罩与着陆巡视器分离。

在距离火星表面100米时，着陆巡视器进入悬停避障和缓速下降阶段。

天问一号着陆巡视器与我国探月工程嫦娥三号、嫦娥四号着陆月面的方式类似。悬停在空中后，着陆巡视器上搭载的微波测距测速敏感器、光学相机等6台仪器同时开启，对火星表面进行观察和分析，判断出火星表面哪里更平整，在哪里"落脚"更安全。

在这短短的9分钟里，天问一号将从每小时约2万千米的速度降到0。

3小时很快过去了。

两器分离即将开始。

两器分离意味着着陆巡视器与环绕器分离，着陆程序已不可逆。

孙泽洲神色淡定，忽而盯视着屏幕上的数据，忽而又拧眉沉思，像是一名特战队队长，即将率领队员穿越"死亡地带"……

月面着陆和火面着陆两者区别很大。月球没有大气，落月过程先通过着陆器提供的主动动力，将着陆器的速度逐渐放慢，然后依靠着陆器本身缓冲装置完成在月面着陆。火星有一个稀薄的大气包裹，虽然密度只有地球的1%，但也可以利用。

月球与地球的平均距离为38万千米，信号时延大约为1秒，因此在着陆过程中，万一发生意外情况，地面飞控中心还有可能进行干预。地面团队为此准备了充分的月面着陆故障预案。着陆时火星距离地球3.2亿千米，时延长达约18分钟，当飞控中心接到环绕器传回地球的消息时，所有的情况发生在18分钟前，已经无法挽回，准备的故障预案也是自主执行。

探测器团队采用的基于配平翼的弹道升力式进入方式，是自主制导的控制方式，可以控制升力的方向。在气动减速阶段，进入舱外形是对称平衡的，通过预设的质心偏移，进入舱在舱体的轴线和飞行的速度方向产生一个夹角，使进入舱得到一个额外的气动升力；在飞行到预定的高度后，打开配平翼，通过气动力矩的变化使这个夹角恢复回零，为降落伞开伞提供比较好的姿态。

由于配平翼设置在进入舱产生力矩最大的位置，所以它起到了"四两拨千斤"的作用。这是配平翼方案首次用到人类航天器的在轨飞行。

进入舱到达预定马赫数后，立即打开为落火特制的降落伞。针对进入舱落火时大阻力系数气动外形在跨超声速段固有的不稳定性，专家们新研发了具备在超音速情况下打开的"盘·缝·带"伞。研发团队还在地球上进行了仿真模拟试验和针对性设计，以保证进入舱上所有设备即使在角度变化达到800度每秒极限状态时，仍能精准无误地运行。

航天工程不可预知因素多，突发情况也多。即便你做好了99.9999%的准备，谁敢保证没有0.0001%的闪失？

1999年1月3日，美国航空航天局发射火星极地着陆者号火星探测卫星。12月3日，火星极地着陆者号接近火星，在进入大气层前6分钟，火箭助推火星极地着陆者号用适当角度进入大气层。3分钟后，在距离火表8.8千米处开伞。火星极地着陆者号预计在20:15:00UTC在南极高原登陆，通信系统预计在20:39:00UTC与地球连接。然而，两周过去了，地火之间一直没有通信联系，美国航空航天局利用环绕火星的火星全球勘探者在火星表面寻找探测器的踪迹，毫无结果。2000年1月17日，美国航空航天局被迫终止与失事探测器建立联系的所有尝试。

2003年公开发布的一项关于这次故障的独立调查表明，故障最可能的原因是着陆器在下降过程中展开两条着陆腿时产生的虚假信号。这些信号错误地表明探测器已经在火星着陆，而实际上它还在下降。主发动机提前关闭，着陆器坠落到火星表面。火星极地着陆者号的消亡阻碍了美国的火星探测计划，也意味着美国航空航天局"更快、更好、更便宜"的低成本创新任务计划结束。

航天工程从来是"100-1＝0"。

这道极其简单却又格外沉重的"公式"，让此时的孙泽洲不敢掉以轻心！

孙泽洲对我说："在天问一号探测器安全落在火星表面之前，我们始终是全神贯注，丝毫不敢掉以轻心！"

大厅里，传来北京总调度指令：

"开始降轨！"

GNC团队核对完数据后，聂钦博报告："降轨正常，精度满足分离要求。"

"长城报告：开始分离！"

此时，火星距离地球3.2亿千米，无线电信号一来一往35分钟，地面不能直接遥控，所有的动作触发条件的测量、判断，所有动作的执行，包括最后阶段通过拍摄着陆区的图像并选择满足条件的着陆点，均是自主测量、自主判断、自主控制。

35分钟！

飞控大厅里所有"火星人"都在等待！

张荣桥在等待！

孙泽洲在等待！

李海涛在等待！

崔晓峰在等待！

张玉花在等待！

……

张荣桥有一个"秘密"，每当重要时刻即将到来时，他总要找个地方，自己一个人悄悄待个三五分钟，或抽支烟，让自己冷静些、再冷静些。

飞控大厅不允许抽烟，张荣桥悄悄走出了大厅大门。

一阵微风吹来，张荣桥精神一振。仰望夜空，只见几颗星星烁烁闪闪，像是一双双眼睛在注视着他。

张荣桥已经几十个小时没有好好休息了。最累的时候，抽空眯一小会儿，不用同事叫，猛地一个激灵自己就醒了。10年筹划，6年奋斗，似乎就在等待着这一刻的到来。然而，当这一刻真正就要到来时，张荣桥自己都不知道该怎么来形容此时的心情……

自主火星探测是中国航天第一次。探测器能否成功落火，是这次任务的重中之重。

天问一号直接参与研制工作的研究院、基地、研究所一级的单位数十个，配合参与这项工程的单位数百个，数万名科研工作者参与其中。

以探测器为例，其中包含了100多个测量传感器、1万多个紧固件，数以万计的导线、接插件、密封圈和吸收撞击能量的材料等。这些零部件结构异常复杂，生产线遍布全国，有的在上海，有的在陕西，有的在海南，有的在河南……它们最后跨越千山万水，在总装车间汇聚，携手共赴天际。这种跨地域、跨行业的配合，困难大，风险高，没有同舟共济、团结协作的精神，根本无法实现。有困难共同克服，有余量共同掌握，有风险共同承担，有荣誉共同分享，成为所有参与航天工程研制单位的工作准则。

航天人的巨大付出，都将体现在即将到来的这一刻！

"探测器着陆前那一刻，您当时想些什么？"我曾经问过张荣桥。

张荣桥脱口而出："那时候，哪有工夫想什么。"

我马上改口："或者说您的心理状态如何？"

张荣桥说："既期待，又担心。"

"是一种什么样的期待？"

"中国首次火星探测任务，是中国深空探测的第一步。起步虽晚，但起点高、跨越大，从立项伊始就瞄准世界先进水平确定任务目标，明确提出在国际上首次通过一次发射，完成'环绕、着陆、巡视探测'三大任务。如果这一目标能够顺利实现，我国将成为世界上第二个独立掌握火星着陆巡视探测技术的国家。所以，天问一号发射成功后，现场的一位指挥员对我说：'从来没有像今天这样渴望成功。'"

"为什么担心？"

"天问一号探测器在深空飞了202天，加上93天的环绕，对它的功能性、稳定性以及状态,已经有底了。主要是这次任务太特殊了,对火星环境的一手资料掌握得太少,一些认知不确定。航天器设计的一般逻辑,是先了解要去的环境,再通过各种技术、方法和措施来保障航天器适应这个环境,而火星探测恰恰是要去探知一个我们并不了解的环境,这是深空探测的特点,也是深空探测难的根源。尽管做了很多试验,可能仍旧存在着我们不知道'哪些东西不知道',因为模拟的真实度是有限的。比如说,你造好了一辆汽车,要它开到一个完全陌生的环境,崎岖的地形、形形色色的障碍、极寒的夜晚……你能百分之百放心吗?特别是着陆9分钟,过程复杂、动作繁多、环环相扣、步步惊心、一招出错、全盘皆输。还有,就是航天人身上承载的责任太重。航天科技是一个国家综合国力的重要表征,以火星为重点的深空探测是当今世界航天发展的前沿。深空探测从来就不是单纯的科学或技术活动,承载着多重使命。在科学、技术、人才、经济、文化、政治等方面都具有广泛影响力。中国火星探测,举世瞩目。世界火星着陆任务共19次,成功的只有8次。我是火星探测任务的第一技术负责人,虽然有百分之百的信心,但免不了还有一些担心。"

"落地后的心情呢?"

"我在《开讲啦》说了,着陆之前,我想,如果成功的话,是不是可以不落俗套,别流泪,手舞足蹈地高兴一番嘛。跟您透露一个小秘密,着陆成功,大家都很兴奋。我离开大厅,想让自己平静些,因为一会儿还得接受采访。刚走进走廊尽头的小会议室里，我忍不住还是流泪了，又恰好被前来采访的记者发现了……"

张荣桥想了想，说："黄老师，您写过孙家栋，对孙老很了解。孙老常说'国家需要，我就去做'，自古至今，咱们国家，总是有一部分人，负的责任要大一些，挑的担子要比别人重一些，我们航天人就是这部分人中的一个团队。"

航天人坚信，作为个体的自身命运与一个更大的整体、更永恒的价值联系在一起，无论在什么年代，都是一种有信仰的人生境界。

"着陆巡视器配平翼展开！"
"着陆巡视器降落伞弹射！"
"着陆巡视器大底分离！"
……
飞控大厅，指令声声，气氛炽热。
张荣桥环顾四周，蓦地，他与孙泽洲的目光交汇在一起。
在孙泽洲看来，"荣桥总"的眼睛不大，算不上"炯炯有神"，然而，每当关键时刻，他的那副镜片后面便会透出一种叱咤风云的勇气和稳坐泰山的淡定。
张荣桥欣赏孙泽洲睿智、沉稳的目光，表面看似静若止水，心中却激情如火。
此时，两人的目光交汇在一起，默默地对视了几秒钟。
在这个大厅里，此时此刻，所有人都用目光在指挥、交流、合作……就是在这种指挥、交流、合作间,他们奉献了一份精彩的"答卷"……

"我是北京,各号注意,着陆巡视器落火正常,后续工作按正常飞控计划实施!"

2021年5月15日7时18分,天问一号探测器四条着陆腿与火星表面第一次亲密接触。触地后,带有缓冲装置的四条着陆腿有效抵挡了着陆瞬间的冲击力,在推进系统共同作用下,着陆巡视器稳稳地落在火星乌托邦平原南部的预定着陆区——火星上首次留下中国人的印迹。

环绕器团队已经连续工作了36个小时,紧张而又兴奋。张玉花不时地叮嘱大家,抽空眯一会儿,但谁也无法入眠。

17时26分,为了执行对火X频段中继通信,将行放关闭,天线切换,调整X频段中继天线对火通信姿态。20时23分,恢复行放开机操作,之后根据星地时延、指令顺序;20时41分,地面将接收到探测器的遥测。趁着这个空当,大家抓紧时间在二楼的大红屏前合影留念。

"一、二、三,茄子——"

"航天人美不美?美——"

这时候,有人说"走廊那头那位好像是中央电视台的白岩松老师"。大家一看,哇,真的是白岩松!大家来了精神,一窝蜂地跑过去追"星"了。白岩松正在做采访,估计得有1个小时才能结束。虽然大家很困,很疲惫,但听说1个小时后可以与白岩松合影留念,还可以签名,顿时来了精神。一起又回到四楼飞控大厅，等待遥测信息，观察器上状态……

20时41分。

遥测没有恢复。

张玉花的心"咯噔"了一下。她望了环绕器总设计师王献忠一眼，王献忠的眼神似乎在告诉她：也许是时间稍微延误了一点儿，再等等。

20时43分。

遥测还是没有恢复。

朱新波轻声问身旁的王民建："你的遥测有了吗？"

王民建皱着眉心，摇了摇头。

朱新波抬头望向隔壁的张旭光："综电能看出异常吗？"

张旭光一边看着遥测的界面，一边回答说："从程控计数能初步看出最后时刻执行了几千程控操作。"

朱新波又问王卫华："会不会是整星姿态出现了问题？"

王卫华说："我也在看消失前的几帧遥测，判断应该不是，姿态消失前一直很稳定。"

基于对故障预案反复推敲的敏感度，朱新波突然意识到：不对！肯定出了问题，要么是飞行程序时间错了，要么是器上下行通道出现了故障。

朱新波神色严峻了起来，立马组织飞行程序时序检查，同时让王民建检查行放关闭前最后一刻测控产品的所有遥测数据。没有遥测信息的故障是最致命的故障模式，此时探测器完全失联了，没有任何的状态信号，最恶劣的情况甚至可能是探测器消

355

失了。

飞控大厅气氛一下子又紧张了起来。

孙泽洲、赫荣伟、崔晓峰、张玉花、王献忠、朱庆华、聂钦博，快步走进飞控大厅对面的小会议室。

张荣桥匆匆赶来。他摘下眼镜，擦了擦："大家先说说情况。"

"是不是环绕器的姿态发生了异常？"

"是不是整星的供电出了问题？"

"会不会下行通道发生问题？"

……

大家针对无下行遥测进行了各种故障模式的讨论。正在这时，朱新波带着王民建走进会议室。

朱新波说："经过对环绕器飞行程序的时序进行检查，初步判断，测控天线进行自主切换，导致无法正常对地通信。"

孙泽洲点了点头，说："朱总分析得有道理，我建议环绕器总体和测控分系统对天线自主切换进行故障排查和恢复。"

大家将目光转向了张荣桥。

张荣桥拧眉思索了几秒，立马决策："我同意大家意见，马上完成故障处理流程编写并进行处理指令发送，把天线切回到对地高增益天线。"

指令发出了，一去一回又得35分钟。

等待！

熬人的等待！

没有人走动，也没人发出声音。

大家盯视着前方的大屏幕，一道道目光像是要穿透大屏幕似的。

忽然，扩音器里传来了激动人心的声音："喀什发现目标，遥测信号送出！"

大家紧揪着的心，放松了下来。

环绕器团队回到酒店，已经是凌晨了。所有人忽然发觉自己已经两天两夜几乎没合过眼了。

洗漱完毕，王民建看了一眼手机，凌晨4点了。他又习惯性地在朋友圈里发了条微信："越到最后阶段越是如履薄冰、越是如临深渊！"

2021年5月22日，将记入中国航天史册。

10时40分，祝融号火星车安全驶离着陆平台，慢慢向前行驶。在它前进的车辙上，留下一个个醒目的"中"字。

伟大的事业都始于伟大梦想，但伟大梦想是等不来、喊不来的，必须基于创新、成于实干。追逐梦想的脚步不停歇，梦想才能照进现实。到火星上去，让五星红旗在火星上"飘扬"，是全体"火星人"共同追逐的梦想。

随着祝融号火星车缓缓前行，中华民族千年火星梦，梦想成真！

一幅惊艳世界的作品——火星车与着陆平台的合影（"两器合影"，即着陆器与巡视器合影）即将诞生。

早在天问一号发射前,设计师们突发奇想,当火星车离开着陆平台时,能不能给火星车和着陆平台拍一张合影留念?于是,他们精心设计:当火星车从着陆平台"走"下来后,火星车上分离出一个带有 Wi-Fi 功能的相机,像是"下蛋",在合适的距离和角度,给火星车和着陆平台拍一张合影。

让设计师的愿望变为现实,离不开火星车遥操作团队——这个团队是由飞控中心的张辉和卢皓、胡晓东组成的。他们被称为火星车的驾驶员。

在采访张辉时,我半开玩笑地问他:"驾驶火星车,你有驾驶本吗?"

张辉笑着说:"当然有啦,在火星上也不敢无证驾驶啊。"

"谁发的,总不会是北京市交管局发的?"

"荣桥总发的。不,应该说是贾阳副总师发的。他们造火星车,当然由他们发驾驶本。"

在遥操作界,35 岁的张辉称得上是一名老驾驶员。2015 年从中国科学技术大学研究生毕业入职飞控中心,2017 年便参与嫦娥四号、玉兔二号的遥操作。不过,那时候张辉还是新驾驶员,他虚心地向于天一、韩绍金等老驾驶员学习。一招一式,一丝不苟。他记住了月面安全驾驶的 9 条原则,更重要的是,记住了一位航天人的责任和使命。

尽管在驾驶月球车时积累了一些经验,但当张辉接过火星车遥操作总体主任设计师担子时,依然感到沉甸甸的。

张辉说:"黄老师,天问一号的最终目标是将祝融号送上火星，到了火星上，怎么跑，可是一件了不得的大事啊！您想想啊，这当中万一有个闪失，谁负得了责任？"

为了实现"高效移动高效探测，安全驾驶火星车完成科学探测任务的控制目标"，张辉团队整整准备了3年。

他们利用验证器（模拟火星车）进行地面联试，每天从上午8点忙到半夜，还设计了各种复杂和应急的工况，使得模拟状态更逼近火星探测的任务状态。

天问一号发射后，在最后冲刺的日子里，团队成员几乎每天都睡在机房，他们要不断了解、熟悉火星的环境。

张辉说："尽管生活在地球上，那些日子，我的脑海里更多的还是火星地面图，那些具有视觉欺骗性的地形……众多新的复杂的客观因素让我们不敢掉以轻心。看似一片平地，但可能走过去就会发生沉陷。一个小小的失误，就极有可能将火星车置于非常危险的处境，没有再推倒重来的机会，必须做到百分之百的零失误。"

相比于驾驶玉兔号，祝融号的约束更多。能源、通信数据量、有限的工时、移动行为等，种种限制带来控制模式的改变，给地面遥操作控制的准确性、安全性带来极大的挑战：一是受测控跟踪弧段少的影响，火星车主要工作期间地面无法实时监视干预，遥操作需一次规划上行一个火星日控制数据，由火星车在测控弧段外自主执行，控制数据的任何一点错误都将直接影响火星车当日工作，甚至导致火星车发生不可逆的安全风险。加之火星的日升日落与地球类似，一天比地球多了约40分钟，团队必须"入乡随俗",按照火星时间作息;二是遥测数据一次性回传地球,移动感知探测效果要快速判断评估,快速精确完成火面环境和火星车状态的现场重构,同时还要充分考虑和完善后续计划……这就需要团队成员具备最强最智慧的大脑。

3年来,张辉带着团队成员在几乎没有任何经验可借鉴的情况下,从零开始,完成总体方案设计,突破系列关键技术,构建完备遥操作软硬件系统,形成我国首次行星际空间遥操作飞控技术体系,通过反复演练来验证方案,完善系统的设计、岗位的操作、团队的协作……

张辉说,考火星车"驾照"不是一次通过的,而是随着任务持续存在,只有当火星车圆满完成使命时,他和团队才能真正拿到"驾照"。

"器器合影"是一个几乎不可能完成的任务。操控数亿千米外的火星车,在复杂未知的火面上寻找直径1.3米范围内不能有2厘米石块的Wi-Fi探头释放区域,并以厘米级的控制误差精确移动至释放点,1次释放,3次移动,1次成像,必须一气呵成。相对距离方位光影必须精确规划,并且机会只有一次,难度、风险可想而知。不仅需要综合考虑地形、距离和方位、光影,还要规划成像时机和最佳合影点,特别是由于Wi-Fi相机的"下蛋"过程具有不可逆性,释放后电量仅能维持约5个小时,意味着释放机会只有一次,换言之,成像时机也就一次。

遥操作团队抱着"把不可能变成可能"的信念,与探测器系统一次次争论、一次次协调。经过多次的"头脑风暴",设想各种临界和极端条件，不断优化完善成像方案，并通过多次的仿真验证、两阶段内场联试进行充分验证。

如果标称成像点地形不满足，如何调整成像点？如果着陆点区域地形都不满足，又如何处置？2019年10月，首次内场联试，只解决了对火星车成像问题，两器合影效果不佳。大家清楚，在对火星车成像的基础上，再增加对两器的合影成像，就必须再增加两次不确定性的移动，技术难度与风险呈几何增长。

团队又一次从零开始，设计、仿真、验证……清晨走进内场做试验，一待就是一整天。内场铺满火山灰，队员们出来后一个个灰头土脸，即便戴着N95口罩，鼻腔里还是塞满了火山灰。有一次深夜回家，妻子一见张辉，满脸惊讶："外面刮沙尘暴了？"张辉笑了："是火星上的沙尘暴刮到地球了。"

又一次内场联试，两器合影成像图进行顺利。来不及高兴，有人发现方案中忽略了地形这一关键因素。内场环境不同于火面真实环境，地形相对平坦，没有较大石块，火面地形则存在极大不确定性和未知性。什么时候"下蛋"？在什么地方"下蛋"？都必须重新考虑。

经过反复推演和验证，他们突破了"地外天体巡视器精确移动控制和微小载荷精确释放技术"，通过迭代逼近移动控制加视觉定位修正方法，终于实现了高精度移动控制。

飞控中心遥操作厅灯火通明，气氛热烈而又紧张。

张荣桥带着孙泽洲、贾阳来了。

贾阳对崔晓峰说："崔总师，我的'鸡'给你准备好了，你们可要把'蛋'下好啊。"

崔晓峰笑着说:"放心好了,只要你们的'鸡'是健康的好母鸡,保准给大家下个好'蛋'。"

测控团队对Wi-Fi相机释放点和火星车配合成像的系列路径规划与成像控制数据,做最后复核和仿真验证。

1天后,控制数据按计划经环绕器中继上行至火星车,大家仿佛置身于数亿千米外的火星,跟着火星车一步步移动。在万般热切的等待中,火星车数据经环绕器中继下传。

不知是谁最先说了句:"有了!"

此时,只见大屏幕上,一张张图像接连出现:

B点相机释放正常,火星车缓缓行驶至着陆平台南向约10米处,"扔"出安装在车底的小相机,火星车全貌身影逐渐展现;

C点静态成像正常,火星车后退移动后,又退回到着陆平台附近;

D点静态成像正常,火星车原地转弯与动态成像正常,两器合影正常。

一张让世界惊艳的照片诞生了——

祝融号火星车和着陆平台像一对亲兄弟似的并肩而立。祝融号生动活泼、朝气蓬勃;着陆平台熠熠生辉,身上的国旗灿若朝阳。火星表面的沙丘、石块清晰可见……

这张照片也豪迈宣告:中国成为继美国之后,第二个自主掌握巡视探测火星技术并付诸实践的国家。

第十章
逐　梦

美国行星科学家莎拉·斯图尔特·约翰逊说：

关于火星的故事，同时也是一个关于地球的故事：它讲述了我们在宇宙中探索其他生命存在的迹象，以及这一探索对于人类的意义。火星是我们自身的一面镜子、一种衬托，也是我们内心最深处的一种反映。我们在火星看到了乌托邦，看到了荒野，看到了避难所……那里没有地标、路牌和约束条件，那里一切皆有可能。如果没有能够解答我们的疑问或印证我们想象的资料，火星将始终是一块空白的画布。然而，人类对于火星的探索已如一双轻柔的手正飞速将这块画布绘满。

哇！

当祝融号火星车的车轮接触到火星暗红色尘土的那一刻，中国首次火星探测任务工程副总设计师李春来、中国首次火星探测任务地面应用系统总设计师刘建军两眼发亮、欣喜无比——这是他们，不！这是所有中国人盼望已久、翘首以待的一刻。

几个世纪以来，人类试图通过对火星的研究来寻找人类自身与某种更高层次事物的联系、生命存在的证据,以及突破性的观测结果。

李春来、刘建军和他们的团队,更是充满着期待。他们期待通过对这个与地球最近的行星的探索,哪怕是最细微的一种发现,都有可能找到一把关于人类解答自身存在的"钥匙"。

是的,他们在寻找这把"钥匙"!

李春来和刘建军跃跃欲试,该他们团队上场了。

天问一号选择火星乌托邦平原作为着陆区。

乌托邦平原位于火星北半球,是火星上最大的平原,直径3200千米。火星南、北半球的地形地貌、地质结构、表面及次表面岩石矿物等差异巨大。火星南部表面地形复杂,遍布岩石、斜坡、沟壑和陨石坑。北部则是被火山熔岩填平的低矮平原,地势平缓,陨石坑较少且地质年龄较轻,地壳较薄。

刚开始,在选择着陆点时,进入工程和科学家团队视野的有两个区域,分别是位于火星北半球的克利斯平原和乌托邦平原。乌托邦平原位于北纬5度到30度附近,较为平坦,海拔较低,大气密度更大,降落航迹更长,有利于着陆巡视器减速实现安全着陆。着陆时正是春末夏初,太阳直射北半球,沙尘暴发生概率较小。温度比较适宜,较为温暖,平均温度在零下55摄氏度,夏季白天温度有可能达到20摄氏度。有科学家提出北方大平原存在古海洋的假说,祝融号着陆区位于古海洋的海陆交界地带、埃律西昂火山西面,既有利于考察水冰沉积和火山活动痕迹,又有利于火山活动和演化的探索,科研价值大。

兼顾了科学目标和工程约束，天问一号最后选定乌托邦平原。

挂在国家天文台月球与深空探测研究部墙上的是一幅巨大的火星地形图，上面标明火星表面的主要山峰、台地、峡谷、陨石坑等地形地貌。

李春来和刘建军时不时地站在"火图"前，犹如两位画家，相互切磋，在这幅"画布"上，该用什么"颜料"为它添色增彩……

李春来说："我国首次火星探测任务如同一座金字塔，它的每一层塔基都是非常重要的，但人们更为关注的是它的塔尖。科学探测是整个火星探测任务中的'塔尖'，科学探测目标实现不了，整个探测任务将黯然失色。"

他们憧憬着天问一号能给世人带来惊喜！

祝融号落火后，刘建军每天都率领团队坚守在运控中心。

在工程"两总"召开的协调会上，张荣桥对李春来说："记得当年探月工程即将立项时，孙家栋院士对探月首席科学家欧阳自远说：'欧阳院士，去得了去不了月球，是我老孙的活儿，我负责；我把您的眼睛、你的手'送'到月球上，该看什么、该拿什么，后边一切事，归您，得您来做主……'今天我要说：'春来总师，去得了去不了火星，是我的责任。我们把祝融号送上了火星，该干什么归您了，得您来做主！'"

李春来兴奋地说："好啊，荣桥总，有你这句话，我心里踏实了。"

李春来又对崔晓峰说:"崔总师,你得跟开车的师傅说一声,把车开得利索点儿,别我们想去的地方都去不了。"

"不过,我得提醒一句,咱们得遵守'交通规则',太危险的地方可别去噢。"贾阳插话道,"到时候把我的车开翻了,那可就前功尽弃了。"

崔晓峰为难了:"你们一家要求多去些地方,另一家又要求别冒险,这让我们的驾驶员怎么办?"

在很多科学探测项目中,工程实施通常与科学探测互相矛盾。工程实施要保证安全、可靠;科学探测则希望探秘,而这种探秘,又往往要承担风险,所以二者之间经常碰撞出火花。

"怎么办?商量着办啊!"张荣桥对崔晓峰说:"正因为难,你们的驾驶员才有了施展技术的机会。你们已经积累了操作玉兔车的丰富经验,经过一番努力,操作祝融号同样没问题。"

崔晓峰表态说:"荣桥总,放心吧,我们努力去做!"

火星探测任务转入火星车巡视阶段,一场大戏开演了。

火星车在火星表面工作分为三步:环境感知、火面移动、科学探测。

火星车抵达火面的第一天,太阳从东方升起,此时火星车还不能自由工作。要等到温度逐渐升高,中午红日当空,火星表面的温度超过零下30摄氏度,火星车运动部件的温度也升高到工作温度范围之内,有大约2个小时,遥控火星车转动桅杆,环视四周,拍下周围环境的信息。

然后，火星车一直处于休息状态，等到子夜过后，环绕器在火星车上空5000—15000千米范围内缓缓飞过，抓住其间1个小时左右时机，火星车利用X频段定向天线跟踪环绕器，将图像等数据传出。

第二天午后，环绕器又飞回来了，这次环绕器飞行很快，通信距离变化范围为300—3500千米，通信窗口只有10分钟，利用UHF频段，火星车继续上传图像。

图像主要用于地面制定火星车接下来移动的方向、目标。利用立体相机对像差，恢复火星车周围的三维地形信息，经地面工程师分析后，制定火星车移动的路径，形成控制指令。

接着将要开展科学探测，测量火星表面磁场的情况，了解温度、气压、风向、风速，对重要的探测目标，用激光把岩石击成等离子态，详细探测矿物的成分。

第三天中午，还要利用近火弧段下传数据，这次主要是科学数据。接收到地面的指控指令，火星车开始运动，一次移动7—10米，一边移动，一边对土壤分层情况进行探测。

火星车的工作三天一个周期循环。

我有些不解，问贾阳："火星车3天才走10米，速度也太慢了吧？"

"是慢，因为受各种条件的约束，火星车确实走得很慢。"

"受哪些条件约束？"

贾阳说："第一个约束是温度，火星表面很冷，夜晚接近零下100摄氏度，车上机构的润滑油都被冻住了。中午火星表面温度最高的时候，才适合运动部件工作。"

我又问："通过加热提高温度不行吗？"

"虽然火星车车轮等每个机构都安装了加热器，但是不到万不得已是不会开启的。主要原因是火星车的能源很宝贵，咱们的火星车主要靠'天'吃饭，所以都是在午后温度最高的几个小时安排它干活。

"第二个约束是信息链路。火星车有较高的自主性，但为了稳妥起见，移动路径选择等重要环节，遥操作团队还是要经过一番确认再执行。

"第三个约束就是轨道。火星车虽然可以和地面直接联系，但是只能传输状态、指令等少量信息，传输图像、科学探测数据都必须经过环绕器中继。环绕器绕火星飞行，并不是一直都在火星车上空，导致火星车的工作流程编排必须考虑环绕器的轨道。"

贾阳强调说："这三个方面的约束，决定了火星车的工作效率和程序编排。大家都希望火星车能够走得远一点，但是远一点的前提，是寿命必须长一点。美国机遇号火星车工作了15年，行驶距离超过了马拉松比赛的长度，中国的火星车也需要小心应对火星表面复杂环境，长期稳定工作，努力获得更多的探测数据。"

这是数亿千米外的一场"驾驶秀"。

计划三天一个工作周期，祝融号火星车实际是一天一个工作周期，尽管走得很慢，但在一步一步前进着。

第十章 逐 梦

张荣桥率孙泽洲、崔晓峰、贾阳、张玉花等坐镇飞控大厅。

张荣桥说:"'花总',这次你们的环绕器表现不错啊!"

"听到荣桥总的表扬真不容易!"张玉花开起了玩笑,"是不是大总师准备给大家发奖金了?"

张荣桥笑了:"奖金?遗憾的是项目里没有这笔开支,要有的话,我肯定发。"

"那我们又只能是精神会餐了。"

"精神会餐也不错啊!"

孙泽洲看着环绕器传回来的图片说:"车左边的地面比较松软,一定要特别小心驾驶。"

"火星车在松软沙地容易沉陷,"贾阳说,"如果一不小心六个车轮都沉陷到车轴,脱困就麻烦了。当年美国的勇气号火星车就曾经多次沉陷,有时用了一个多月才从沙坑里走出来。"

地面最主要的工作,就是根据图像了解火星车周围的障碍状况,分析去哪里探测收获最大,制定行动路线,再把控制指令发给火星车。地面人员如果感觉有些不放心,在指令发出之前,还可以在地面进行验证,利用试验场里火星车的"孪生兄弟"预演一遍,确认指令安全可靠再往前走。

团队每天最关心的还有能源平衡情况,如果着陆点位置发生沙尘暴,最直接的表现就是电能不足,需要关闭设备,减少能源消耗。如果因为太阳能帆板上沙尘积累太多,导致电能减少,火星车还有一个抖翅膀的"绝招",倾斜太阳能电池板让沙粒滑落。若实在不行,火星车就进入休眠状态,等待环境条件好转再工作。

神奇的宇宙充满着奇妙的际遇。

2021年6月9日,快到中国传统节日端午节了。遥操作团队在感知下传的导航相机图像上,发现了一块大石头。

胡晓东端详着图片,说:"你们看,这块石头像什么?"

卢皓有些不解:"你说它像什么?"

"你觉不觉得它像一只巨大的粽子?"

卢皓一拍大腿:"太像了,的确像一只大粽子!"

张辉兴奋地说:"火星够哥们儿的,端午节快到了,知道给远方来的客人祝融号送粽子吃。"

快到中国传统的七夕节,牛郎和织女即将踩着喜鹊搭成的"鹊桥",跨过天河相会。7月15日,在当天下传的避障相机图像里,近处凸显着一块心形的火星石,远处还镶嵌着一个心形的火星沙坑。这两个突如其来的穿越数亿千米的浪漫祝福,让遥操作团队无不感叹大自然的鬼斧神工。

我曾经采访过月球车驾驶员韩绍金,请他告诉我驾驶月球车的感受。

我问韩绍金:"开火星车与开月球车有什么不同?"

"开火星车最大的挑战是距离。您想想,一条指令单程需要22分钟,来回需要40多分钟。驾驶火星车,驾驶员做一个动作,22分钟后才能传达到火星上;火星车执行得怎么样,我们又得22分钟以后才能知道。简单说,开月球车是即时的,开火星车却是延时的,完全是两种感觉。"

"什么感觉?"我继续问:"是不是有一种虚无缥缈的,很科幻的感觉。甚至有一种穿越感,在茫茫宇宙空间穿越……"

张辉笑了:"虚无缥缈……科幻……那是文学。驾驶数亿千米外的一辆火星车,挺难的,绝对是对我们团队智力和魄力的一种考验。"

我想,那一定奇妙无比!

遥操作团队日夜守护火星车,鞍马未歇,剑指南疆,开启了祝融号南巡探测之路。

为什么选择南巡之路?

刘建军总师告诉我:"祝融号落火前,通过环绕器着陆影像分析,火星车着陆点位于乌托邦平原南部地区,从地貌分布看,着陆区位于疑似海岸线和南北高地低地分界线,靠近古海洋和低地一侧。这一地质单元被认为是水冰沉积作用、火山作用形成的。着陆点向北可能进入古海洋的深水区,地形地貌比较单调,往南向陆地方向海拔逐渐抬升,可能穿越疑似海岸线,存在较多的水冰沉积和火山活动痕迹,可提供更多可能的科学发现。"

为了获取更多不同地形地貌的科学探测数据,火星车需要往地形更加复杂的南向移动。但对于地面遥操作飞控来说,这意味着将承担更加复杂未知的地形移动风险。需要实施更加高效的移动,最大化拓展移动探测距离,从而获取不同地形地貌下更加丰富的第一手科学探测数据。基于科学探测需求,工程总体确定火星车整体南向移动巡视探测,并结合中长期科学探测需求,规划制定了火星车中期科学探测目标和长期探测计划。

遥操作团队按照"高效移动高效探测"的工程目标,控制火星车精准安全穿行,通过器载科学仪器开启火星长周期漫漫巡视探测之路。

只有走更远的路,才能获取更多高价值的科学探测数据。任务中,遥操作团队主动加压,先后三次调整方案,将火星车的移动策略由三天一走变成一天一走,一动一步变为一动两步,一天干原来六天的工作。

2021年6月25日,第41个火星日。

10时25分,遥操作团队按计划控制祝融号火星车实施了站点的全局感知,获取了南向巡视探测以来经历的第一个月牙形沙丘全貌。

一轮偏蓝色的朝阳徐徐升起,赭黄色的天空映染着大地。一条漫无边际的金色沙丘横亘在前,既古老,又神秘。不远处,天问一号探测器的背罩和降落伞清晰可见。

刘建军轻声喊道:"哇,火星沙丘!"

祝融号火星车巡视的地区,位于火星南部高地和北部低地交界处,推测古海洋的海岸线附近。科学家期待祝融号安全着陆后,能探测到大石头、撞击坑和沟槽分布的地貌复杂区域,特别是着陆区大量分布的亮色新月形沙丘。火星风沙地貌对于确定火星晚期气候演化历史具有重要指示意义。由于缺乏近距离就位观察,科学家对火星沙丘活动过程和记录的古气候了解很少。目前,国际上几辆火星车几乎都没有对这种亮色新月形沙丘开展过近距离探测。

第十章 逐梦

科学家希望通过对亮色沙丘的近距离探测，掌握它的形貌特征、沙粒大小、物质成分等信息，厘清着陆区沙丘的形成机制，获取火星风沙地貌的演化过程，追溯其来源机制，反演火星古风场和古气候特征。为了获得沙丘沙粒大小和成分信息，科学家希望祝融号抵近沙丘 2 米以内，甚至 1 米。希望祝融号在进行沙丘探测时，凑近一点，再凑近一点。

刘建军对张辉说："就是它了，小伙子，向它靠拢！"

张辉问："距离已经很近了，还要靠拢吗？"

刘建军说："必须的。继续靠拢！"

"尽量满足你们的要求。我们再趔摸趔摸，计划一下路线。"张辉应道。

这一路下来，祝融号都是行驶在硬戈壁地面上，头一回遇见沙丘，大家都很兴奋。科学探测要求车子尽可能抵近沙丘，但沙地容易沉陷，这与火星车的移动安全约束在某种程度上是矛盾的。为了完成对沙丘的全方位探测，大家共同商定利用 6 个火星日，分三个阶段抵近移动，并依次完成对中途探测点 1、探测点 2 和最终探测点 3 的逼近探测和就位精确探测。

张辉提醒卢皓和胡晓东说："弟兄们，悠着点，千万不能有任何闪失哦。"

6 月 26 日，第 42 个火星日。遥操作团队对抵近路径规划策略反复进行了校核验证后，上传指令。

下传的图像显示，地面控制火星车共移动了 10.77 米，精确抵达探测点 1。

刘建军很满意："抵近移动控制精准，祝融号够给力的。"

6月27日，第43个火星日，按计划完成了该点的科学探测，并于次日控制火星车移动2.29米，抵近探测点2。

乘胜前进，再向探测点3靠拢。但在此时，出现了意见分歧。

张辉拿着那张从火星下传的图像，说："刘总，不能再靠近了。您看看图片，左边这个车轮有沉陷的预兆。"

刘建军接过图片，端详了片刻说："是这样的，张辉，咱们车上配置的物质成分探测仪，是越靠近，效果才越好。"

张辉说："这个我理解，但是再靠近，万一火星车陷入松软的沙地怎么办？美国的机遇号被沙堆埋了1个月后，才脱困。咱们可拖不起，因为祝融号设计的寿命只有3个月。而且，到了着陆区冬季，车子还得冬眠。咱们尽可能让车子多走走，利用雷达、磁场、气象测量仪获得更长距离的测量数据，那不更好吗？没必要去冒这个险！"

"你说得非常有道理。"可刘建军不死心，"只是这个新月形沙丘可遇不可求，是一个非常难得的、具有很高价值的研究对象，对我们来说非常重要。你们能不能再努把力！"

"刘总，很遗憾，无法满足你们的要求。不是我们不想努力，也不是不敢承担这个责任，而是这个代价我们承担不起。"

见张辉似乎已经拿定了主意，刘建军急得只好求助于崔晓峰。

崔晓峰邀请孙泽洲、贾阳一起来到飞控大厅。

第十章 逐 梦

崔晓峰打量了一下张辉，觉得有些异常，问："怎么了，张辉，走路连腰都挺不起来了？"

张辉摇了摇头，没有言语。

一旁的卢皓嗓音嘶哑，插话道："他得了带状疱疹，刚才还趴在行军床上呢！"

张辉苦笑着说："我们仨是同病相怜，卢皓嗓子肿得都快说不出话了，小东眼睛红得像兔子眼。"

火星的自转周期与地球接近，仅比地球多39分钟。驾驶火星车，必须依照"火星时间"生活和工作。每隔18个地球日，原先火星上白天开始的时间变成了地球夜晚开始的时间；再过18个地球日，火星白天时间又变回到地球时间白天。这种周而复始看似无所谓的"倒时差"，把三个小伙子折磨得苦不堪言。

崔晓峰本想说"这可不行，得注意劳逸结合啊"，话到嘴边，又打住了。他清楚他们现在的工作状况，须臾离不开人，别人也无法替代。

崔晓峰禁不住心头一热，默默地点了点头。

张辉介绍了有关情况，大家看了图片和相关信息。

崔晓峰问张辉："不能再往边上靠靠？"

"已经差不多接近'红线'了。"张辉实话实说。

崔晓峰又问贾阳："贾总，车的情况你最了解，你说呢？"

贾阳又仔细看了图像，说："从传回的数据看，车子的状态还好，各项功能都很正常。左边那个轮子是稍稍有些沉陷。"

大家将目光转向孙泽洲。孙泽洲问崔晓峰："科学家们的意

377

见呢？"

崔晓峰说："他们觉得继续靠拢很有必要，这个新月形沙丘是这次科学探测的一个重要项目。或许，往前再走走，就是一个重大的科学发现。"

啊，两难啊，两难：靠拢，车有风险；停止前进，车安全了，却无法取得最佳科考目的。

孙泽洲思考了片刻，说："我觉得咱们遇到的问题，涉及为什么要搞火星探测的初衷。这么多人，忙乎了几年，天问一号发射成功了，探测器着陆也成功了，最后一步就是为科学探测提供服务。如果这种服务达不到科学家的要求，那不仅仅是一个遗憾的问题，而是我们的活儿没干好，没把事情做到极致。这些年的经验告诉我们，凡是取得重大成功的项目，没有一个不是做到极致的。"

孙泽洲望了大家一眼，接着说："还有，就是怎么看待风险。干航天项目，什么时候没有风险？发射没有风险？着陆没有风险？可以说时时刻刻都与风险相伴，但这些风险都被我们一一化解了。事情往往是这样，成功之中携带着风险，而风险中也孕育着成功。现在车子再往前靠拢一些，会有风险，但只要我们把预案和地面仿真做充分了，我觉得是能够满足科学家的要求的。尽力帮助科学家拿到他们需要的数据，祝融号责无旁贷。"

"同意孙总的意见。"贾阳说，"我说过，在火星上驾'车'，一定要慎之又慎，但并非要求它四平八稳，不能越雷池一步。如果那样，它就成了一种摆设，成了一辆玩具车了。一定要将它的十八般武艺发挥到极致,把它的价值充分展现出来。"

张辉也来劲了:"好,我们一定尽力!"

贾阳拍着胡旭东的肩膀说:"咱们的车子皮实着呢,使劲儿开吧,小伙子!"

为了确保万无一失,孙泽洲决定就最终探测点的位置和火星车的姿态要求,再进行一次复核确定,并同时进行仿真验证和试验测算。

仿真验证和试验测算均合乎要求。

最终确定祝融号继续向左移动2.59米。

祝融号精神抖擞,再一次从这片古老的土地出发。

面对这片以亿万年来计算的土地,时间都仿佛变得不够用了。

这是一个阳光灿烂的日子,那轮挂在半空中的炽热太阳,将它的光彩洒满火星赤红色的大地——见不到树,见不到草,见不到鸟儿,见不到任何生命的痕迹。一切的一切都像是出炉的铁水在一瞬间便凝结住了,变得悄无声息,变得无比坚硬。

远处的一座山丘,像是一位披着暗红色大氅的百岁老人,正眯缝着双眼,享受着阳光的沐浴。那条带状的新月形沙丘,漫无边际,蜿蜒而去……

祝融号小心翼翼精准抵达探测点3,车上的载荷设备满负荷倾力工作,获取了全部的沙丘探测数据。

科学家们面对传回来的一张张图片,一个个双眼发亮,难掩心中的喜悦。沙丘上那细腻的金黄色的沙粒,粒粒饱满、结实,像是晚秋成熟了的谷粒，散发出一种神秘的光……

这些火星上的沙粒，见证了这个古老星球的沧桑，仿佛在诉说着变幻莫测的深空传奇……

祝融号前进速度是按一厘米一厘米计算的，在行驶过程中探测了5处沙丘，为开展火星风沙地貌和古气候研究提供了独一无二的第一手科学数据。

天问一号任务环绕器中分辨率相机，于2021年11月至2022年7月历时9个月，实施了284轨次遥感成像，对火星表面实现了全球覆盖。地面应用系统对获取的14757幅影像数据进行处理、镶嵌后，将得到空间分辨率最高76米的火星全球真彩色影像图，为国际同行开展火星探测和科学研究提供质量更高的基础底图。

科学研究团队通过火星高分影像，识别了着陆点附近大量的地理实体，按照相关规则，其中的22个地理实体，将以中国人口数少于10万的历史文化名村名镇加以命名，将中国标识永久刻印在火星大地。

任务携带的13台载荷累计获取原始科学数据1800GB，形成了标准数据产品。科学研究团队通过对第一手科学数据的研究，取得了一批原创性科学成果。利用环绕器高分辨率相机获取的着陆区亚米分辨率地形数据对着陆区分布的凹锥、壁垒撞击坑、沟槽等典型地貌开展的综合研究，揭示了上述地貌的形成与水活动之间存在的重要联系。通过相机影像获取的火星车车辙图像数据研究，获得了着陆区土壤内聚力和承载强度等力学参数，揭示了着陆区表面物理特性。通过对火星表面成分探测仪数据研究，发现巡视区近期水活动证据，揭示晚亚马逊纪（7亿年前）火星水圈比传统认知的更加活跃。通过对火星车双频全极化雷达获得的着陆区地下分层信息研究，发现火星表面数米厚的风沙尘下约30米和80米存在两套向上变细的沉积层序，揭示距今30亿年以来多期次水活动相关的火星表面改造事件和地质过程。通过对火星车导航地形相机、火星表面成分探测仪和火星气象测量仪获取的数据开展综合分析，发现了巡视区存在距今约7.6亿年的盐水活动和现代水汽循环的证据。上述原创性成果已在《自然》（Nature）、《自然·天文学》（Nature Astronomy）、《自然·地球科学》（Nature Geoscience）、《科学进展》（Science Advances）、《国家科学评论》（National Science Review）等国内外权威学术期刊发表。

中国首次火星探测任务，为人类深入认识火星做出了贡献。

天问一号通过一次任务实现火星环绕、着陆、巡视探测，对火星开展全球立体探测和局部详细探测，探测能力一举跨入国际先进行列。通过任务的实施，建立自主开展太阳系探测的核心能力。一是显著增强多目标复杂航天任务总体设计能力，面对火星环绕、着陆、巡视、探测、中继等任务耦合程度深、制约因素繁、单点环节多的难题，带动了工程总体设计能力和水平的巨大跨越，为后续多目标行星探测工程设计创立新范式；二是显著提升行星环境建模和模拟能力，建立一套行星环境不确知情况下，可靠开展环境建模的方法，以及在地面开展行星环境模拟试验的方法、建设、改造了一批试验设施，为后续行星探测创立新条件；三是首次实现运载火箭以第二宇宙速度高精度进入双曲线轨道的发射，为后续行星探测发射实施创立新规范；四是首次实施长周期行星际转移飞行控制，为后续长期飞行控制的组织实施创立新模式；五是首次实现多面大口径天线组阵测控和数据接收，带动深空数据传输能力达到国际先进水平，为后续测控通信能力建设和实施创立新标准。

作为我国行星探测工程的首次任务，起步虽晚，但起点高、跨越大、创新强，总体方案基于我国探月工程、载人工程、新一代运载火箭等重大工程形成的能力，既集诸多工程的技术之大成，又催生大量新思路、新方法、新技术、新材料、新产品、新算法、新模型等原始创新，创造国际行星探测的新历史。

一场细雨将灰蒙蒙的太空洗净了，几颗星星从薄云中钻了出来，露出晶莹的目光。

在月亮大厦那间简朴的办公室里，我与张荣桥又相遇了。

我默默望着眼前这位中国首次火星探测任务工程总设计师，一时无言。

这些年来，他率领团队，攻坚克难，砥砺奋进，用智慧和心血将天问一号托至九霄之外。

中国人渴望进军更遥远的深空，中国航天这支铁军成就了一段惊天动地的"奔火"传奇。

天问一号火星探测任务的圆满成功，凝结着全体中国航天人的信念和忠诚，依靠的是国家综合实力，汇聚了中国人民的整体力量。

"荣桥总，您多次说过，您幸运地遇到了这个伟大的时代，时代为你们搭建了这个坚实的平台，而在这个平台上，你们充分施展自己的才华和智慧！请张荣桥谈谈我国首次火星探测任务的成就，应该是最权威的。"

张荣桥说："首次火星探测任务取得七大创新成果，总体方案国际首创，综合技术水平国际先进，其中火星稀薄大气减速、火面太阳能光热直接利用、UHF/X双频段中继通信等技术国际领先。"

这七大创新成果是：

一、国际上首次通过一次任务实现火星环绕、着陆和巡视三大目标，使我国成为世界上第二个实现火星巡视的国家，一举跨入世界先进行列。

二、我国首次实现第二宇宙速度发射。首次采用固定射向、固定滑行时间的多轨道"奔火"发射方案，突破了双曲线轨道制导控制和关机控制等关键技术，保证了每26个月仅有的一次发射窗口可靠发射、精准入轨。

三、我国首次实现行星际飞行。突破了火星自主捕获、异化轨道在轨重构、多体定向自主控制等关键技术，解决了行星际精确轨控和长期自主飞行的难题。

四、我国首次实现地外行星软着陆。国际上首次采用基于可展开配平翼变气动外形的"弹道—升力式"气动减速方案，以美国同类任务十分之一的质量代价实现攻角精确控制，火星稀薄大气减速技术国际领先。

五、我国首次实现地外行星表面巡视。国际上首次采用火面光热直接转换利用技术，转换效率达到80%，解决了火面弱光照、极低温、无核源情况下能源平衡和热控保障难题；首次采用主动悬架移动方案，实现火星车蟹行、尺蠖等多种运动形态，解决了复杂地貌下高效移动与沉陷脱困的难题，实现了火星车百日千米高效巡视探测。

六、我国首次实现4亿千米远距离测控通信。国际上首次采用UHF/X双频段全自主中继通信技术，解决了火星车科学数据中继传输瓶颈，国际领先。

七、我国首次获取火星科学数据，13台载荷累计获取原始科学数据1800GB，形成了标准数据产品。

张荣桥说："火星探测，我们比别的国家晚了好几步，但我们奋起直追，终于加入第一方阵。"

我们已经建成航天大国，正在向航天强国迈进。

习近平总书记指出："精神是一个民族赖以长久生存的灵魂，唯有精神上达到一定的高度，这个民族才能在历史的洪流中屹立不倒、奋勇向前。"

当我们的话题转到航天精神时，张荣桥双眼放光，激情四射。

航天传统精神、"两弹一星"精神、载人航天精神、探月精神、新时代北斗精神，这些由一代代航天人在重大工程实践中创造出的精神谱系，熠熠生辉，是首次火星探测任务的精神力量，是航天人取之不尽、用之不竭的宝贵财富。

北斗泽沐八方，嫦娥飞天揽月，如今天问造访火星，中国航天探火团队，胼手胝足，栉风沐雨，坚持高水平科技自立自强，谱写出飞天梦想的新篇章。

我与张荣桥走到窗前，仰望长空。一弯月牙儿，几颗明星。

张荣桥泰然自若，他那深邃的目光似乎能穿云破雾……

忽然，张荣桥转脸问我："黄老师，您喜欢仰望星空吗？"

"与你们航天人接触多了，我也喜欢看星星了。"

我反问他："荣桥总，您说天上哪颗星星最亮？"

张荣桥想了想，微微笑着说："在我看来，天上的每颗星星都在发光闪亮。"

一颗颗发光闪亮的星星，组成了华丽璀璨的浩瀚星空……

尾声
飞向更远

家乡的亲人们：

今天是 2023 年 1 月 22 日，癸卯年大年初一。

首先向远方的父老乡亲们拜年：玉兔迎春，大吉大利！

2020 年 7 月，天问一号发射升空，经历 202 天飞行、93 天环绕、4 亿千米长途跋涉后，我顺利抵达火星。在完成 90 个火星日的既定探测任务、累计巡视探测 358 个火星日、行驶 1921 米后，为了顺利地度过火星北半球严酷的冬季，从去年 5 月开始，我进入休眠期。

此时的火星，万里长空，明净似镜。东方那轮偏蓝色的朝阳，刚刚从被窝里钻出来，一边打着哈欠，一边揉着眼睛，比起在地球上，光芒大大打了折扣。

像铁一般坚硬的荒芜大地，没有一点儿声息，静谧得无法形容。

一种异样的孤独感，在心间悄悄弥漫开来。开始，它如山涧小溪在慢慢地流淌着，转瞬间，它便像洪水般地肆意奔腾、四处冲突。你们没来过火星，绝对无法体会火星上的孤独是怎样的一种感受……

每逢佳节倍思亲。可此时此刻，我身边没有一个亲人，我特别想荣桥总，想泽洲、晓峰、贾阳叔叔，张辉哥哥、鲍硕姐姐，还有好多好多的航天人，泪水禁不住溢满眼眶。

我想起了北京初夏的那个夜晚，星星伴月，暖风习习。

在五院的总装大厅，全部的总装测试完成之后，荣桥总、泽洲叔叔、贾阳叔叔围着我，深情地打量着我，舍不得离开。他们像是在送一位即将远行的孩子，似乎还有许多话要说。

贾阳叔叔先开口了："我们的小精灵马上就要出远门了，十八般武艺都教会你了，行装也为你准备好了，完成任务应该没什么问题啦。但有件事我得提前告诉你，到时候得靠你自己去战胜它……"

我以为贾阳叔叔会说"亿万里征程多艰辛""火星环境怎么怎么差"，没想到他却说："我放心不下的是你将面对孤独。远离家门几亿千米，到了火星后，你肯定会感到孤独的，你必须用自己无比强大的内心定力去战胜它！"

泽洲叔叔笑了："在贾阳的眼里，咱们的祝融号是鲜活的，是有思想的，他正在给它做心理辅导呢！"

"贾阳还真细心。提醒得对呀，凡是去火星的都必须先进行心理辅导。将来，咱们有机会去火星旅游，出发前第一课就应该是心理辅导课。"荣桥总认真地说，"我相信咱们的小精灵一定能战胜孤独，因为你代表着中国人在履行使命，你的背后是强大的祖国！"

是的，来到火星之后，我曾经有过孤独感。然而，一是刚到一个陌生的环境，什么事都觉得很新鲜，两只眼睛不够用；二是由于任务重，每天忙得不可开交，顾不上孤独。今天不知道是怎么了……

蓦地，我想起荣桥总临行前的叮嘱：必须千方百计完成祖国交给的任务！

于是，我的心为之一震，激情满怀，大声呼喊：

"火星，你好！"

"火星，我代表中国人民向你拜年！"

漫无边际的赤红色的荒芜大地，传来雄浑的声音：

"向中国朋友问好！"

"给中国人民拜年！"

声音震天动地，响彻寰宇，你们也一定听到了吧？

亲爱的家人们，一转眼，我来火星已经一年多了。

对了，前几天，飞控中心遥操作团队的张辉哥哥怕我寂寞，与我聊天。我问他最近在忙些什么，他说正在写总结呢。他说："融融兄弟，你去火星一年多了，也应该好好总结一下，这一年多都干了些什么？有什么体会和感想？为将来我们的深空探测任务留下一些宝贵的资料。"我说："让我干活行，要我写什么材料，我可写不好。"张辉哥哥鼓励我："不需要写什么材料，总结是为了把活干得更好。"

这几天，我还真思考了，要说来到火星后的感想，感想像宇宙间的行星一样多。

我觉得身后有一个强大的祖国真好！这两年，全世界都知道中国首次火星探测任务的天问一号和祝融号。哎呀，我小小年纪就名震四海，全沾了伟大祖国的光啊！来火星，让五星红旗在火星上"飘扬"，是中国人共同追逐的梦想。万万没想到的是，最后梦想成真，我有幸成为家乡亲人们的代表。

2021年5月15日7时18分，我终于踏上火星乌托邦平原南部这块古老而又坚实的大地，那一刻，中国人真是扬眉吐气啊，多少人欣喜若狂，热泪横流。至今，我还记得中共中央总书记、国家主席、中央军委主席习近平的贺电：

首次火星探测任务指挥部并参加任务的全体同志：

在迎来建党一百周年之际，天问一号探测器着陆火星取得成功，我代表党中央、国务院和中央军委，向你们致以热烈的祝贺和诚挚的问候！

天问一号探测器着陆火星，迈出了我国星际探测征程的重要一步，实现了从地月系到行星际的跨越，在火星上首次留下中国人的印迹，这是我国航天事业发展的又一具有里程碑意义的进展。你们勇于挑战、追求卓越，使我国在行星探测领域进入世界先进行列，祖国和人民将永远铭记你们的卓越功勋！

希望你们再接再厉，精心组织实施好火星巡视科学探测，坚持科技自立自强，精心推进行星探测等航天重大工程，加快建设航天强国，为探索宇宙奥秘、促进人类和平与发展的崇高事业作出新的更大贡献！

习近平
2021年5月15日

那天夜里，辗转反侧，我想了很多很多。因为身后有个伟大的祖国，国力强大了，科技发展了，所以我们才能实现一次发射，成功完成环绕、着陆、巡视探测三大任务。开辟了国际火星探测史的先河，成为世界上第二个独立掌握火星着陆巡视探测技术的国家，中国的星际探索站在了世界最前沿的舞台上。

天问一号惊艳世界，我特别感谢天问一号科技团队。这支团队有几百人、几千人、几万人。如果从长征五号预研算起，天问一号的研发历史差不多有30年了；从八位院士联名向国家建议开展月球以远深空探测的综合论证，也有十余年了。中国的"火星人"勇于挑战、追求卓越，将无数个"不可能"变成"可能"。我时时为他们感到自豪与骄傲。

亲人们，前些日子，荣桥总捎来的那些信息，让我激动不已：新一代载人运载火箭正在研制，主要发射我国新一代载人飞船。它近地轨道运载能力将达70吨，地月转移轨道运载能力将达25吨，预计2027年前后将首飞。正在研制的重型运载火箭长征九号，称得上是真正的"大力神"啊，它低轨运载能力将达150吨，地月转移轨道运载能力50吨以上，争取在2030年完成首飞。探月工程四期即将实施，计划于2024年前后发射嫦娥六号探测器，完成月背采样返回，嫦娥七号计划于2026年前后开展月球南极环境与资源勘查；嫦娥八号计划于2028年前后发射，将与嫦娥七号组成我国月球南极的科研站基本型。哎哟喂，这样的消息怎不让人激动万分！

我特别期待的是正在推进的行星探测计划：我国计划2025年前后发射天问二号探测器，对近地小行星和主带彗星进行探测，在未来10—15年实施火星采样返回任务（天问三号）；计划开展木星系及行星际穿越探测。

"在未来10—15年实施火星采样返回任务"——我对那一天，充满着无限的憧憬。我是多么热切地期盼天问三号弟弟的到来啊！我的设计寿命只有三个月，我会尽量让自己工作更长时间。到了那一天，或许我已经完成历史使命，像一名钢铁战士一样，长眠在乌托邦平原上。天问三号弟弟在百忙之中，一定会抽空来看望我的，我们哥俩合个影，捎给远方的亲人们留个念想。

尾声 飞向更远

我想提醒亲人们，中国的航天器现在到月球需要几天的飞行，到火星要飞几个月，去木星更是要飞几年。以后到天王星、海王星，得用天文单位计算的征程，需要几十年飞行。所以下回去更远的行星探测，一定要选一些30来岁的年轻总师哈，要不然，等探测器飞到了，总师却早已经退休了。

荣桥总告诉我："中国航天发展的目标是到2030年，推动我国跻身世界航天强国前列；到2045年，推动我国全面建成世界航天强国。"

那真是令人向往啊！当我们攀上梦想的高峰之后，再向前看，眺望更加遥远的未来，我们的未来有无限的可能。中国航天人一定会继续撸起袖子加油干，努力创造更加伟大的航天科技发展成就，让中华民族探索浩瀚宇宙的脚步迈得更大、更远，并创造更加灿烂的航天文化、航天文明，造福中华民族，造福全人类。

哎呀，写了这么多，依然意犹未尽。

给遥远的亲人们捎去最美好的祝福！

向伟大祖国致以最崇高的敬礼！

祝融号

2023年1月22日

后 记

《仰望星空：共和国功勋孙家栋》《中国北斗传》《火星，我们来了》——5年，我连续写了三部航天题材长篇报告文学。

2019年，浙江人民出版社策划出版一套"共和国功勋丛书"，我承担了创作共和国功勋孙家栋报告文学的任务。有人说：一个孙家栋，半部航天史。孙家栋一生参与研发、领导的航天项目，从"1059"导弹、东方红一号、"新三星"，到嫦娥工程、北斗工程、天问一号，贯穿于漫漫半个多世纪的征程。他主持了近50颗卫星的研制和发射，创造了中国航天史上多个"第一"，被称为航天领域的"总总师"。

在三部航天题材的创作过程中，我有幸结识一大批航天科技工作者。他们给我讲孙家栋的故事，讲他们自己的故事。这些激情四射、生动鲜活的航天故事，是丰富多彩的中国故事中的一段华美乐章。

这次创作历程，对于我来说是一次科技之旅——

后 记

航天科技是科技进步和创新的重要领域，航天科技成就是国家科技水平和科技能力的重要标志，也是国家新质生产力、综合国力、国防实力的重要标志。

1956年，国防部第五研究院正式成立，宣告中国航天事业开始创建。1964年10月16日，我国第一颗原子弹爆炸成功；1967年6月17日，我国第一颗氢弹空爆试验成功；1970年4月24日，我国第一颗人造卫星发射成功。短短15年，中国人民在攀登现代化科技高峰的征途中创造出非凡的奇迹。

1999年11月，神舟一号载人航天工程取得成功。与此同时，以东方红三号通信广播卫星、资源一号资源卫星、风云二号静止轨道气象卫星为代表的应用卫星研制取得突破，开始得到广泛应用。

进入新世纪，中国航天事业快速发展。2003年10月，神舟五号将杨利伟送入太空，并成功返航；2007年10月至2020年12月，探月工程嫦娥一号至嫦娥五号任务取得成功；2020年7月31日，北斗三号全球卫星导航系统正式开通；2021年5月15日，天问一号探测器成功着陆火星。

中国航天人自立自强、守正创新，推动我国航天事业实现大发展、大跨越，立下卓越功勋。

报告文学是"走"出来的文学，航天题材分量很重，没有足够的采访，是无法进入写作的。航天是高科技，我却是个十足的科技盲。为弄清楚那些深奥的高科技的基本原理、那些项目型号复杂的来龙去脉，我费尽心机，在采访上下足功夫。嫦娥工程、北斗工程、天问一号，主要的科学家和科技工作者，我基本上都采访到了。有的一次不够，两次，甚至三次。报告文学是写人的，写人在这些工程中所经历的艰辛和困苦，所发挥的智慧和才华，展现他们的心路历程和精神风貌。在写人上，我孜孜以求、煞费苦心。报告文学不仅要"报告"，更需要"文学"。如何将重大科技题材写得更"文学"些，结构、细节、语言……这些最能展示作者才华之处，我更是苦思冥想、竭尽全力。

过去，我只知道孙家栋是"两弹一星"功勋、航天科学家，只是在报纸上、电视里见过他，他在我的眼里还只是一位"平面"科学家。当我走近孙家栋，对他的航天人生、报国情怀充分了解后，他在我心中变成一位丰碑般的"立体"英雄。他那句"国家需要，我就去做"的名言，绝不是说说而已，而是发自内心，并一直践行着。

写完《仰望星空：共和国功勋孙家栋》，有朋友对我说：你现在对航天领域已经熟悉了，为什么不再写写北斗工程？

卫星导航是利用太空资源长期、有效、精准服务人类的典型应用,受到世界范围内的广泛重视。从1994年至2020年,几代"北斗人"迎难而上、敢打硬仗、接续奋斗,努力占领世界科技制高点,建成北斗系统。这一史诗般的辉煌历程,是中华儿女为早日实现中华民族伟大复兴而自立自强的生动写照。

我下决心写北斗工程,不是我对航天领域已经熟悉,而是渴望进一步了解北斗工程。报告文学作家对于此等国之重器,岂能无动于衷?

于是,我开始新一轮的访谈。

北斗工程同样写得很苦。面对这么一项巨大工程,如何梳理来龙去脉,如何找到扣人心弦的情节,如何将人物写得丰满生动……此类科技题材报告文学写作可能遇到的难题,我都遇到了。有些难题被我破解了,有些难题还没有找到更好的写作手法。不过有根弦我一直绷得紧紧的:一定要千方百计写得"文学"些,更"文学"些。

一代人有一代人的历史使命,一代人有一代人的家国担当。

完成《中国北斗传》书稿后,又有人建议我写我国首次火星探测任务。

国际上对火星的探测,起步于20世纪60年代,已经实现对火星的飞掠、环绕、着陆和巡视探测。国际上这些探索和成就,为我国火星探测提供有益的经验。我国首次火星探测任务起步虽晚，但起点高、跨度大，立项伊始，就瞄准世界先进水平确定任务目标，明确提出在国际上首次通过一次发射，完成"环绕、着陆、巡视探测"三大任务。

这一次，我是主动请缨，跃跃欲试。

与月球探测任务相比，火星探测是从38万千米向4亿千米的跨越，而且，还要面对火星环境与地球环境的差异且不确知的挑战。它给火星着陆和巡视带来极大困难，风险极高。

中国航天人勇于挑战、追求卓越、历经艰难，天问一号惊艳世界。我国成为世界上第二个独立掌握火星着陆巡视探测技术的国家。

我国首次火星探测任务工程总设计师张荣桥说："每个航天项目都有需要攻克的技术难关，披荆斩棘、攻关克难，是中国航天人的常态！"

我一直率性地坚持：报告文学这种体裁的"文学"，比起"报告"来更加重要。真实"报告"一件事并不难，难的是如何"文学"地"报告"这件事。一篇报告文学能否打动读者，是否具有独特魅力，甚至于决定它品质的优劣，文学性起着极其关键的作用。

这次创作历程，对于我来说，又是一次精神之旅——

半个多世纪以来，中国航天奋力追赶世界领先的脚步，

后　记

从无到有、从小到大,从原来的跟跑到现在的并跑和在部分领域的领跑,取得举世瞩目的辉煌成就和跨越式的发展,创造中国航天发展史上一个又一个奇迹,实现了中华民族千年航天梦。

北斗卫星导航系统高级顾问李祖洪告诉我:我国航天工业基础差,且一直遭遇西方科技大国的打压。星载原子钟被称为北斗导航卫星的"心脏"。天地间时间必须同步,如果原子钟误差10亿分之一秒,卫星定位就会偏离30万千米。当时国内还生产不了原子钟,没办法,只好去国外买。好不容易找到欧洲一家厂商,答应卖给一款产品,技术参数基本够用,正准备签合同。没想到除了价格一涨再涨,对方还附加一系列的霸王条约:卖给我们的产品,档次要比他们用于伽利略导航系统低一个级别;发货时必须等待他们国家有关部门批复;因无法按期交货造成的风险要由中方承担等。

被逼入绝境了,只能是绝地反击、突出重围!国内的几家科研单位,卧薪尝胆,励精图治,终于研制出具有完全自主知识产权、满足北斗工程要求的星载"中华牌"原子钟。于是,便有了李祖洪那句气吞山河的名言:"我们想站在巨人的肩膀上,但巨人不让我们站,怎么办?唯一的办法是,我们自己变为巨人!"

毛泽东主席说:"人是要有一点精神的。"精神的力量是无穷的。在中国共产党人的精神谱系里，深厚博大的航天精神成为其重要组成部分，包括：航天传统精神、"两弹一星"精神、载人航天精神、探月精神、新时代北斗精神。它们如同一串明珠，熠熠生辉。

航天精神是无形的，却又有无穷的力量。它不仅支撑并推动着中国航天事业在历史的洪流中砥砺奋进、在时代进程中挺立潮头，还成为全民族、全社会一笔丰厚的精神财富。

因为这次创作，我与孙家栋院士成为朋友。他对我说："现在，反映航天题材的文学作品还不多，希望有更多的作家走进航天领域，创作出更多的写航天人故事的作品。"

在本书创作与审核过程中，探月与航天工程中心等单位给予了多方指导，特此表示感谢。

我们正处于百年未有之大变局，以科技创新为核心要素的新质生产力，成为先进生产力的具体体现形式。中华优秀传统文化是发展新质生产力的重要支撑，如何用自己的文学作品助力新质生产力，值得每一位作家思考。

写完三部航天题材报告文学，我也喜欢仰望星空了。

北京的夜空已经难见满天繁星了。多少个夜晚，我仰望长空，一一辨认土星、木星、天王星、北斗星、仙女星座、猎户星座……尽管我知道，靠肉眼很难看到人造卫星，但我依然在寻找着……

后 记

　　星空，是航天人的千重风雨、万里关山；星空，是航天人挥戈博弈、叱咤风云的战场。中国航天人，一定会在辽阔浩瀚的星空，书写更加壮美的诗篇！

　　星空，是我们心中共同的圣地……